ULRIKE RENK
Seidenstadt-Sumpf

TATORT NIEDERRHEIN Die Leiche des stadtbekannten Politikers und Anwalts Markus Klewer wird an der Burg Linn gefunden. Er wurde durch einen Genickschuss getötet. Hauptkommissar Jürgen Fischer übernimmt die Ermittlungen, da seine Kollegin Sabine Thelen ein Verhältnis mit dem Opfer hatte und somit befangen ist. In Klewers Umfeld kommen viele als Verdächtige in Frage, denn er hat sich nicht nur mit Naturschützern angelegt, auch während des Wahlkampfes zum Kreisvorsitzenden hat er sich Feinde gemacht. Als auch noch Klewers Vater Opfer eines Verbrechens wird und zeitgleich eine wichtige Zeugin verschwindet, spitzt sich die Lage zu. Fischer muss nun unter Hochdruck ermitteln, um den Zusammenhang zwischen den Morden aufzudecken.

Bestsellerautorin Ulrike Renk, Jahrgang 1967, ist in Dortmund aufgewachsen und studierte in den USA und an der RWTH Aachen Anglistik, Literaturwissenschaften und Soziologie. Nach der Geburt ihres zweiten Kindes zog sie an den Niederrhein und schreibt seit mittlerweile fast einem Vierteljahrhundert in der Samt- und Seidenstadt Krefeld.

© Faureality

ULRIKE RENK
Seidenstadt-Sumpf

Kriminalroman

GMEINER

Immer informiert

Spannung pur – mit unserem Newsletter informieren wir Sie
regelmäßig über Wissenswertes aus unserer Bücherwelt.

Gefällt mir!

Facebook: @Gmeiner.Verlag
Instagram: @gmeinerverlag
Twitter: @GmeinerVerlag

Besuchen Sie uns im Internet:
www.gmeiner-verlag.de

Gmeiner-Verlag GmbH
Im Ehnried 5, 88605 Meßkirch
Telefon 07575 / 2095-0
info@gmeiner-verlag.de
Copyright der Originalausgabe:
© 2007 Leporello, Krefeld
Alle Rechte vorbehalten
2. Auflage 2020

Lektorat: Claudia Senghaas, Kirchardt
Herstellung: Mirjam Hecht
Umschlaggestaltung: U.O.R.G. Lutz Eberle, Stuttgart
unter Verwendung eines Fotos von: © hespasoft / stock.adobe.com
Druck: CPI books GmbH, Leck
Printed in Germany
ISBN 978-3-8392-2753-4

Personen und Handlung sind frei erfunden.
Ähnlichkeiten mit lebenden oder toten Personen
sind rein zufällig und nicht beabsichtigt.

KAPITEL 1

Die ersten Takte von »Everybody needs somebody« der Blues Brothers rissen Hauptkommissar Jürgen Fischer aus dem Schlaf. Irritiert griff er nach seinem Handy und schaute auf das Display.

»Was zum Teufel ...«

»Jürgen, hab ich dich geweckt?«

Fischer setzte sich auf, massierte die Augen mit Daumen und Zeigefinger. »Verdammt, ja, Sabine.«

»Es tut mir leid. Ich hab ein Problem.«

»Was?«

»Ich ... ich habe ein Problem und brauche deine Hilfe.«

Der Hauptkommissar sah auf den Wecker. Die Uhr zeigte 3:50 an. Fischer rieb sich mit der flachen Hand über das Gesicht. Gestern Abend hatte er mit seinem Kollegen Oliver Brackhausen einige Flaschen Bier geleert und das schien sich nun mit Kopfschmerzen und einer angemessenen Sandpapierzunge zu rächen. Vielleicht war er aber auch einfach noch nicht wach. Er schüttelte den Kopf.

»Sabine, wo bist du?«

»Unten.«

»Unten? Wo unten?«

»Auf der Rheinstraße, fast vor deiner Haustür.«

»Grundgütiger«, murmelte Fischer, schwang die Beine aus dem Bett und ging zum Fenster. Man konnte die Morgendämmerung erahnen.

»Willst du hochkommen?«

»Bitte.«

Es lag ein Flehen in der Stimme seiner jungen Kollegin. Fischer hatte sie vor ein paar Monaten aus der Gewalt eines

Psychopathen befreit, seitdem verband die beiden eine herzliche Freundschaft.

»Ich seh deinen Wagen gar nicht.« Fischer spähte angestrengt auf die Straße, versuchte immer noch wach zu werden und verspürte plötzlich einen riesigen Nachdurst. Auf der gegenüberliegenden Straßenseite stieg eine junge Frau aus einem Opel Astra und hob grüßend den Arm. Sabine. Der Astra war ein Dienstfahrzeug. Sie war im Dienst?

Jürgen Fischer ging zur Tür und drückte den Öffner. Dann schaute der leicht übergewichtige Hauptkommissar mit den wintergrauen Haaren an sich herunter. Er trug nur ein T-Shirt und Boxershorts. Einen Moment überlegte er, ob er verlegen sein sollte, verdrängte dann aber den Gedanken. Wenn sie schon mitten in der Nacht bei ihm auftauchte, konnte sie nicht erwarten ihn vollständig bekleidet anzutreffen. Fischer ließ die Wohnungstür einen Spalt offen und ging zu der kleinen Küchenzeile, die durch einen Tresen vom Wohnzimmer abgetrennt war. Er füllte Wasser in die Kaffeekanne und schüttete Pulver in den Filter. Als er die Maschine anschaltete, hörte er, dass die Wohnungstür ins Schloss fiel.

»Morgen, Sabine.« Fischer drehte sich um und strich sich durch das raspelkurze Haar.

Sie nickte ihm zu. Ihre Augen sahen gerötet und verquollen aus.

»Was ist passiert, Mädel?«

Sabine Thelen ließ sich in den einzigen Sessel fallen und drehte eine Haarsträhne um ihren Zeigefinger. Sie sah überall hin nur nicht zu ihm.

»Nun spuck's schon aus.«

»Vor einer halben Stunde ist ein Mord gemeldet worden.«

»Ja, und?«

»Kannst du bitte den Tatort machen?«

»Wer hat denn Dienst?«

»Ich. Und Günther. Aber der ist zu einem Raub.«

Hinter ihm gluckerte die Kaffeemaschine. Jürgen Fischer nahm zwei Becher aus dem Schrank, schüttete Kaffee ein. Er trat zu seiner Kollegin und reichte ihr einen Becher.

»Schwarz, nicht wahr?«

Sie nickte.

»Warum machst du den Tatort nicht?«

»Es ist angeblich Markus Klewer.«

»Der Politiker?«

»Ja. Ich kann den Tatort nicht machen. Ich bin befangen.«

»Was?« Fischer ging zum Fenster und lehnte sich an die Fensterbank, er nippte an seinem Kaffee.

Sabine stellte ihren Becher, ohne getrunken zu haben auf den wackeligen Couchtisch. Sie vergrub ihr Gesicht in den Händen. »Bitte«, murmelte sie. »Die Spurensicherung ist schon unterwegs.«

Fischer spürte die Dringlichkeit in ihrer Stimme, konnte die Situation aber nicht einordnen. »Wieso bist du befangen? Ich hab gar keinen Dienst, Sabine, ich habe drei Tage frei.«

Seine Kollegin hob den Kopf und schaute ihm zum ersten Mal in die Augen.

»Ich hab ein Problem, wenn der Tote wirklich Klewer ist.« Sie zögerte, schluckte. »Ich habe ein Verhältnis mit ihm.«

»Grundgütiger.« Fischer biss sich auf die Unterlippe. Ihm war in der letzten Zeit aufgefallen, dass Sabine sich verändert hatte. Sie schminkte sich dezent und trug farbenfrohe Kleidung. Auch fröhlicher schien sie zu sein. Er hatte vermutet, dass ein Mann dahinter steckte und sich für sie gefreut.

»Ich hab dir die Notizen mitgebracht. Alles, was mir die Leitstelle gegeben hat an Informationen. Ein Mann ist an der Burg Linn gefunden worden, Klewer, tot. Wahrscheinlich erschossen.«

»Ich dusch schnell und zieh mich an.«

KAPITEL 2

Sabine würde Polizeichef Ermter erzählen, dass ihr auf dem Weg nach Linn schlecht geworden wäre. Sie hätte deshalb Fischer gebeten, den Tatort zu übernehmen.

Wenn der Tote wirklich Markus Klewer war, könnte der Fall für Sabine tatsächlich unangenehm werden.

Vor anderthalb Jahren war Sabines Lebensgefährte, ebenfalls Polizist, bei einem Einsatz ums Leben gekommen. Es dauerte lange, bis sie über seinen Tod hinweg war.

»Hast du Klewer geliebt?«

»Nein. Aber er hat mir gut getan.«

Fischer fuhr die Rheinstraße hinunter und bog am Sprödentalplatz rechts ab. Allmählich wurde es hell. Er überlegte, was er über Markus Klewer wusste. Einmal in der Woche mindestens wurde die Familie in der Presse erwähnt. Der Vater war an mehreren Konzernen beteiligt und der Sohn Ratsherr. Hansdampf in allen Gassen. Mitte, Ende 40, verheiratet. In der letzten Zeit hatte es Spekulationen über Bestechung gegeben. Was genau, wusste Jürgen Fischer jedoch nicht, er überflog oft nur die Schlagzeilen der Zeitungen.

Vor der Linner Burg stand ein Streifenwagen. Fischer war bisher nur einmal hier gewesen, gemeinsam mit der Staatsanwältin Martina Becker hatte er den Flachsmarkt besucht. Das war jetzt zwei Wochen her. Immer noch konnte man die Spuren des großen Ritter-Spektakels sehen, das jedes Jahr zu Pfingsten an der Burg stattfand. Strohbedeckte Teile der großen Wiese vor der Burg, die matschigen Pfade waren ausgetreten und Reifenspuren durchzogen das Gelände.

Fischer parkte seinen Wagen und ging zu den Kollegen der Schutzpolizei.

»Morgen. Jürgen Fischer, KK 11.«

»Du hast dir ja ganz schön Zeit gelassen.«

»Mir ist noch was dazwischengekommen. Ist die Spurensicherung schon da?«

»Gerade eingetroffen. Du musst den Weg dort durch das Tor zur Burg gehen. Hinter den Wirtschaftsgebäuden hältst du dich links. Du gehst am Burggraben vorbei Richtung Brücke. Dort sind die anderen schon.« Fischer nickte. Er zog fröstelnd die Schultern hoch. Nachts kühlte es immer noch deutlich ab. Allerdings war er nun endgültig wach.

Der Hauptkommissar vergrub die Hände in den Jackentaschen und stapfte den Weg zur Burg hoch. Schon von Weitem konnte er den Tatort erkennen. Scheinwerfer waren aufgestellt worden und Flatterband sperrte das Gelände großräumig ab. Die Kollegen von der Spurensicherung leuchteten in ihren weißen Overalls in der Morgendämmerung. Noch hatte der Tag keine Farben, aber die Vögel zwitscherten munter.

»Guten Morgen.« Fischer hob das Flatterband an und bückte sich darunter.

»Ach, die Kripo. Doch so früh«, witzelte einer der uniformierten Polizisten.

»Was liegt an?« Fischer war nicht nach Scherzen zumute.

»Ein Toter wurde heute Nacht um kurz nach zwei an der Uferböschung gefunden.«

»Wer ist denn um kurz nach zwei hier an der Burg?«

»Ein Pärchen. Sie sind gerade auf der Wache, um das Protokoll aufnehmen zu lassen. Die beiden sind ganz schön durch den Wind.«

»Tja.« Fischer rieb sich über das Kinn, er hatte es nicht geschafft, sich zu rasieren. »Das verstehe ich. Einen Toten findet man nicht jede Nacht. Vor allem nicht bei einem romantischen Spaziergang.«

»Die wollten nicht spazieren gehen.« Der Kollege lachte und schlug mit der geballten Faust mehrmals in die flache Hand. »Die hatten handfeste Pläne. Und nervös sind sie, weil sie verheiratet sind, allerdings nicht miteinander.«

Wie passend, dachte Fischer. Einer der weißgekleideten Männer kam auf ihn zu.

»Jürgen? Ich dachte, Sabine hätte Dienst. Sie hat mich verständigt.«

»Guten Morgen, Siegfried. Sabine war übel. Sie hat mich gebeten, den Tatort zu übernehmen. Deshalb komm ich auch so spät. Tut mir leid.«

»Macht nichts, wir haben gewartet.«

»Irgendetwas Besonderes?«

»Jede Menge Spuren im Uferschlamm. Aber die könnten auch noch vom Flachsmarkt stammen. Soweit ich das mitbekommen habe, dachten die ehrlichen Finder, dass ein Betrunkener am Ufer hockt. Sie haben ihn angesprochen, und als er nicht reagierte, haben sie ihn an der Schulter angefasst. Er kippte nach hinten.«

Ehrliche Finder, Fischer schluckte. Er wusste, dass viele Kollegen scherzten oder manche Situationen ins Lächerliche zogen, um die ständige Konfrontation mit dem Tod auszuhalten. Fischers Ding war das nicht.

»Der Tote saß?«

»Laut ihrer Aussage.«

»Hmm.« Fischer näherte sich dem Ufer. Ein Mann lag schräg zur Seite und nach hinten gekippt zwischen den Pflanzen. Der linke Arm war unter dem Körper verborgen, der rechte in einem unnatürlichen Winkel zur Seite gestreckt.

Fischer trat noch einen Schritt näher, achtete darauf, nicht in Spuren zu treten. Der Tote schien mit einem erstaunten

Blick durch den Hauptkommissar hindurchzusehen, der Mund war geöffnet. Ein kleines Rinnsal getrockneten Blutes klebte am Mundwinkel. Es hätte auch Ketchup sein können.

Das Gesicht war trotz der abnormalen Starre deutlich als das des Politikers zu erkennen.

»Klewer«, murmelte Fischer.

»Ja, diesmal war er wohl nicht clever.« Siegfried lachte.

»Ein Mensch ist gestorben. Vermutlich gewaltsam. Das ist nicht die richtige Zeit, um Scherze zu machen.« Fischer beugte sich vor. Es gab keine sichtbaren Wunden. Eventuell auf der anderen Seite oder im Rücken des Mannes, Fischer konnte es nicht sehen.

»Ist ein Arzt da?«

»Ja, Moment. Er steht da hinten und trinkt Kaffee.«

»Kaffee klingt gut.«

»Soll ich dir …?«

»Ne, lass mal. Später.«

Während der Kollege der Spurensicherung ging, um den Arzt zu holen, stand Fischer auf und streckte sich. Er besah sich das Ufer. Einige der hohen Gräser und Rohrpflanzen waren abgeknickt, aber er konnte nicht sagen, ob die Spuren frisch waren.

Er blickte hoch zur Burg, die von der aufgehenden Sonne beschienen wurde. Der Anblick war fantastisch. Schon nach dem Flachsmarktbesuch hatte Fischer sich vorgenommen, die Burg in Ruhe zu besichtigen und mehr über die Geschichte herauszufinden. Er war nur noch nicht dazu gekommen.

Hatte der Fundort etwas mit der Tat zu tun? War Klewer hier umgebracht worden? War er überhaupt umgebracht worden? Alles Fragen, die Fischer noch nicht beantworten konnte.

Siegfried kam mit dem Arzt zurück. In der rechten Hand trug er einen Becher. Dampf stieg daraus empor.

Fischer nahm die Tasse und bedankte sich. Er trat ein wenig zur Seite, trank das Gebräu, das mehr bitter als heiß war. Dann klopfte er die Taschen seiner Jacke ab und fluchte leise.

»Hast du ein Problem?« Siegfried Brüx grinste, zog eine Schachtel Zigaretten aus seinem Overall und reichte sie Fischer. »Ich kenn doch den süchtigen Blick.«

»Hmm.« Fischer inhalierte tief, behielt den Rauch eine Weile in der Lunge, atmete dann heftig aus. »Was glaubst du, ist die Todesursache?«

»Wenn es um Mord oder Tod geht, glaube ich gar nichts. Da warte ich die Fakten ab. Wenn der Dok fertig ist, kleben wir ihn ab und sichern die Spuren. Wird allerdings schwer. Hier sind derartig viele Spuren, dass man womöglich überhaupt keine zuordnen kann.«

KAPITEL 3

Hauptkommissar Jürgen Fischer musste seinem Kollegen Siegfried Brüx von der Spurensicherung recht geben. Es war schier unmöglich zu sagen, welche Spuren fallrelevant sein könnten. Sie hatten sämtliche Zettelchen, Zigarettenkippen, Streichhölzer und etwa 300 andere Kleinfunde eingesammelt.

Die Blues Brothers sangen und Fischer nahm sein Handy aus der Jackentasche.

»Guido.«

»Jürgen, wo bist du?«

»Auf dem Weg ins Präsidium. Hast du schon Leute für die MK?«

»Ist es denn Mord?«

»Sieht ganz so aus. Genickschuss. Die Kugel steckt noch im Kopf, es gab keine Austrittswunde. Klewer müsste inzwischen in Duisburg bei der Rechtsmedizin sein.«

»Ja, ich werde höchste Dringlichkeit anordnen. Gut, dass wenigstens die Presse noch nicht Bescheid weiß.«

»Nun ja. Es waren ein paar Zeitungsheinis da. Wir haben sie nicht an den Tatort gelassen und ihnen auch nicht gesagt, wer der Tote ist. Lange wirst du das aber nicht geheim halten können.«

»Scheiße!«

»Was ist mit der Familie? Weiß sie Bescheid?« Fischer hatte sich an der Tankstelle Zigaretten gekauft und fummelte eine aus der Schachtel.

»Ich hatte ja noch keinen eindeutigen Befund. Fährst du hin?«

»Jetzt? Alleine? Noch bevor ich ins Präsidium komme?«

»Du kannst Sabine mitnehmen.«

Ganz schlechte Idee, dachte Fischer. »Ich fahr eben kurz zu mir, zieh mich um, rasier mich und komm dann ins Präsidium. Ich beeil mich auch, Chef.«

»Ja, bitte. Ich möchte nicht, dass die Familie das aus anderen Quellen erfährt.«

Der Familie einen Tod mitzuteilen, gehörte zu den unangenehmsten Aufgaben seines Jobs. Jürgen Fischer zog heftig an der Zigarette, drückte sie dann im überquellenden Aschenbecher aus. Irgendwie musste er vermeiden, dass Sabine Thelen mitkam. Er nahm das Handy, drückte die Kurzwahl zu ihrem Dienstapparat. Mit kurzen Worten erklärte er ihr die Situation und legte ihr nahe, einen Termin außerhalb des Präsidiums zu haben. Dann parkte er seinen Wagen auf der Rheinstraße im Halteverbot. 15 Minuten später erschien er rasiert und in Anzug und Krawatte im Polizeipräsidium am Nordwall. Er grüßte den diensthabenden Kollegen am Eingang und eilte dann die Treppe hoch in den vierten Stock.

Polizeichef Guido Ermter saß im leeren Besprechungszimmer auf der Tischkante.

»Hallo, Chef. Hier bin ich. Wo ist Sabine?«

»Die musste weg.« Ermter zog die Stirn kraus. Dann musterte er Fischer. »Holla, hast du dich schick gemacht? Geschminkt und parfümiert? Willst du direkt anschließend zur Staatsanwaltschaft und der Becker deine Aufwartung machen?«

»Ha, ha, ha.« Fischer nahm die Zigaretten aus der Tasche, schüttelte eine heraus, zündete sie an. »Wo wohnt Klewer und wo ist Sabine?«

»Bist du schlecht gelaunt oder was?«

»Guido, ein Mensch ist gestorben. Mir ist einfach nicht nach flachen Witzen.«

»Oh, wir haben den philosophischen Tag? Sabine ist nicht da. Sie ist zum Arzt, hat wohl Kreislaufprobleme. Du kannst Uta mitnehmen. Klewer wohnt auf der Jentgesallee.« Ermter stand auf und stopfte sein Hemd in die Hose, er warf einen Blick auf die Armbanduhr.

»Es ist kurz nach neun. Um 11:30 treffen wir uns zur ersten Besprechung. Schaffst du das?«

»Wer nimmt an der Obduktion teil?«

»Tja, ich weiß nicht, wie schnell die in Duisburg sind. Frag doch mal nach, wann Klewer dran ist. Wenn möglich, solltest du dabei sein. Sag mir Bescheid, ich setze die Besprechung dann an.«

Schweigend lenkte Fischer den Wagen in Richtung Stadtwald. Kommissarin Uta Klemenz saß neben ihm und feilte ihre lackierten Fingernägel. Sie war erst vor Kurzem von der Sitte ins KK 11 gewechselt.

»Bei der Sitte«, hatte sie zu ihm gesagt, »gibt es alles, was du dir vorstellen kannst. Und einiges, was du dir im Leben nicht vorstellen möchtest.«

Das Entsetzen wäre zu groß geworden, hatte sie ihren Wechsel begründet. Fischer fragte sich, ob Mord und schwere Delikte ein Wechsel zum Besseren waren. Die Jentgesallee war zugeparkt und erst nach einigem Suchen fand er einen Parkplatz.

»Da vorne ist eine Kinderarztpraxis, deshalb die vielen Wagen«, klärte ihn Klemenz auf. »Montags morgens tobt hier der Mob.«

Das Haus lag verborgen hinter großen Kirschlorbeerbüschen. Die Einfahrt war mit säuberlich geharktem Kies bedeckt. Wellenmuster, stellte Fischer fest, keine Autospuren. Ob wohl jeden Tag aufs Neue geharkt wurde? Und wer machte das? Der Gärtner? Hatte ein Politiker so viel Geld? War Klewer nur Politiker oder hatte er noch einen Brotjob?

»Ich wollte schon immer mal in eines dieser Häuser. Geldadel. Sie hat reiche Eltern, er kommt aus einer vermögenden Familie. Das passt.«

Hat ihn aber nicht davor geschützt, mit einem Genickschuss zu enden. Glücklich konnte seine Ehe auch nicht gewesen sein, denn wie passte sonst Sabine in das Bild? Fischer räusperte sich, holte tief Luft. Es roch nach dunkler Erde und schwerem Blumenduft, Friedhofsaroma. Ihn schauderte. Schnell rückte er die Krawatte gerade und drückte den Klingelknopf. Big Ben.

Niemand öffnete. Bis auf diffuse Geräusche von der Straße

und Vogelgezwitscher war kein Ton zu hören. Fischer schellte erneut.

Nach dem dritten Mal wollte er aufgeben, doch da wurde die Tür geöffnet.

»Ja?«

Eine Frau wie aus einem Magazin, dachte er. Pastellfarbenes Twinset, Rock bis kurz über die Knie, hochhackige Schuhe, Perlenkette, Perlenohrringe und eine Frisur wie Jackie Kennedy in ihren besten Zeiten, nur blond. Läuft man so vormittags zu Hause herum?

»Frau Klewer? Kriminalpolizei. Hauptkommissar Jürgen Fischer. Dies ist meine Kollegin Uta Klemenz.«

»Ja, ich bin Birgit Klewer. Womit kann ich Ihnen helfen? Geht es um die Einbrüche in der Nachbarschaft?«

Fischer schluckte, er hasste es, diese Art von Nachricht überbringen zu müssen.

»Es geht um Ihren Mann.« Uta Klemenz lächelte. Wie konnte sie jetzt lächeln?

»Mein Mann? Der ist nicht da. Versuchen Sie es doch im Büro.«

Er war die ganze Nacht nicht da, dachte Fischer. Ob das normal war? Sie schien sich keine Sorgen zu machen.

»Bitte, Frau Klewer, lassen Sie uns eintreten.«

»Wenn es um diese Baugeschichte geht, dann gebe ich keine Auskunft.« Plötzlich wurde die Frau unwirsch.

»Frau Klewer, wir müssen Ihnen etwas mitteilen. Das sollten wir nicht hier draußen besprechen.«

Jetzt schien sie etwas zu ahnen. Sie biss sich auf die Lippen und öffnete die Tür weiter, ließ die beiden eintreten. Der Flur war so groß wie Fischers Wohnzimmer und Küche zusammen. Er vermutete, dass der Boden mit Marmor belegt war. Die Wände waren zum Teil verspiegelt, zum Teil dunkel getäfelt.

Eine zweiflüglige Glastür trennte den Eingangsbereich vom Wohnzimmer. Links ging ein Flur ab, rechts führte eine Treppe nach oben.

Frau Klewer öffnete die Tür zum Wohnzimmer. Eine Wand war komplett verglast und man konnte über die große Terrasse in den Garten blicken. Große Hortensienbüsche erkannte Jürgen Fischer und verblühten Flieder. Uta Klemenz stieß einen leisen Pfiff aus. Fischer sah sie strafend an und hoffte, dass Birgit Klewer es nicht gehört hatte.

»Bitte nehmen Sie doch Platz. Kann ich Ihnen etwas zu trinken anbieten? Kaffee vielleicht?«

Obwohl sie deutlich blasser geworden war und ihre Hände nervös knetete, gab sie immer noch die perfekte Gastgeberin.

»Nein, danke.« Fischer setzte sich auf das schwarze Ledersofa mit den Chrombügeln. Irgendein Designermöbel vermutlich.

Uta nahm neben ihm Platz und nach einigem Zögern setzte sich die Hausherrin auf den passenden Sessel ihnen gegenüber.

»Ich muss Ihnen eine unangenehme Nachricht überbringen.« Fischer beobachtete sie genau. Würde sie zusammenbrechen?

»Markus hatte einen Unfall ... nein, dann hätte das Krankenhaus angerufen ... er ist tot ...«

»Ja.«

Einen Moment lang konnte Fischer nur das Summen der Stille hören, dann schluchzte Birgit Klewer auf, vergrub ihr Gesicht in den Händen. Er sah Uta an. Sollten sie etwas tun? Ihn machten weinende Frauen hilflos.

Noch bevor er etwas sagen konnte, setzte sich Frau Klewer wieder aufrecht, zog ein Taschentuch aus dem Ärmel ihrer Jacke. So was kannte Fischer nur von seiner Mutter. Die Frau des Politikers putzte sich die Nase, tupfte die Augen ab.

»Was ist passiert?« Ihre Stimme klang ruhig. Zu ruhig,

meinte der Hauptkommissar. Die Ruhe vor einem nervösen Zusammenbruch.

»Er ist ermordet worden. Letzte Nacht. Viel mehr wissen wir noch nicht.«

»Können wir etwas für Sie tun? Jemanden anrufen? Ihre Eltern? Schwiegereltern?«

»Um Gottes willen, nein. Das werde ich selbst machen. Wo ist er jetzt?«

»In Duisburg in der Rechtsmedizin.«

»Rechtsmedizin?«

»Ja, Frau Klewer, es ist wahrscheinlich ein Mordfall und deshalb müssen gewisse Untersuchungen gemacht werden.«

»Sie meinen eine Obduktion?«

Jürgen Fischer nickte.

Frau Klewer seufzte, stand auf, strich ihren Rock glatt und ging zu einem Schrank an der Seite des großen Raumes. Sie öffnete ein Barfach und schenkte sich etwas ein.

»Entschuldigen Sie, mir ist etwas flau.«

»Sie brauchen sich nicht zu entschuldigen.«

Frau Klewer trank das Glas mit einem Zug leer.

»Möchten Sie Ihren Mann vorher sehen?«

»Muss ich ihn identifizieren?«

»Nein. Sie müssen ihn nicht identifizieren. Aber vielleicht möchten Sie ...« Der Hauptkommissar stockte, rieb über das Kinn. »Vielleicht möchten Sie ihn vorher noch einmal sehen, um Abschied zu nehmen.«

Die Frau starrte ihn an, nickte dann kaum merklich, drehte sich zur Bar um und schüttete sich ein weiteres Glas ein.

»Abschied nehmen ... ja, gut. Ich hol nur meine Jacke.«

Auf der Fahrt schweigen sie. Hin und wieder schnäuzte sich Birgit Klewer die Nase und tupfte die Augenwinkel ab. Ihre schlichte Handtasche hielt sie auf dem Schoß fest umklammert.

Uta Klemenz hatte auf dem Rücksitz Platz genommen. Fischer sah in den Rückspiegel und stellte erleichtert fest, dass sie sich nicht die Fingernägel feilte.

An der Tür des Leichenschauraumes zögerte Frau Klewer.

»Es tut mir leid.« Hauptkommissar Jürgen Fischer legte ihr die Hand auf den Arm.

Die Frau wich zurück, schüttelte seine Hand ab, streckte den Rücken. Sie sah ihn nicht an, blickte steif nach vorn. Fischer öffnete die Tür. Eine unangenehme Kälte schlug ihnen entgegen, durchsetzt von dem Geruch nach Desinfektionsmitteln.

Doktor Meyer, der amtliche Gerichtsmediziner des Bezirks, kam ihnen entgegen. Stumm schüttelte er Birgit Klewer die Hand. Er führte sie in den Raum, hob das Laken an, das die Leiche bedeckte.

»Sollen wir Sie einen Moment mit ihm allein lassen?«

Birgit Klewer drückte die Schultern nach hinten, schaute noch einmal auf das Gesicht ihres toten Mannes, schüttelte dann den Kopf. Abrupt drehte sie sich um und ging zu Tür.

»Das ist nicht nötig, wir können wieder fahren.«

Fischer wandte sich zu Doktor Meyer. Dieser deutete ihm mit einer Geste, noch einen Moment zu warten. Nachdem die Frau des Politikers den Raum verlassen hatte, fragte er: »Bleiben Sie direkt hier?«

»Wieso?«

»Obduktion.«

»Stimmt. Warten Sie, ich klär das ab.«

Frau Klewer stand im Gang am Fenster, sie schaute nach draußen. Fischer wusste, dass es dort nichts zu sehen gab, als eine hohe Backsteinmauer.

»Frau Klewer? Sollen wir jemanden für Sie anrufen?«

Sie drehte sich um, sah Fischer an. Ihre Augen waren gerötet aber trocken.

»Nein. Aber ich möchte nach Hause. Es wird eine Menge zu regeln sein.« Sie strich sich über die Haare, kontrollierte einen Ohrring. »Wie ist er ... ich meine, wie wurde er ...?«

»Ganz genau wissen wir das noch nicht. Wahrscheinlich ist er erschossen worden.«

»Hatte Ihr Mann Feinde?« Uta Klemenz war zu ihnen getreten.

»Wie bitte?«

»Hatte er Feinde? Wurde er bedroht?«

Birgit Klewer lachte tonlos. »Mein Mann war Politiker. Und Anwalt. Er hatte eine Menge Freunde, aber natürlich auch Feinde. Markus war ein Mann, der polarisierte.«

Irgendetwas an ihrer Sprechweise störte Fischer.

»Ist er bedroht worden?«

»Das weiß ich nicht. Über seine Arbeit haben wir so gut wie nie gesprochen. Ich habe natürlich an öffentlichen Terminen teilgenommen, aber wissen Sie, Politik interessiert mich nicht sonderlich.«

»Wer könnte denn wissen, ob er bedroht wurde, falls es so war?«, fragte Fischer.

»Seine Parteikollegen?« Es lag ein deutliches Fragezeichen in ihrer Antwort. »Ich kann Ihnen wirklich nicht helfen. Ich möchte nach Hause.«

»Ja, natürlich. Falls Ihnen noch etwas einfällt, jede Kleinigkeit könnte wichtig sein, rufen Sie mich oder das Präsidium an.« Fischer zog eine Visitenkarte aus seiner Jackentasche. Ihre Hände zitterten fast unmerklich, als sie die Karte entgegennahm.

»Frau Klemenz wird Sie nach Hause fahren.«

»Ach?« Uta Klemenz zog eine Augenbraue hoch.

»Ja, ich hab hier noch zu tun.« Fischer gab ihr den Autoschlüssel. Er sah hinter den beiden Frauen her, bis sie den Aufzug betraten. Er hatte die unterschwellige Unruhe bei

Frau Klewer spüren können. Sie war eine sehr beherrschte Frau oder eine gute Schauspielerin, aber ungerührt hatte sie der Tod ihres Mannes nicht gelassen.

»Fischer?«

Der Hauptkommissar hörte die Stimme des Gerichtsmediziners durch den Flur hallen.

»Einen Moment noch, Doktor Meyer. Ich bin gleich bei Ihnen.«

Fischer zog die Zigaretten aus der Tasche. Hier war Rauchen verboten, aber es hielt sich niemand daran. Bevor er bei der Obduktion zusah, musste er seinen Magen und seine Nerven beruhigen. Es war ein Anblick, an den er sich nie gewöhnen würde.

Immer wieder kehrten seine Gedanken zu Birgit Klewer zurück. Er bedauerte es, dass nicht Oliver Brackhausen oder Sabine Thelen den Termin mit ihm wahrgenommen hatten. Mit ihnen konnte er reden, mit Uta Klemenz nicht. Oder vielleicht doch? Er hatte es noch nicht probiert.

Ich muss Ermter Bescheid sagen, dass ich hier bleibe und wir die Besprechung verschieben müssen, fiel ihm ein. Er öffnete das Fenster, schmiss die Zigarette nach draußen und zog das Handy aus der Tasche.

Zwei Stunden später hielt Oliver Brackhausen in einem mintgrünen Ford vor einem Stehcafé in Duisburg. Hauptkommissar Jürgen Fischer trank den letzten Schluck Kaffee und warf den leeren Plastikbecher zusammen mit einem halben, belegten Brötchen in den Abfallkorb.

»Und?« Brackhausen beschleunigte, noch bevor Fischer angeschnallt war.

»Und was? Es war grauenhaft wie immer.«

KAPITEL 4

»Also Mord.« Polizeichef Guido Ermter verschränkte die Arme vor der Brust. »Jürgen, du leitest die MK. Wer macht die Spuren?«

Sabine Thelen meldete sich. Erstaunt hob Ermter die Augenbrauen. »Gut, okay. Dann haben wir noch Oliver, Roland, Uta. Mal sehen, wen wir noch hinzuziehen können. Wir müssen handeln, schnelle Ergebnisse erzielen. Der Mann stand in der Öffentlichkeit, die Presse wird abgehen wie ein Zäpfchen.«

»Ich weiß nicht, ob ich die MK leiten soll, Guido. Ich bin nicht aus Krefeld, kenne die Hintergründe, die Familie, die Zusammenhänge nicht.« Fischer nahm sich ein Gummibärchen. Ermter hatte eine Tüte mitgebracht, aufgerissen und den Inhalt auf den Tisch geschüttet. Er sortierte das Weingummi nach Farben. Hier Rote, dort Grüne, da Gelbe.

»Nun ja. Vielleicht ist das ganz gut so. Du gehst unbelastet an den Fall. Jeder von uns kannte Markus Klewer. Vielleicht nicht persönlich, aber … Er war ein bekannter Rechtsanwalt, politisch sehr aktiv. Die Familie hat großen Einfluss in der Stadt. Wenn du Fragen hast?« Ermter nahm ein rotes Gummibärchen. Er zerkaute es nicht sondern lutschte. Das hatte ihm sein Arzt empfohlen, um vom Nikotin wegzukommen.

»Hab ich. Jede Menge.« Fischer holte einen Notizblock hervor. »Also, ich weiß, dass Markus Klewer 46 war, verheiratet mit Birgit Klewer, 41. Haben die beiden Kinder? Er war Rechtsanwalt. Auf irgendein Gebiet spezialisiert? Hatte er Partner? Welche Stellung hatte er in der Partei?«

Fischer sah auf, ließ den Blick durch die Runde wandern. Nur Sabine Thelen schaute er nicht an. Ihm war bewusst, dass sie an der Untersuchung teilnehmen musste. Sie waren unterbesetzt. Trotzdem hatte er kein gutes Gefühl dabei.

»Sie haben zwei Söhne, 17 und 20. Julian und Felix. Der jüngere ist in einem Internat bei Bonn und der ältere studiert in England.« Sabine Thelens Stimme klang ruhig und sachlich. »Er ist auf Baurecht spezialisiert und hat einen Partner in der Kanzlei, Klaus Dieckhoff. Letztes Jahr hat Klewer den Kreisparteivorsitz übernommen. Nach einer Kampfabstimmung. Jetzt steht die Partei aber hinter ihm.«

Da war etwas, was Fischer aufhorchen ließ, nur wusste er nicht was.

»Wir müssen herausbekommen«, fiel Hauptkommissar Roland Kaiser ihr ins Wort, »wo seine letzte große Baustelle war.«

»Baustelle?«

»Ich meine, womit er sich in der letzten Zeit beschäftigt hat. Er hat schon immer kontroverse Ideen gehabt, hat die Leute sozusagen aufgemischt. Er war zum Beispiel für das Kohlekraftwerk. Und für das Eisstadion, den Behnischbau. Da gab es noch mehr. Und irgendwo dort wird auch das Motiv zu suchen sein. Ein politisches Motiv.«

»Vermutlich. Aber nicht sicher. Wer weiß, was er so privat getrieben hat. Feinde können überall hocken.« Fischer rieb sich über das Kinn und vermied es, Sabine anzusehen.

»Nein, nicht vermutlich. Ganz sicher war es politisch.«

»Na ja, Jürgen hat schon Recht. Wir müssen in alle Richtungen ermitteln. Sein Privatleben, seine Arbeit, die Politik. Alles eben. Einerseits ist es vielleicht einfacher, dass er in der Öffentlichkeit stand, aber andererseits könnte das auch problematisch sein.« Der Polizeichef nahm ein weiteres Gummibärchen, ein gelbes.

»Wie war die Obduktion?« Oliver Brackhausen schenkte Kaffee ein. »Irgendetwas Besonderes?«

»Nein, keine Spuren von Kampf, keine weiteren Wunden. Die Kugel ist im Nacken eingetreten, aufgesetzter Lauf, kleinkalibrige Waffe, Bleigeschoss. Sie hat das Stammhirn getroffen und aus die Maus. Keine Austrittswunde. Das Geschoss wird noch untersucht. Ich tippe auf eine Sig Sauer oder eine Korth. Er muss gehockt oder gesessen haben, Kinn auf der Brust. Eine klassische Hinrichtung.« Fischer schaute zu Sabine, sie nippte an ihrem Kaffee, hörte zu. Er nahm ihr den gelassenen Ausdruck nicht ab.

»Die Spurensicherung wertet noch aus.« Ermter wählte ein rotes Weingummi, lutschte. »Allerdings haben sie mir wenig Hoffnung gemacht, irgendetwas von forensischem Wert zu finden. Wir stehen ganz am Anfang, müssen aber mit Hochdruck arbeiten. Heute oder morgen kommt ein Anwärter aus Köln. Wer nimmt den unter die Fittiche? Oliver?«

Oliver Brackhausen nickte.

»Gut. Also legen wir los. Um fünf treffen wir uns wieder hier, falls nicht vorher etwas Wichtiges ist. Spätestens heute Abend werde ich eine Presseerklärung machen müssen. Es wäre natürlich schön, wenn wir dann schon Ergebnisse hätten.«

»Ergebnisse?« Fischer schnaubte. »Am besten gleich den Täter, ja?«

»Das wäre sicherlich am besten. Die 48 Stunden laufen. Danach erkalten alle Spuren, das wisst ihr genauso wie ich. Auf zur Tat.« Ermter erhob sich.

Danach erkalten alle Spuren. Welche Spuren, dachte Jürgen Fischer, noch tappen wir im Dunkeln.

Der Raum leerte sich. Uta Klemenz saß auf der Fensterbank und zog sorgfältig ihren Lippenstift nach. Fischer trat auf sie zu. »Hat sie noch etwas erzählt?«

»Wer?«

»Die Klewer, auf der Heimfahrt. Hat sie noch irgendetwas gesagt, was von Bedeutung ist?«

»Nö.« Uta Klemenz stand auf. »Sie hat ihr Handy rausgeholt und Dieckhoff, den Partner ihres Mannes angerufen. Danach hat sie ihr Make-up überprüft und aus dem Fenster geschaut.«

»Was hat sie zu Dieckhoff gesagt?«

»Weiß nicht mehr. Irgendwie ... Markus ist tot. Er ist ermordet worden. Nicht viel mehr. Als wir in Krefeld ankamen, stand der Mann schon vor der Haustür.«

»Uta, *wie* hat sie das gesagt? Ich meine, in welchem Tonfall?«

»Ziemlich ruhig.«

»Und?«

»Nix und. Die Frau ist aus Eis. Eine Maschine ohne Gefühle. Sie kann nur posieren und mehr nicht. Ich wette, sie hat auch keinen Spaß am Sex.«

Klemenz ging an Fischer vorbei in den Flur.

Keinen Spaß am Sex? Fischer schüttelte den Kopf. Wer weiß, dachte er, manchmal sind stille Wasser tief. Und deine Partner, Uta, brauchen wahrscheinlich einmal im Monat eine Hauttransplantation am Rücken. Ob der Kompagnon noch bei Klewers war? Mit ihm wollte Fischer als Erstes reden.

KAPITEL 5

»Nun mach endlich den Zwinger zu, Herrgottnochmal, Sebastian!« Die laute Stimme von Andreas Brünken hallte über den Hof. »Willst du, dass die Köter wieder rauslaufen, nachdem wir sie mühsam dort eingesperrt haben? Also wirklich!«

Sebastian Horster, ein schmaler Mittzwanziger schlug die stählerne Tür zu und schloss den Riegel, dann zog er seine Jeans hoch.

»Hast du eigentlich keinen Gürtel?«, witzelte Brünken boshaft. Er war nur wenige Monate älter als Sebastian, wog etliche Kilo mehr. Seine Hosen rutschten nicht.

»So!« Zufrieden rieb er sich die Hände. »Feierabend für heute. Du kannst sie noch füttern und dann auch Schluss machen. Vergiss bloß nicht, das Tor abzuschließen.«

Andreas Brünken schaute Sebastian Horster noch einmal herablassend an und stieg dann in seinen M3, ließ den Motor aufheulen, sodass die Hunde in den Zwingern losbellten, dann fuhr er vom Hof.

»Ja, du blöder Angeber, mach ich. Ich füttere die Hunde, schließe das Tor und fahr dann nach Hause. Vielleicht reiß ich auf dem Heimweg auch ein Mädel auf. Dafür brauch ich keinen tiefergelegten, lauten und schnellen 3er BMW, bei mir reicht ein Fahrrad!« Sebastians Worte vermischten sich mit dem ängstlichen Bellen und Fiepen der Tiere.

»Shhh, ruhig. Ist ja alles gut. Kommt, kommt. Es gibt Futter«, beruhigte er die aufgeregten Tiere. Viel bekamen sie allerdings nicht. Andreas hatte die Menge genau berechnet.

Obwohl Sebastian jeden Morgen die Zwinger säuberte, stank es nach Kot und Urin. Er konnte sich nicht an den scharfen Geruch gewöhnen, egal, wie lange er auf dem Hof war. Das Tor schloss sich mit einem lauten Quietschen. Er legte die Kette vor, vergewisserte sich zweimal, dass abgeschlossen war und schwang sich auf das Fahrrad.

Seit einem Jahr wohnte er am Rande von Linn. Es war seine erste eigene Wohnung und obwohl es im Grunde nur ein Zimmer mit Bad war, fühlte er sich wohl hier. Sebastian zog die Arbeitsschuhe im Hausflur aus, er nahm sie nie mit hinein. Von einem kleinen Flur ging es rechts in das Bad. Der junge Mann streifte seine Arbeitshose ab und ließ sie auf dem Boden liegen.

Jeden Tag duschte er, sobald er nach Hause kam. Obwohl er sich gründlich einseifte, hatte Sebastian immer das Gefühl, den Gestank von Hundekot nicht loszuwerden.

Die Arbeitssachen steckte er in einen blauen Müllsack. Am Wochenende würde er alle Hosen im Waschsalon reinigen.

Er hatte gerade eine Tiefkühlpizza in den Ofen geschoben, als es schellte.

»Du ahnst nicht, was ich gesehen habe.« Gesa Altmann ließ sich auf das durchgesessene Sofa fallen. Sie war 17 und somit einige Jahre jünger als er. Letztes Jahr hatte er sie bei einer Veranstaltung in der Innenstadt kennen gelernt. ›Die größte Straßenmodenschau‹ war ein Publikumsmagnet. Auf mehreren Bühnen zeigten verschiedene Designer die kommende Mode, aber auch andere Darbietungen wurden gezeigt. Gesa trat mit einer Tanzgruppe auf.

Sebastian konnte es kaum glauben, als sie ihn nach der Vorstellung ansprach. Er lud sie zu einer Cola ein und seitdem waren sie ein Paar.

»Was hast du gesehen?«

»Ich war hinten am Mühlenbach. Wollte mal schauen, ob sich was in den Nistkästen getan hat.«

Gesa war beim Naturschutzbund. Sebastian fand, dass ihre Begeisterung über das normale Maß hinausging. Trotzdem begleitete er sie hin und wieder zu Treffen. Auch als neulich die Streuobstwiesen gepflegt werden mussten, hatte er mitgemacht.

»Ich glaube, dort haben sich Fledermäuse eingenistet. Ganz sicher bin ich mir nicht, dafür müsste ich nachher noch mal dort hin, wenn es dunkler ist. Aber etwas Anderes habe ich gesehen.«

»Was denn?«

»Rate mal.«

»Och komm, Gesa, ich hab doch keine Ahnung. Nun mach's nicht so spannend.«

»Eine Wasserralle.«

»Eine was?«

»Das ist eine Art Teichhuhn und sehr, sehr selten. Ich meine sogar, sie gehört zu den bedrohten Tierarten. In Kleve sind ein paar Pärchen angesiedelt worden, aber hier hab ich noch nie welche gesehen. Ein Pärchen sollte auch hier brüten, das hatte Matthes letztes Jahr schon erzählt. Nur gesehen hat es niemand und Matthes erzählt viel, wenn der Tag lang ist.« Gesa streifte die Schuhe ab und zog die Füße hoch. »Ich muss nachher unbedingt noch mal dort hin, am besten mit der Kamera. Kommst du mit?«

»Wolltest du nicht für die Schule lernen? Wegen der Klausuren?«

»Ich hab ja gelernt, aber irgendwann ist Schicht. Da kann ich nichts mehr behalten. So war das auch vorhin. Wie ist es, kommst du mit?«

»Ja, sicher.« Eigentlich hatte Sebastian sich auf einen ruhigen Abend mit dem neuen Bruce-Willis-Film gefreut. Er hoffte, dass die Exkursion nicht allzu lange dauern würde. »Magst du Pizza?«

»Ist das Tiefkühlpizza? Igitt, dass du immer so ein Zeug frisst.«

Sebastian antwortete nicht. Es gab einige Themen, bei denen sie sich nie einigen konnten. Gesas Vater war Staatsanwalt in Krefeld. Außerdem war er Hobbykoch. Bei ihm kamen nur Lebensmittel aus biologischem Anbau auf den Tisch. Dass Sebastian sich so etwas von seinem kleinen Gehalt nicht leisten konnte, begriff Gesa nicht.

Während er inzwischen lustlos seine Pizza aß, telefonierte sie mit verschiedenen Leuten vom Naturschutzverband.

Früher, hatte Gesa ihm erzählt, waren sie alle Mitglieder beim Nabu. Doch die täten nicht genug und wären nicht rigoros. Deshalb hatte sich eine kleine Gruppe abgespalten und neu organisiert.

»Ich bin mir ziemlich sicher, dass es Kaulquappen vom Moorfrosch waren. Die Wasserralle … das wäre eine Sensation. Ich kann es immer noch nicht glauben. Dabei wollte ich nur nach den Nistkästen schauen.« Mit ihrer Begeisterung konnte das junge Mädchen andere anstecken. Das war etwas, was Sebastian an ihr liebte. Was sie tat, tat sie mit ganzem Herzen.

»Die Kleinabendsegler scheinen Nachwuchs zu haben. Sicher wissen wir das aber erst, wenn wir heute Abend die Kästen kontrollieren. Kommst du auch? Wir treffen uns an der Burg.«

KAPITEL 6

»Jürgen? Mir ist da noch etwas eingefallen.«

Hauptkommissar Jürgen Fischer war die Treppe schon halb hinuntergelaufen, als Polizeichef Guido Ermter ihn aufhielt.

»Ist es etwas Wichtiges? Ich wollte gerade los zu Claus Dieckhoff.«

»Klewers Partner? Na ja, ich dachte, du gehst eben bei der Staatsanwaltschaft vorbei. Wenn mich nicht alles täuscht, gab es letztes Jahr ein Verfahren gegen Klewer. Bestechung, mein ich. Oder war das doch der andere? Der Fraktionschef?«

»Letztes Jahr habe ich noch nicht in Krefeld gearbeitet. Aber das wäre natürlich auch interessant.«

»Na, dann grüß mal Frau Becker von mir.« Ermter zwinkerte Fischer zu.

Blödmann, dachte der Hauptkommissar. Obwohl die Staatsanwältin Martina Becker gebürtige Krefelderin war, hatte sie erst vor ein paar Wochen hier eine Stelle übernommen. Sie und Fischer hatten gemeinsam einen Fall bearbeitet und sich angefreundet.

Sie waren ein paar Mal miteinander ausgegangen und Jürgen Fischer schätzte sie nicht nur als Gesprächspartnerin. Er war sich nicht sicher, ob mehr daraus werden könnte.

Einmal waren sie nach einer Theatervorstellung in der »Fabrik Heeder« in der Gaststätte »Kulisse« essen gewesen und hatten dort Ermter mit seiner Frau getroffen. Seitdem zog ihn der Chef bei jeder Gelegenheit mit zweideutigen Bemerkungen auf.

Jürgen Fischer klopfte an die Bürotür und öffnete sie einen Spalt. »Martina?«

Die Staatsanwältin telefonierte, winkte ihn aber herein. Fischer blieb einen Moment unschlüssig stehen, dann zog er sich einen Stuhl heran und setzte sich.

Martina Becker lächelte ihm zu, verdrehte dann die Augen und zeigte auf den Telefonhörer. Nach einigen Minuten konnte sie das Gespräch beenden.

»Jürgen, hallo. Alles klar bei dir?«

»Tja, sicher. Ich bin beruflich hier.«

»Ein Delikt? Ermter hat sich noch nicht bei mir gemeldet.«

»Wahrscheinlich Mord. Ermter meinte, ihr hättet letztes Jahr gegen das Opfer ermittelt.«

»Wer ist es denn?«

»Markus Klewer, der Kreisparteivorsitzende.«

Die Staatsanwältin schien einen Moment zu erstarren. Dann wandte sie den Kopf und blickte aus dem Fenster.

»Martina?« Fischer holte tief Luft, es roch nach frischem Bohnerwachs und staubigen Akten. Ein ganz leichter Hauch ihres Parfüms war zu erahnen.

»Markus Klewer.« Becker bückte sich, holte ihre Handtasche aus einer Schublade, nahm ein Stofftaschentuch heraus und putzte sich umständlich die Nase. Sie vermied es, Fischer anzusehen.

»Es gab ein Ermittlungsverfahren. Da war ich aber noch nicht hier. Altmann hat das geleitet und ich denke, er wird auch nun den Fall übernehmen.«

»Warum? Ich meine, warum übernimmst du ihn nicht?«

Martina Becker strich sich durch die kurzen, dunklen Haare. Ein Sonnenstrahl ließ ihren Ohrring glitzern.

»Nun, ich muss das erst mal klären. Habt ihr schon einen Verdacht?«

»Nein, wir stehen ganz am Anfang. Dann werde ich mal mit Altmann reden.« Fischer stand auf. Er fand sie merkwürdig distanziert.

»Altmann ist bei Gericht. Diese große Betrugssache. Dauert bestimmt bis heute Nachmittag.«

»Okay, dann komm ich später wieder.« Der Hauptkommissar ging zur Tür, drehte sich noch mal um, sah sie an. »Alles in Ordnung mit dir?«

»Ja, wieso?« Die Staatsanwältin sah ihn immer noch nicht an. Fischer schüttelte den Kopf. »Ich meine nur.«

»Magst du nachher mit mir essen gehen? Ich könnte einen Tisch beim Spanier auf dem Großmarkt bestellen.«

Jürgen Fischer überlegte. »Ich weiß nicht, wie lang der Tag heute wird. Kommt darauf an, ob wir irgendwelche Spuren haben. Grundsätzlich aber ja. Nicht so früh allerdings.«

»Neun? Halb zehn? Du kannst dich ja nachher noch mal melden.«

»Ja.« Jürgen Fischer verließ das Büro. Auf dem Flur blieb er einen Moment stehen und rieb sich mit der flachen Hand über das Gesicht. Irgendetwas an ihrem Verhalten kam ihm merkwürdig vor. Vielleicht war es aber einfach nur Stress.

Eine halbe Stunde später saßen Jürgen Fischer und Oliver Brackhausen in der Kanzlei von Klewer und Dieckhoff. Die Räume lagen im Erdgeschoss einer gepflegten Jugendstilvilla an der Bismarckstraße. Brackhausen streckte die Beine von sich und massierte sich den Nacken.

»Kopfschmerzen?« Fischer sah ihn belustigt an. »So viel Bier haben wir doch gar nicht getrunken.«

»Ja, Kopfschmerzen. Als ich zu Hause war, hat Vera angerufen. Wir haben uns gestritten und ich habe mir anschließend noch ein oder zwei Whiskey genehmigt. War wohl keine so gute Idee.«

»Ihr habt euch gestritten? Ich dachte, es liefe ganz gut.«

»Ach, ich weiß auch nicht. Es ging ums nächste Wochenende. Ist schon blöd, dass sie jetzt nicht mehr in Krefeld arbeitet und irgendwie bekommen wir das mit unseren Diensten nicht geregelt. Sie hat nächstes Wochenende frei, ich aber nicht.«

»Sie kann doch hierher kommen.«

»Ihre Mutter hat Geburtstag und Vera möchte, dass ich mitfahre zur Familienfeier. Das geht aber nicht und jetzt, mit einer MK, schon gar nicht. Wie das so ist, ein Wort gibt das andere und man sagt Sachen, die man gar nicht sagen will. Kennst du sicherlich auch.«

»Hmm.« Fischer versuchte sich zu erinnern, wann er sich das letzte Mal mit Susanne, seiner Frau, gestritten hatte. Es wollte ihm nicht einfallen. In den letzten Jahren hatte nur noch Sprachlosigkeit zwischen ihnen gestanden. Als er sich nach Krefeld hatte versetzen lassen, blieb sie in ihrem gemeinsamen Haus in der Nähe von Münster. Fischer dachte, dass sie nur wartete, bis der jüngste Sohn das Abitur in der Tasche hätte und Susanne dann nach Krefeld ziehen würde. Falsch gedacht, stellte sich heraus. Vor ein paar Wochen hatten sie beschlossen, sich endgültig zu trennen. Eine Entscheidung, die Jürgen Fischer, im Gegensatz zu seiner Frau, nicht leichtgefallen war. Sein Sohn hatte ihm begeistert berichtet, wie gut es der Mutter ginge. Sie hatte sich einen neuen Freundeskreis aufgebaut, trieb Sport, war viel unterwegs. Ein neuer Mann schien auch im Spiel zu sein. Fischer wollte nicht darüber nachdenken.

»Nun ja, ich bin der Falsche, um Beziehungstipps zu geben.« Der Hauptkommissar grinste seinen Kollegen Oliver Brackhausen schief an und stand auf. Die Empfangsdame telefonierte unentwegt. Sie musste Termine verschieben oder absagen.

Sicher kein Zuckerschlecken, dachte Fischer. Er hatte ihre rot geweinten Augen bemerkt.

»Was für ein Drama, eine Katastrophe!«, sagte sie leise, als Fischer sich vorstellte und um einen Termin bei Dieckhoff bat. »Ich lasse Sie zu ihm, sobald er mit seinem Mandanten fertig ist.«

Es war zwei Uhr mittags und bis auf ein Brötchen hatte Jürgen Fischer noch nichts gegessen. Sein Magen knurrte hörbar. Vor zwölf Stunden war Markus Klewer ermordet worden und sie hatten bisher keine Anhaltspunkte, kein Motiv und keinen Tatverdächtigen. Fischer stellte sich ans Fenster und schaute in den Garten, der parkähnlich angelegt war. Ein beruhigender Anblick für nervöse Mandanten.

»Meine Herren, Sie können jetzt zu Herrn Dieckhoff. Möchten Sie einen Kaffee?« Die Bürovorsteherin klang verheult.

KAPITEL 7

Das Büro von Rechtsanwalt Dieckhoff wurde von einem riesigen Schreibtisch aus dunkler Eiche beherrscht. Dieckhoff, Ende 40, schlank, großgewachsen, kam ihnen entgegen und schüttelte beiden die Hände.

»Sie sind von der Kripo? Womit kann ich Ihnen helfen?« Mit einer Geste bat er sie Platz zu nehmen. »Wir sind alle ganz erschüttert. Haben Sie schon eine Idee, wer es war?«

»Nein, wir stehen am Anfang der Ermittlungen. Wir brauchen grundsätzliche Informationen. Mit welchen Fällen war

Ihr Partner beschäftigt? Was war sein Spezialgebiet? Gab es irgendetwas, was ihm in der letzten Zeit Sorgen machte?«

»Markus ist – nein, war – ehrgeizig. Mehr als das. Ein Workaholic. Er hatte sein eigenes Evangelium: das Buch Job. Er setzte sich für alles 150-Prozentig ein, mehr sogar. Seine Fachgebiete waren Arbeits- und Baurecht. In der letzten Zeit hat er allerdings nicht mehr viele Mandanten vertreten, seine politische Karriere nahm mehr Raum in Anspruch. Aber Sorgen? Nein, ich denke nicht, dass er wirkliche Sorgen hatte.«

»Trotzdem hat ihn jemand umgebracht. Was können Sie uns noch über Ihren Partner erzählen?«

Claus Dieckhoff lehnte sich zurück, einen Augenblick lang sah er Fischer an, die Stirn in Furchen gezogen, dann blickte er auf irgendetwas hinter Fischer und Brackhausen. Der Kommissar unterdrückte die Versuchung, sich umzudrehen und nachzusehen, was dort so interessant war.

»Seit wann kannten Sie Klewer?« Brackhausen nahm die dünne Porzellantasse in die Hand und roch an dem Getränk, als müsse er überprüfen, ob es wirklich Kaffee sei.

»Das weiß ich gar nicht mehr so genau. Seit der Schulzeit?« Dieckhoff formulierte es als Frage.

»Das müssen Sie beantworten, nicht wir.«

»Ich denke, wir kannten uns seit der Schule. Markus ist ... war ein paar Jahre jünger als ich. Wir waren auch im selben Hockeyclub. Unsere Eltern haben zusammen Tennis gespielt. Die Familien kannten sich. Krefeld ist ein Dorf, nicht wahr, Herr Fischer.«

»Ich bin nicht von hier.« Fischer mochte die joviale Art des Anwalts nicht. Doch hier ging es nicht um Sympathie oder Antipathie, sondern um einen Mordfall. Dieckhoff war wahrscheinlich derjenige, der am Meisten über Klewer wusste, möglicherweise sogar mehr als dessen Ehefrau.

»Nicht? Das erklärt, weshalb ich Sie nicht kenne. Wir müssten ja eine Altersklasse sein.«

»Um auf Markus Klewer zurückzukommen ...« Fischer sah sich um, es roch leicht nach Zigarre, aber nirgendwo stand ein Aschenbecher.

»Ja, natürlich. Wie gesagt, wir kannten uns schon ewig, verloren uns dann in der Jugendzeit aus den Augen und trafen uns einige Jahre später bei Gericht wieder. Markus war im Referendariat und ich Jung-Spund-Anwalt. Wir haben uns auf Anhieb fachlich verstanden und einige Zeit später die Sozietät gemeinsam gegründet. Es läuft gut, auch wenn Markus sich immer mehr zurückzieht.«

»Dann ist sein Tod für Sie jetzt kein so großes, berufliches Problem?« Olivers Stimme klang freundlich interessiert.

»Bitte?« Claus Dieckhoff öffnete die Schreibtischschublade und nahm einen Aschenbecher und eine Zigarre heraus. Er pulte umständlich die Cellophanhülle von der Zigarre, rollte sie dann zwischen den Fingern. Ein Nerv unter seinem linken Auge zuckte.

»Nun ja, ich habe mitbekommen, dass Ihre Sekretärin einige Termine absagen oder umlegen musste. Aber wenn sich Markus Klewer, wie Sie sagten, stark zurückgezogen hat, stellt sein Tod für die Kanzlei kein großes Problem dar oder?«

»Nun, er hat ... hatte schon seinen festen Mandantenstamm. Und ich arbeite auch nicht in seinem Fachbereich. Meine Schwerpunkte sind Familien- und Strafrecht. Wir haben uns gut ergänzt. Ich weiß noch nicht, wie es weitergehen wird. Das ist alles noch so frisch, wissen Sie? Ich hatte ja kaum Zeit, Luft zu holen, seit ich von seinem Tod erfahren habe.«

»Hatte er Probleme mit Mandanten?« Fischer nahm die Zigaretten aus der Jacketttasche, sah Dieckhoff fragend an. Dieser schob ihm den Aschenbecher zu, holte einen weiteren aus der Schublade und köpfte die Zigarre.

»Sicherlich nichts Weltbewegendes, das hätte er mir erzählt. Ein paar Ärgernisse gibt es immer. Da kommen Mandanten an und wollen ihr Recht. Das geht aber nicht immer. Wenn ich eine Frau betrogen habe und sie will die Scheidung, dann will sie die Scheidung und das Auto und das Haus und den Gärtner und Geld. Da machst du nicht viel dran. Jedenfalls nicht offiziell.« Er zwinkerte ihnen zu.

»Klewers Frau wollte die Scheidung?«, fragte Fischer. Dieckhoff starrte ihn an, zog dann heftig an seiner Zigarre.

»Nein. Wieso?«

»Nun, das klang gerade so. Klewer hat seine Frau betrogen?«

»Davon weiß ich nichts. Meine Herren, ich glaube kaum, dass ich Ihnen weiterhelfen kann. Ich habe auch noch Termine bei Gericht. Jetzt gleich, um genau zu sein. Wenn es noch irgendetwas gibt, bei dem ich Ihnen weiterhelfen kann, dann gerne.« Er erhob sich halb.

»Wissen Sie, wir versuchen ja nur, uns ein Bild zu machen. Also, die Ehe war aus Ihrer Sicht glücklich?« Fischer lächelte Dieckhoff an. Der Anwalt setzte sich wieder, seufzte.

»Ich denke schon. Zwei Söhne, beide gut geraten. Birgit arbeitet ehrenamtlich bei verschiedenen Organisationen genau wie meine Frau.«

»Um noch mal auf seine Tätigkeit zurückzukommen«, Oliver Brackhausen schlug das linke Bein über das rechte. »Sie wissen also nicht, ob er in der letzten Zeit Ärger mit Fällen oder Mandanten hatte?«

»Davon ist mir zumindest nichts bekannt. Uschi ist Markus' Sekretärin, Sie müssten sie fragen.«

Oliver zog einen Notizblock hervor. »Uschi und wie weiter?«

»Uschi Boeken. Sie ist allerdings im Moment nicht da. Als ich ihr von Markus' Tod erzählt habe, ist sie zusammengebrochen. Ich habe sie nach Hause geschickt.«

»Sie ist zusammengebrochen?«

»Nun ja, sie ist seit zwölf Jahren seine Sekretärin, hat eng mit ihm zusammengearbeitet, da ist es doch verständlich, dass sie schockiert ist. Wir sind alle schockiert über Markus' Tod.« Claus Dieckhoff warf wieder einen Blick auf seine Armbanduhr.

»Können Sie uns etwas über seine politische Aktivität erzählen?« Fischer nahm die Kaffeetasse hoch. Der Kaffee war kalt geworden und er beschloss, ihn nicht zu trinken.

»Nicht viel. Er war sehr engagiert. Ich habe auf diesem Gebiet kein so großes Interesse. Hin und wieder hat er mal etwas erzählt, aber nichts, was ich als wichtig erachten würde. Meine Herren ...«

Fischer sah Brackhausen an, sie nickten sich zu, standen gleichzeitig auf.

»Falls Ihnen noch etwas einfällt, auch wenn Sie meinen, dass es unwichtig ist, rufen Sie uns bitte an.«

»Schweigen ist Gold, ist Dieckhoffs Motto.« Oliver Brackhausen schob sich einen Kaugummi in den Mund und hielt Fischer die Packung hin. Fischer schüttelte den Kopf.

»Ich brauche dringend etwas Richtiges zu essen.«

»Um kurz nach drei? Bleibt dir wohl nur McDoof.«

»In zwei Stunden haben wir Besprechung, Zeit genug, uns die Sekretärin anzusehen. Hast du die Adresse?«

Brackhausen wedelte mit einem Zettel.

KAPITEL 8

»Kommt der etwa mit? Ich weiß bis heute nicht, was du an dem findest.«

Obwohl die Worte geflüstert waren, hörte Sebastian sie. Heiße Röte übergoss sein Gesicht und er war froh, dass es schon so dunkel war. Im war bewusst, dass er nicht zu Gesas Freunden passte, sie kamen alle aus gutsituierten Familien, standen vor dem Abitur oder studierten. Niemand von ihnen musste einem Brotjob nachgehen.

Deshalb erstaunte es ihn immer wieder von Neuem, dass Gesa mit ihm zusammen war.

Er war nicht dumm. Nach der Grundschule bekam er die Empfehlung für das Gymnasium. Sein Vater hielt nichts davon und so kam Sebastian auf die Realschule. Er langweilte sich, bekam keinen Anschluss und statt zu lernen, versenkte er sich in die Welt der Bücher. Zum Glück hatte er einen Ausweis der Stadtbibliothek. Jeden Mittwoch fuhr er mit dem Rad in die Stadt und tauschte die gelesenen Bücher gegen neue aus.

Als er 14 war, hatte er zweimal das Schuljahr wiederholt. Sein Vater hatte inzwischen die Familie verlassen, die Mutter war alkoholkrank. Mit 16 verließ Sebastian die Schule ohne Abschluss. Zwei Jahre verkroch er sich auf sein Zimmer, dass er mit seinem jüngeren Bruder teilte. Die Anzahl der Bücher, die er auslieh, war auf 15 pro Woche gestiegen.

Ein Schreiben vom Arbeitsamt zu seinem 18. Geburtstag und das Buch »Große Erwartungen« von Charles Dickens rissen ihn aus seiner Lethargie.

Er suchte sich einen unterbezahlten Job, fand die Wohnung, die er mit billigen Möbeln von Emmaus und der Caritas einrichtete, fand schließlich die Stelle bei Andreas. Es war ziemliche Knochenarbeit, wurde aber gut bezahlt.

Gesa war ein weiterer Lichtblick in seinem Leben. Sebastian beschloss, seinen Schulabschluss nachzuholen. In jeder freien Minute lernte er. Irgendwann wollte er Abitur machen und vielleicht auch studieren. Es würde noch eine Weile dauern, aber er war fest entschlossen, seine Ziele zu realisieren. Spätestens in zehn Jahren wollte er einer Frau etwas bieten können und er hoffte, dass diese Frau Gesa sein würde.

»Wollen wir los? Inzwischen ist es dunkel genug.«

Die Gruppe Jugendlicher hatte sich an der Straßenbahnhaltestelle vor der Linner Burg getroffen. Nun setzten sie sich auf ihre Räder und fuhren in Richtung Mühlenbach.

»Bist du dir sicher, dass die Fledermäuse Junge haben?« Das Mädchen neben Gesa hatte schwarz gefärbte Haare und einen sehr dunklen Lidstrich. Sebastian meinte zu wissen, dass sie Julia hieß.

»Natürlich bin ich mir nicht sicher. Dann hätte ich ja den Kasten aufmachen müssen. Aber es war schon irgendwie mehr los im Nistkasten. Nicht, dass man viel hätte hören können.« Gesa lachte.

»Kleinabendsegler gibt es schon in den alten Fabrikgebäuden im Hafen. Aber es ist eine sehr seltene Rasse.« Jonas, der Junge, der das sagte, hatte lange Rastalocken. »Und da die alten Fabrikgebäude saniert werden, könnte es sein, dass die Fledermäuse umgezogen sind. Hast du nicht auch etwas von einer Wasserralle gesagt? Das wäre allerdings Klasse.«

»Ja, ich hab ein Pärchen gesehen. Ich bin mir fast ganz sicher.«

»Was war heute eigentlich an der Burg los? Ich habe Polizei gesehen und alles war abgesperrt.«

Sebastian horchte auf. »Gesa, du warst doch heute Nachmittag unterwegs, war da was?«

»Hab ich nicht drauf geachtet. Ich wollte raus, weg von

allem Trubel. Mal wieder einen klaren Kopf bekommen. Das Zentralabi macht mich fertig.«

Schweigend fuhren sie weiter. Plötzlich bremste Gesa abrupt. »Hier vorne war es. Da im Dickicht. Hast du die Kamera, Jonas?«

»Es ist doch schon zu dunkel, um Fotos zu machen.« Sebastian schüttelte den Kopf.

»Nein, ist es nicht. Ich habe eine spezielle Blende.« Jonas zog eine teuer aussehende Kamera aus seinem Rucksack. Er lächelte und Sebastian glaubte, seinen herablassenden Blick körperlich spüren zu können.

»Ihr müsst leise sein.« Gesa schlich zu dem Gebüsch, Jonas folgte ihr. Sebastian blieb bei den Fahrrädern stehen. Es roch nach brackigem Wasser und Nachtlilie. Was mache ich eigentlich hier, fragte er sich. Ich könnte gemütlich zu Hause sitzen und entspannen, statt mit einer Gruppe fanatischer Umweltschützer durch die Pampa zu kriechen. Das Klingeln seines Handys schrillte durch die Stille.

»Ja? Was? Ich verstehe nichts!« Er drehte sich um und ging ein paar Schritte.

»Verdammt, Sebastian!« Gesa brüllte hinter ihm her. »Du Idiot!«

Er beendete das Gespräch. Die drei Jugendlichen standen bei den Fahrrädern. Gesa hatte die Arme vor der Brust verschränkt, Julia stemmte die Hände in die Hüften. Jonas fummelte an der Kamera herum.

»Es sind Wasserrallen. Mit viel Glück hab ich ein vernünftiges Bild.«

»Ja, aber nun sind sie auf und davon.« Gesa schnaubte.

»Es tut mir leid. Aber da konnte ich doch nichts für«, versuchte Sebastian, sich zu entschuldigen.

»Wie kann man nur so blöd sein und das Handy anlassen? Und dann noch in voller Lautstärke? Jetzt war alles umsonst.«

»Wieso?«

»Na, sie sind weggeflogen.«

»Die kommen doch sicher wieder. Mensch, ich kann doch nichts dafür, dass mein Handy klingelt.«

»Aber du musstest doch nicht auch noch dran gehen und so laut durch die Gegend brüllen.«

»Mein Chef hat angerufen. Es war wichtig.« Sebastian nahm sein Fahrrad. »Ich wünsch euch was.«

»Ach und jetzt bist du beleidigt.« Gesas Stimme klang hämisch.

»Leck mich.« Er fuhr los, ohne sich noch einmal umzuschauen. Blöde Kuh, dachte er und merkte, dass ihm die Tränen in die Augen stiegen.

KAPITEL 9

»Frau Boeken? Hauptkommissar Fischer, KK 11. Dürfen wir hereinkommen?« Jürgen Fischer versuchte seiner Stimme einen beruhigenden Klang zu geben. Frau Boekens Mundwinkel waren sorgenvoll nach unten gezogen, der Blick kühl, aber nicht unfreundlich. Sie sah nicht aus, als hätte sie einen Nervenzusammenbruch erlitten.

»Weshalb sind Sie hier?«

»Sie waren die Sekretärin von Markus Klewer?« Oliver Brackhausen schob sich neben Fischer an die Eingangstür des kleinen Reihenhauses.

»Das ist richtig. Wegen Herrn Klewer also.« Frau Boeken öffnete die Tür und ließ sie eintreten. Die Frau war schätzungsweise Mitte 40, hatte die grauen Haare nicht gefärbt und einen praktischen Kurzhaarschnitt, der ihre hohen Wangenknochen betonte.

Fischer folgte dem düsteren Flur. Links ging eine Tür ab, die dem Geruch nach zur Küche führte. Es duftete nach Schweinebraten. Fischers Magen zog sich schmerzhaft zusammen, der einzelne Burger hatte seinen Hunger nicht gestillt.

»Weiter geradeaus, da ist das Wohnzimmer«, sagte Frau Boeken.

Fischer erwartete einen tristen Raum mit Gelsenkirchener Barock oder zumindest dunklen Möbeln. Überrascht trat er in das Zimmer. Das Panoramafenster, typisch für die Bauweise der 70er-Jahre, gab den Blick in den kleinen Garten frei. Bambus und hohe Ziergräser wuchsen dort. Statt des üblichen handtuchgroßen Stücks Rasen war sorgfältig geharkter Kies zu sehen. Ein Zen Garten.

Den Wohnzimmerboden bedeckte ein dicker, heller Wollteppich der aussah, als bestünde er aus Kieseln, nur dass diese weich waren. Fischer blieb abrupt stehen, Brackhausen wäre beinahe auf ihn geprallt.

»Sollen wir die Schuhe ausziehen?« Es standen kaum Möbel in dem Zimmer. An der einen linken Wand war eine Nische, in der eine Vase mit einem einzelnen Zweig stand, davor brannte ein Öllicht. Auf der anderen Seite des Raumes lagen mehrere dicke Kissen auf dem Boden.

Eine kleine Holztruhe war als Couchtisch zweckentfremdet worden. An der Wand hing ein Bild mit chinesischen oder japanischen Schriftzeichen.

»Es ist nicht unbedingt nötig, dass sie die Schuhe ausziehen. Der Teppich lässt sich reinigen.« Frau Boeken klang amüsiert.

Fischer bückte sich trotzdem, löste die Schnürsenkel, schlüpfte aus den Schuhen. Hoffentlich hab ich keine Schweißfüße, dachte er.

Brackhausen folgte seinem Beispiel.

»Ich hoffe, es macht Ihnen nichts, auf den Kissen zu sitzen. Ansonsten müssten wir in die Küche gehen, dort habe ich einen Tisch. Aber die Küche ist klein und ich koche gerade ...« Sie beendete den Satz wie eine Frage.

»Das geht schon in Ordnung.« Fischer ging vorsichtig über den dicken Teppich. Seine Füße versanken in den Wollknubbeln, ein ungewohntes aber nicht unangenehmes Gefühl. Langsam ließ er sich auf einem der Sitzpolster nieder. Diese waren härter, als er erwartet hatte.

»Möchten Sie einen Tee?« Frau Boeken war vor der Sitzgruppe stehen geblieben und schaute nun auf sie herab.

»Gerne.« Fischer nickte. Rauchen ist hier sicherlich unter Strafe verboten, dachte er.

»Sie sieht nicht aus, als wäre sie tot unglücklich.« Brackhausen flüsterte, obwohl die Frau den Raum verlassen hatte.

»Seltsam das alles hier. Chinesisch oder so. Feng-Shui?«

»Zen.« Fischer kannte den Stil, die Einrichtung in seinem Haus bei Münster, hatte sich ähnlich verwandelt. Als er noch versuchte, mit seiner Frau zu kommunizieren, hatte sie ihm mehrere Bücher über Buddhismus und Zen gegeben. Er blätterte sie nur kurz durch, mochte sich nicht mit dem Thema auseinandersetzen. Er wollte sich wohlfühlen und kein Glaubensbekenntnis aus seiner Wohnung machen. Ob Susanne sich nach und nach auch so einrichten würde? Ob sie ihren Garten auch mit Kies füllen würde? Fischer schüttelte den Kopf, um die Gedanken zu verdrängen. Das war nun Susannes Ding, es ging ihn nichts mehr an.

In seiner kleinen Wohnung an der Rheinstraße fühlte er sich auch nicht zu Hause. Es sollte nur eine Übergangslösung sein, aber bisher hatte er sich nicht aufraffen können, nach etwas anderem zu suchen. Ich muss mein Leben in den Griff bekommen, es neu strukturieren, dachte er.

Frau Boeken kam mit einem Tablett zurück, das sie vorsichtig auf der Truhe abstellte. Sie kniete sich auf den Boden, goss aus einer Kanne heißes Wasser in die drei Teeschalen, leerte diese dann in eine Schüssel. Dann goss sie Wasser in die Teekanne. Ein aromatischer Duft füllte den Raum. Nach einigen Sekunden schenkte sie reihum schlückchenweise Tee in die Schalen, bot diese ihren Gästen an. Hauptkommissar Jürgen Fischer verfolgte fasziniert die komplizierte Zeremonie.

Oliver Brackhausen nahm die Teeschale in die Hand und trank sie mit einem Schluck leer, stellte sie wieder auf das Tablett.

»Danke, köstlich.« Es klang nicht überzeugend. Fischer grinste.

»Frau Boeken, wir sind hier, weil wir Informationen über Markus Klewer brauchen. Wie Sie sicherlich wissen, ist er letzte Nacht ermordet worden.«

Uschi Boeken saß aufrecht, den Rücken gestreckt, die Hände locker im Schoß gefaltet. »Man hat es mir gesagt.«

»Claus Dieckhoff hat uns erzählt, dass sie zusammengebrochen sind.«

»So? Hat er das?« Sie lachte leise. »Nun ja, ich war schon schockiert, das will ich gar nicht leugnen. Ich habe seit zwölf Jahren für Herrn Klewer gearbeitet. Ich war seine private Sekretärin. Er war ein guter Chef, auch wenn er nicht wirklich strukturiert war. Aber dafür hatte er ja mich. Termine, Namen, Daten, Fälle.«

»Gab es in der letzten Zeit irgendetwas Auffälliges? Hatte er Ärger mit jemandem? Streit?«

»Natürlich. Streit hatte er immer. Er war ja Anwalt, ein guter Anwalt. So manch ein Gegner mag ihn gehasst haben.«

»Ich meinte das schon konkreter.« Fischer zog den Notizblock aus der Tasche.

Frau Boeken überlegte. »Nun, er hatte einige kritische Fälle in den letzten Monaten. Sein Hauptgebiet war Bau- und Arbeitsrecht. Ein Mandant, ein wirklich merkwürdiger Mann, cholerisch, wissen Sie, hat ihn ziemlich beansprucht.«

»Können Sie das ein wenig näher beschreiben? Hatte Klewer Streit mit dem Mann?«

»Nein. Na ja, doch. Es war eben schwierig das durchzusetzen, was der Mandant wollte. Der Mandant, Uwe Roschen, war Fremdgeschäftsführer bei einer Maschinenbaufirma. Einer der Besitzer konnte aber nicht mit Roschen, deshalb wurde er von der Arbeit freigestellt. Fast ein ganzes Jahr zu vollen Bezügen. Roschen hat dann unerlaubterweise für eine andere Firma Geschäfte getätigt. Das kam raus und er flog. Nun ging es um die Abfindung. Ich bin mir nicht sicher, glaube aber, der Deal war nicht ganz koscher. Roschen hat sich mit dem Geld ins Ausland abgesetzt.«

»Und Klewer?«

»Es war noch eine Unterhaltsfrage anhängig. Der Mann hatte mehrere Kinder von diversen Frauen. Herr Klewer hat ihn auch privatrechtlich vertreten. Er wusste natürlich, wo Roschen steckt, hat das aber nicht offengelegt. Das gab Ärger mit der Anwaltskammer. Aber das ist ja kein Mordmotiv.«

»Hohe Summen sind immer ein Faktor für Aggression.«

»Mag sein. Roschen würde ich das schon zutrauen. Aber nur wenn Klewer den Fall verloren oder seinen Aufenthaltsort verraten hätte. Hat er aber nicht. Außerdem ist der Mann in Kanada, glaube ich.«

»Gab es weitere kritische Fälle?«

»Ärger gab es mit einem Bauvorhaben in Linn.«

»Bauvorhaben in Linn?« Fischer rieb sich über das Gesicht.
»Das war ein heikler Fall. Sehen Sie, er hat natürlich immer die Firma seines Vaters vertreten. Klewer-Bau. Sie haben doch sicher den Slogan schon mal gehört.«
»Clever bauen mit Klewer-Bau.« Brackhausen nickte.
»Clever bauen. Was hat es mit der Firma auf sich?« Fischer nippte vorsichtig an dem Tee. Ein wunderbarer Duft stieg ihm in die Nase.
»Sie sind wohl nicht von hier?« Uschi Boeken lachte leise. »Klewer-Bau ist kurz nach dem Krieg entstanden. Klewers Vater, Heinz, hat eine Karriere wie vom Tellerwäscher zum Millionär gemacht. Er war ursprünglich Maurer und hat nun ein Immobilien- und Bauimperium. Schicksbaum, sagt Ihnen das was? Da hat er im großen Stil mitgemischt. Aber auch schon früher, eine Siedlung in Elfrath, eine in Bockum ... überall hat er gebaut.«
»Und welche Rolle spielte sein Sohn dabei?«
»Heinz Klewer hat immer davon geträumt, dass sein Sohn die Firma übernehmen und weiterführen würde.«
»War er das einzige Kind?«, unterbrach Fischer sie.
»Nein, es gibt noch eine Schwester, Mareike. Aber Klewer senior ist altmodisch. Frauen haben nett auszusehen, aber nichts in der Geschäftsführung verloren. Der alte Klewer war natürlich enttäuscht, dass sein Sohn Anwalt wurde. Doch dann übernahm dieser die rechtliche Vertretung der Firma und alles war vergeben. Bis es jetzt zum Konflikt kam.«
»Entschuldigen Sie, wenn ich da noch mal nachhake. Wozu brauchte er einen Anwalt? Pfusch am Bau? Gab es da viele Klagen?«
»Wenn man so viele Häuser baut, gibt es natürlich häufig Probleme, zum Beispiel mit Handwerkern. Aber das war eigentlich nur marginal. Es geht um Verträge. Baugrund muss gekauft werden, der Bebauungsplan geprüft werden, es müs-

sen Subunternehmen gefunden werden, Käufer. Für alles braucht man Verträge. Das war unsere Hauptaufgabe.«

»Aha, ich verstehe. Und wo war jetzt das Problem?«

»Nun, Heinz Klewer gefiel es überhaupt nicht, dass sein Sohn in die Politik ging. Da gab es einen Interessenkonflikt, würde ich sagen. Habe ich sogar gesagt.« Wieder lächelte sie ihr stilles Lächeln. Auf den ersten Blick erschien Uschi Boeken unscheinbar. Auf den zweiten Blick wirkten die hohen Wangenknochen und das Lächeln apart. Fischer sah sie an, rieb sich dann über den Nacken. Seine Beine begannen einzuschlafen, obwohl er schon ein Mal die Position gewechselt hatte. Frau Boeken kniete die ganze Zeit, ohne sich zu rühren, es schien ihr nichts auszumachen.

»Was für einen Interessenkonflikt?«

»Also, das ist eine längere Geschichte. Mehrfach hat der Vater davon profitiert, dass sein Sohn quasi das Ohr am Boden hatte. Der Alte wusste zum Beispiel sehr früh, dass Schicksbaum Baugrund wurde. Er konnte rechtzeitig investieren.«

»Ist das nicht verboten, Insiderwissen?« Brackhausen versuchte die Beine auszustrecken und verzog schmerzlich sein Gesicht. Auch er hatte Schwierigkeiten mit der Sitzposition.

»Nur wenn man tatsächlich nachweisen kann, dass Informationen geflossen sind. Das konnte man aber nicht, auch wenn so etwas gemunkelt wurde. Also, der Vater hat vom Sohn profitiert wie auch umgekehrt. Die Aufträge von Klewer-Bau brachten eine Menge Geld in die Kanzlei. Doch in der letzten Zeit gab es Missstimmigkeiten in der Familie.«

»Missstimmigkeiten?« Fischer versuchte sich hinzuknien, die Hose spannte unangenehm, er gab den Versuch auf.

»Ja, wegen des Bauvorhabens an der Linner Burg. Das Hafenviertel wird modernisiert. Dort sollen alte Fabrikgebäude in hochwertige Wohn- und Geschäftsräume umgewandelt werden. Das macht ja auch Sinn. In Düsseldorf und

Duisburg hat das funktioniert, warum nicht auch in Krefeld? Lofts, Shoppingpassagen, schön angelegte Grünbereiche und alles in direkter Nähe zum Yachthafen.«

»Ja und?«

»Heinz Klewers Pläne gingen aber weiter. Er wollte in Absprache mit dem Golfclub einen Hotelkomplex bauen. Quasi direkt an das Gelände der Linner Burg. Eventuell sogar einen Vergnügungspark. Ganz großes Kino, wissen Sie.«

»Großes Kino?« Fischer schüttelte den Kopf. »Ein Freilichtkino?«

Uschi Boeken lachte, es perlte aus ihr heraus. »Nein, um Gottes willen. Das ist doch nur so ein Ausdruck. Viel Geld, große Investitionen, Unterstützung von Bund und Land. Wirklich viel Geld. Und viel Arbeit. Es würde sich aber lohnen, das haben Analysen gezeigt.«

»Ach?«

»Aber das Gebiet ist Naturschutzgebiet. Es gibt dort eine seltene Fledermausart, die in den alten Fabrikgebäuden nistet. Heinz Klewer wollte, dass sein Sohn bei der Partei interveniert.«

»Das ist allerdings ein Konflikt. Und wie stand Markus Klewer dazu?«

Plötzlich verschloss sich Uschi Boekens Gesicht. Als ob sie ein Visier heruntergeklappt hätte. Das Lächeln verschwand aus den Augen und den Mundwinkeln.

»Dazu kann ich nichts sagen.«

»Frau Boeken.« Oliver Brackhausen lehnte sich vor. »Dies ist die Ermittlung in einem Mordfall und kein nettes Geplauder bei Tee.«

»Ich weiß aber nicht, wie er dazu stand.«

»Haben Sie eine Vermutung?«

»Es tut mir leid.« Sie schüttelte den Kopf.

Hauptkommissar Jürgen Fischer wollte noch einmal nachhaken, als die »Miss Marple« Melodie laut durch den Raum tönte. Oliver Brackhausen versuchte sein Handy aus der Gesäßtasche zu ziehen, aber es wollte ihm nicht gelingen. Er stand auf, nahm das Handy heraus.

»Ja?« Brackhausen verzog schmerzverzerrt das Gesicht und verlagerte das Gewicht von einem Bein auf das andere. Fischer grinste, war sich jedoch bewusst, dass auch ihm das Kribbeln eingeschlafener Gliedmaßen bevorstand. »Okay, Chef. Ja. Wir sind unterwegs.«

Fischer stellte bestürzt fest, dass es schon nach fünf Uhr war. Die Kollegen warteten im Präsidium auf sie.

»Frau Boeken.« Fischer erhob sich, kam sich dabei so ungelenk vor, wie ein Elefantenbulle. »Frau Boeken, Sie haben uns sehr weitergeholfen. Wir werden bestimmt noch einmal auf Sie zurückkommen müssen. Wir stehen erst am Anfang und Markus Klewer scheint ein facettenreicher Mann gewesen zu sein.«

»Das war er tatsächlich.« Uschi Boeken sah niedergeschlagen aus.

»Falls Ihnen noch etwas Wichtiges einfällt, scheuen Sie sich bitte nicht anzurufen.« Er zog die Visitenkarte aus der Tasche. »Darf ich mich morgen bei Ihnen melden, wenn ich noch Fragen habe?«

»Morgen werde ich wieder in der Kanzlei sein.«

Fischer nickte.

KAPITEL 10

»Wer war dran?« Fischer streckte die Beine, ging ein paar Schritte. Langsam ließ das Kribbeln nach.

»Ermter. Er klang nicht freundlich.« Brackhausen blieb zögernd an der Wagentür stehen. »Es sah zuerst so gemütlich aus mit diesen dicken Kissen, aber ich bin dafür anscheinend zu alt.«

Hauptkommissar Jürgen Fischer lachte. »Frau Boeken ist älter als du. Ihr schien es nichts auszumachen.«

»Wahrscheinlich jahrelange Übung. Nix für mich. Ich brauche ein Sofa mit einem vernünftigen Tisch davor, auf dem ich die Beine ablegen kann. Wie sie wohl Fernsehen guckt?« Brackhausen stieg in den Wagen. »Du kannst fahren, Jürgen. Ich habe immer noch kein Gefühl im rechten Fuß.«

»Gar nicht.« Fischer zog die Packung Zigaretten aus der Jackentasche, zündete sich eine an, inhalierte tief.

»Was, gar nicht?«

»Na, sie schaut gar nicht Fernsehen. Oder hast du etwa einen Apparat gesehen?«

»Nein. Seltsam eingerichtet. Eigentlich überhaupt keine Möbel. Wie wohl ihr Mann die Sportschau guckt? Ob er ein eigenes Zimmer hat?«

»Wie kommst du darauf, dass sie verheiratet ist?«

»Na, sie trug einen Ehering. Das ist doch das Erste, worauf man schaut, oder?« Brackhausen lachte über Fischers verblüfftes Gesicht. »Du bist einfach schon zu lange raus aus dem Geschäft, lieber Jürgen. Aber das lernst du wieder. Es war übrigens noch jemand im Haus. Ich habe oben Schritte gehört.«

»Ich dachte, das wäre nebenan. Bei uns konnte man auch die Nachbarn hören. Das ist oft so bei Reihenhäusern. Aber jetzt wo du es sagst, standen nicht sogar zwei Namen auf dem Klingelschild?« Für einen kurzen Moment war Fischer versucht umzudrehen und zurückzufahren, um das zu überprüfen. Der Gedanke an seinen wütenden Chef hielt ihn davon ab.

»Sie hat viel erzählt, aber ist irgendetwas davon brauchbar?« Brackhausen kurbelte das Fenster herunter.

»Viele kleine Puzzlestücke. Klewer senior wird der Nächste sein, den ich mir vornehme. Zu blöd, dass es schon so spät ist.« Fischer schaute auf die Uhr, beschleunigte den Wagen noch ein wenig.

»Wo liegt das größte Konfliktpotenzial? Der Vater? Würde er seinen Sohn umbringen? Wegen dieser Baugeschichte in Linn? Da am Tatort keine Kampfspuren gefunden worden sind, kann man davon ausgehen, dass das Opfer den Täter kannte.«

»Oder dass er überrascht worden ist, Oliver.«

»Ja, sicher. Ein Schuss in den Nacken, der Täter überrascht ihn mitten in der Nacht, wie er am Burggraben sitzt, das Kinn auf der Brust. Ich bitte dich, das glaubst du doch nicht wirklich.«

»Ich weiß zu wenig, um irgendetwas zu glauben. Spekulationen bringen uns nicht weiter. Vielleicht hat ja jemand von der Truppe etwas herausgefunden. Schön wäre das. Ein Tag ist fast vergangen und wir stehen immer noch am Anfang.« Fischer holte tief Luft. Er meinte den Duft des Bratens bei Frau Boeken noch riechen zu können. Sein Magen knurrte.

Es stank nach Fäkalien im Polizeipräsidium am Nordwall. Im Besprechungszimmer des KK 11 im vierten Stock waren die Fenster weit geöffnet.

»Die Toilette bei der Sitte ist verstopft. Der Notdienst ist schon da.« Polizeichef Guido Ermter stellte sich an ein Fenster, verschränkte die Arme vor der Brust. »Der Gestank passt zur Pressekonferenz heute Nachmittag.«

»So schlimm?« Fischer setzte sich, goss sich Kaffee ein.

»Tja, Markus Klewer war ein bekannter Mann. Wie die Hyänen haben sich die Pressefuzzies auf uns gestürzt. Wir haben allerdings nichts vorzuweisen. Ist jemand weitergekommen?« Er ließ den Blick über die Mannschaft schweifen.

»Wir waren im Parteibüro. Dort war allerdings nur die Sekretärin. Sie wusste noch nichts von Klewers Tod und hat einen Heulkrampf bekommen. Aus ihr war nichts herauszuholen.« Roland Kaiser atmete durch den Mund. »Ich habe aber nachher noch einen Termin mit dem Fraktionschef. Vielleicht erfahren wir von ihm etwas. Bisher sind alle Aussagen recht schwammig.«

Ermter nickte. »Irgendein Hinweis auf ein mögliches Motiv? Hatte der Mann Dreck am Stecken?«

Uta Klemenz lachte. »Er war Politiker und Anwalt. Was glaubst du denn, Chef? Aber wahrscheinlich ist der Sumpf um ihn derartig tief, dass wir lange suchen können.«

»Wir haben mit seinem Partner gesprochen, Dieckhoff. Dort haben wir aber nichts Wesentliches erfahren. Anschließend waren wir bei Klewers Sekretärin. Der Informationsfluss war schon besser, aber ein Motiv haben wir nicht gefunden. Wegen eines Mandanten hatte er Ärger mit der Anwaltskammer. Ich würde gerne die Akten einsehen, dazu brauch ich einen Beschluss.« Fischer legte seinen Notizblock vor sich auf den Resopaltisch.

»Altmann ist der zuständige Dezernent.« Guido Ermter schaute auf seine Armbanduhr. »Eigentlich wollte er längst hier sein.«

»Außerdem möchte ich mit dem Vater des Toten sprechen. Da gab es angeblich Reibereien.«

»Familienknatsch?«

»Wohl eher geschäftliche Interessen. Als Anwalt für Baurecht hat Klewer viel für die Firma seines Vaters gearbeitet. Aber noch ist das alles zu vage.«

Die Tür des Besprechungsraumes öffnete sich und mit dem Staatsanwalt drang ein Schwall Gestank ein.

»Entschuldigen Sie die Verspätung. Steckt die Polizei jetzt so tief in der Scheiße, dass man es schon riechen kann? Das ist ja fabelhaft.« Staatsanwalt Werner Altmann zog sich einen Stuhl an den Tisch und nickte in die Runde.

Fischer nahm den Schlüssel vom Dienstwagen. Er war froh, das Gebäude verlassen zu können. Die Sanitärfirma hatte die Verstopfung der Leitung nicht beheben können und nun wurde eine Wand aufgestemmt. Zu dem ekeligen Geruch kam jetzt auch noch der Baulärm.

»Kommst du, Oliver?«

Kommissar Oliver Brackhausen tippte eine Nachricht in sein Handy, während er Jürgen Fischer die Stufen nach unten folgte.

»Jetzt gibt es wieder Ärger. Ich sollte heute Abend auf Finn aufpassen.«

»Wie macht sich denn dein Sohn?«

»Inzwischen find ich es schön, regelmäßig Kontakt zu ihm zu haben. Er nennt mich ›Papa‹ und freut sich, wenn ich ihn abhole. Allerdings hat Ina, seine Mutter, nun einen neuen Partner.«

»Und?«

»Nichts und.«

»Ich dachte, du interessierst dich nicht mehr für sie.«

»Tu ich auch nicht. Aber wenn die beiden zusammenbleiben, wird dieser Mann der Vater meines Sohnes.«

»So ein Blödsinn. Du wirst immer der Vater für Finn sein, wenn du dich genügend kümmerst. Auch wenn ihr nicht zusammenwohnt.« Fischer betrat den Hof und suchte nach dem Opel. Er wusste, dass er selbst in der Vaterrolle versagt hatte. Für ihn war sein Beruf wichtiger gewesen als seine Söhne und nun hatten sie sich entfremdet und nur wenig zu sagen. Etwas, was er bitter bereute.

Der Staatsanwalt Werner Altmann wollte heute noch dem Richter einen Beschluss vorlegen. Fischer hoffte, morgen die Akten von Markus Klewer durchsehen zu können. Es ärgerte ihn, dass sie noch nicht mal einen Ansatz für das Motiv des Mordes hatten. Vielleicht könnte ihnen der Vater ja helfen.

KAPITEL 11

Heinz Klewer bewohnte ein Haus in Verberg, einem der sogenannten besseren Vororte Krefelds, jenseits von Stadtwald und Pferderennbahn. Von außen sah das Haus eher unscheinbar aus, weiße Wände, eine massive Haustür, kleine Fenster mit verschnörkelten Gittern davor. Eingeschossig, aber mit Satteldach.

Hauptkommissar Jürgen Fischer betätigte die Klingel. Es war nichts zu hören, noch nicht einmal ein kleines Echo eines Geräusches. Fischer sah Brackhausen fragend an.

»Schell einfach noch mal. Vielleicht hast du nicht fest genug gedrückt, Jürgen.«

Jürgen Fischer hob gerade die Hand, als die Tür sich öffnete.

»Ja, bitte?« Eine ältere Frau, die grauen Haare in penible Löckchen gelegt, stand vor ihnen.

»Frau Klewer?« Fischer konnte sich nicht daran erinnern, ob die Mutter des Toten in den Gesprächen erwähnt worden war. Diese Frau war zwar nicht mehr die Jüngste, aber eigentlich zu jung, um die Mutter eines Mittvierzigers zu sein.

»Schikowski, Erna Schikowski.« Sie fügte nichts weiter an.

»Hauptkommissar Jürgen Fischer, Kriminalpolizei Krefeld. Ist Herr Klewer zu sprechen?«

Frau Schikowski runzelte die Stirn, ließ die beiden Kripobeamten zögernd ein.

Der Flur war mit großen Marmorplatten ausgelegt, die glänzten, als seien sie frisch poliert. Die ersten Schritte ging Fischer vorsichtig, doch der Boden war entgegen seiner Befürchtung nicht glatt oder rutschig. Eine doppelflügelige Glastür führte in ein großzügiges Wohnzimmer. Auf der linken Seite war ein schmales Fensterband knapp unter der Decke. Ihnen gegenüber beherrschte ein Kamin die Wand und die rechte Seite war komplett verglast. Fischer stellte fest, dass das Haus U-förmig gebaut war. Das Wohnzimmer bildete einen der beiden Schenkel. Jenseits des Gartens konnte man den anderen Flügel sehen. Auch dort war die Wand, die zum Garten oder Innenhof führte, verglast. Allerdings waren die Scheiben beschlagen.

Ein Schwimmbad, vermutete Fischer.

»Bitte warten Sie einen kleinen Augenblick. Ich hole Herrn Klewer. Darf ich Ihnen etwas zu trinken bringen?« Frau Schikowski war in der Tür stehen geblieben. Ihr Gesichtsausdruck zeigte eine gewisse Zufriedenheit, so als genieße sie, dass die beiden Beamten von dem Gebäude beeindruckt waren.

»Nein, danke.« Fischer blickte sich um. Eine Polsterlandschaft stand in der Mitte des Wohnzimmers. Jeden anderen Raum hätte sie erdrückt, aber hier wirkte sie fast zierlich.

»Was schätzt du, Oliver?« Fischer ließ sich vorsichtig auf einem Sofa nieder. »50 Quadratmeter?«

»Mindestens. Hast du gesehen? Da drüben, das muss ein Schwimmbad sein. Geldadel.«

»Vom Maurer zum Millionär? Ich habe eindeutig den falschen Beruf gewählt. Wer ist Frau Schikowski? Die Haushälterin?«

»Vermutlich. Frau Klewer ist schon länger tot.« Oliver setzte sich neben Fischer. Kaum hatte er sich niedergelassen, kam ein Mann in den Raum.

»Guten Abend, meine Herren.« Heinz Klewer war groß und wirkte massiv, ohne dick zu sein. Er trug einen dunklen, aber nicht schwarzen, Anzug. Mit forschen Schritten kam er auf die beiden Beamten zu.

Fischer und Brackhausen erhoben sich.

»Mein Beileid, Herr Klewer.«

»Hmm. Ja.« Der Mann runzelte nur kurz die Stirn, sah sie dann offen an. »Was kann ich für Sie tun?«

»Wir versuchen herauszufinden, wer ein Motiv haben könnte, Ihren Sohn umzubringen.«

»Ja. Bitte setzen Sie sich doch.« Klewer wies auf die Sofas. »Möchten Sie etwas trinken?«

Fischer verneinte, setzte sich. Auf einem Glastisch unterhalb des Fensterbandes standen diverse Flaschen. Klewer nahm ein Kristallglas, füllte es zur Hälfte.

»Sie haben wohl nichts dagegen, dass ich mir etwas nehme?« Er hielt das Glas zum Fenster, durch das die letzten Strahlen der Abendsonne fielen und das Getränk zum Funkeln brachten. »Ein ganz besonderer Whiskey. Ein 25 Jahre alter Lagavulin, Fasslagerung. Die älteste Originalabfüllung dieses Malts überhaupt. Durch die längere Ruhe hat sich der Torfrauch abgebaut und er ist im Eigengeschmack komplexer geworden.«

Langsam nippte er an dem Glas, kam dann zu der Polstergruppe und setzte sich Fischer und Brackhausen gegenüber.

»Die Flasche kostete nur knapp 300 Euro. Hört sich viel an, ist aber ein Schnäppchen. Möchten Sie vielleicht doch?«

»Vielen Dank, wir sind im Dienst. Wissen Sie, ob Ihr Sohn Feinde hatte?« Fischer lehnte sich zurück, allerdings war das Sofa so tief, dass er nun fast lag. Er setzte sich wieder aufrecht, rutschte vor zur Kante.

»Feinde? Ich weiß nicht, ob ich das so bezeichnen würde. Wir sind ja nicht in Amerika. Sehen Sie, Markus hat sich für viele Dinge eingesetzt. In seinem Beruf als Anwalt hat man natürlich Gegner. Aber Feinde? Ich hab es mehrfach erlebt, dass er sich vor Gericht mit der Gegenpartei heftig gestritten hat. Da fielen einige unschöne Worte, es klang fast wie Hass. Doch anschließend ist er mit dem Gegenanwalt einen trinken gegangen. Gerichtsverhandlungen sind oftmals Show. Es gilt den Richter zu beeindrucken, aber noch mehr die Mandanten, die bezahlen das schließlich und wollen für ihr Geld etwas geboten bekommen.«

»So habe ich das noch nie betrachtet.« Fischer rieb sich über das Kinn. Der Mann war sehr gefasst, ebenso wie es Klewers Ehefrau gewesen war.

»Außerdem war Markus Politiker. Auch da streitet man sich. Erst letztes Jahr gab es Querelen in der Partei. Ein neuer Kreisvorsitzender musste gewählt werden und Markus ließ sich aufstellen. Es gab einen Gegenkandidaten und es kam zu einer Kampfabstimmung. Markus hat natürlich gewonnen.«

Natürlich, dachte Fischer, in dieser Familie gibt es keine Verlierer, nur Sieger.

»Wissen Sie noch, wer der Gegenkandidat war?« Oliver

Brackhausen nahm den Notizblock aus der Tasche. Er sah Klewer erwartungsvoll an.

»Das war Frank Heiniken, der Konditormeister.«

»Ihr Sohn hat oft Ihre Firma vertreten.«

»Das ist richtig.«

»Gab es Fälle, die besonders schwerwiegend waren?«

»Sicher, einige. Spontan fällt mir aber keiner ein, der zu seinem Tode hätte führen können.«

Seltsame Formulierung, dachte Fischer, zu seinem Tod führte eine Kugel.

»Jemand, der ihn anschließend bedroht hat?«

»Zwei, dreimal gab es das. Das ist aber schon länger her. Es waren aber nur Verbalattacken, nichts von Bedeutung. Jemand hatte verloren und musste seinen Frust herauslassen. Aber wie oft sagt man: ich bringe dich um und tut es dann doch nicht?«

»Einer hat es aber getan. Es würde uns sehr helfen, wenn Sie Namen und Fälle heraussuchen würden, Herr Klewer.«

KAPITEL 12

Heinz Klewer stand auf und nahm sich noch einen Whiskey.

»Gibt es ansonsten etwas, was Ihnen einfällt und was uns weiterbringen könnte?« Jürgen Fischer sah auf seine Armbanduhr. Es war kurz nach acht und er hatte Hunger. »Ist Ihr Sohn bedroht worden?«

»Davon weiß ich nichts. Es gab ein paar Streitereien mit einem Naturschutzbund. Mit denen hatte er es nicht so. Er war schon sehr bedacht darauf, die Region aufzuwerten. Ökonomisch, nicht ökologisch. Aber die genauen Hintergründe weiß ich nicht.«

»Geht es da um das Bauvorhaben in Linn?«

»Ach, das wissen Sie schon? Ja, darum ging es wohl. Alles Killefitz. Irgendeine Fledermaus, die geschützt sein soll. Können Sie das begreifen? Da gibt es eine Perspektive, den heruntergekommenen Hafen aufzuwerten und dann kommen so ein paar Hippies mit langen Haaren und seltsamer Kleidung und stellen sich dagegen. Was hat denn mehr Wert? Unser Leben oder das der Viecher? Fledermäuse, tz.«

»Und Ihr Sohn hatte deswegen Ärger?« Brackhausen zückte den Stift. »Welche Organisation war das?«

»Das weiß ich nicht. Naturschutzbund? Ja, er hat ein paar böse Briefe bekommen, Hundekot lag vor seiner Haustür, sein Wagen wurde zerkratzt.«

»Hat er das angezeigt?«

»Soviel ich weiß nicht.«

»War er sich denn sicher, dass diese Taten von den Naturschützern begangen wurden?«

»Ja, das war er. Weshalb, das kann ich Ihnen allerdings nicht sagen. Vielleicht ging das aus den Briefen hervor. Er hat es nur am Rande erzählt. Es war nichts, was ihn wirklich beunruhigt hätte.«

»Sie sind doch maßgeblich an dem Bauvorhaben beteiligt? Sind Sie auch bedroht worden?«

»Ich? Nein!«

»Aber würde es nicht mehr Sinn machen, die Baufirma unter Druck zu setzen als den Anwalt der Firma?«

»Wissen Sie, wie schräg diese Typen denken? Außerdem steht noch nicht fest, ob meine Firma den Zuschlag bekommt. Das Bauprojekt ist öffentlich ausgeschrieben. Wir haben gute Chancen, aber das ist auch alles.« Heinz Klewer blickte nachdenklich in den Garten.

»Ach, und ich hatte das so verstanden, als wäre es Ihr Projekt. Na gut. Die Briefe sind sicherlich bei seinen Unterlagen?«

»Mag sein. Vielleicht hat er sie auch vernichtet. Das ist jedoch nicht seine Art. Er war ein akribischer Sammler.«

»Wie geht es Ihrer Schwiegertochter?« Der Hauptkommissar wechselte das Thema. Er beobachtete sein Gegenüber genau.

»Birgit? Den Umständen entsprechend.«

Den Umständen entsprechend, Fischer stutzte. Dann erhob er sich. »Herr Klewer, wenn Ihnen noch irgendetwas einfällt, rufen Sie uns bitte an.« Er zog seine Karte aus der Jackentasche.

»Was machen Sie jetzt? Ich meine, wie gehen Sie weiter vor?« Klewer nahm die Karte, drehte sie zwischen den Fingern, als sei er unschlüssig, ob er sie einstecken oder wegwerfen solle.

»Wir werden weiter ermitteln. Fragen stellen, Unterlagen durchsuchen, Hinweisen aus der Bevölkerung nachgehen. Ein ganzes Team arbeitet daran, den Mörder Ihres Sohnes zu fassen.«

»Aber Sie werden Birgit – meine Schwiegertochter – heute Abend nicht noch einmal belästigen, hoffe ich. Sie musste genug ertragen, und die nächsten Tage werden für uns nicht leicht sein.«

Fischer runzelte die Stirn. Es klang nicht nach einer Frage oder Bitte, eher wie ein Befehl.

»War die Ehe Ihres Sohnes eigentlich glücklich?«

»Wie bitte?« Klewer starrte ihn an. »Was wollen Sie denn

mit dieser Frage implizieren? Natürlich war die Ehe der Kinder glücklich.«

»Würden Sie uns dann bitte morgen die Firmenunterlagen zukommen lassen?« Oliver Brackhausen trat einen Schritt nach vorne. »Damit wir sie durchgehen können. Jeder noch so kleine Hinweis könnte nützlich sein.«

»Ich muss das erst heraussuchen. Ob ich das morgen schaffe, kann ich nicht versprechen, schließlich muss ich mich um die Familie kümmern.«

Die Höflichkeit schien auf einmal gewichen zu sein. Der Tonfall war brüsk.

Hauptkommissar Jürgen Fischer atmete auf, als die Tür hinter ihnen ins Schloss fiel. Der Abend war lau und es duftete nach Flieder.

»Was war denn zum Schluss mit dem los?« Oliver Brackhausen durchsuchte seine Jacketttasche. Er fluchte leise. »Hast du mal ne Ziggi für mich?«

Fischer reichte ihm die Packung. »Keine Ahnung. Wahrscheinlich ist die Familie heilig. Da wird gemauert, was das Zeugs hält, auch wenn die sich bis aufs Blut bekämpft haben sollten.«

»Wie kommst du eigentlich darauf, dass in der Ehe etwas nicht stimmte? Den Dieckhoff hast du auch danach gefragt.«

»Ich hab munkeln gehört, dass Klewer es mit der Treue nicht so genau nahm.«

»Ich dachte, du hattest noch nie was von ihm gehört?«

Fischer rieb sich über das Kinn, ging mit schnellen Schritten zum Wagen. Er konnte Oliver schlecht sagen, was Sabine Thelen ihm anvertraut hatte. »Lass uns ins Präsidium fahren und schauen, ob es etwas Neues gibt.«

Sabine Thelen saß in ihrem Büro und sortierte die Spurenberichte und Anhörungsbögen in verschiedene Ablagekörbchen. Erstaunt sah sie hoch, als Fischer und Brackhausen eintraten.

»Was macht ihr denn noch hier?«

»Gibt es etwas Neues? Irgendeine Spur?«

»Sein Wagen stand in einer Parkbucht vor der Burg. Die Spurensicherung hat ihn schon. Ein paar Teams befragen die Anlieger, bisher ist aber niemandem etwas aufgefallen. Einen Schuss hat auch keiner gehört. Günther hat mit einem von Klewers Parteikollegen gesprochen. Der war wohl ziemlich sauer auf Klewer. Aber ob dort ein konkretes Verdachtsmoment vorliegt, kann ich dir nicht sagen. Morgen bei der Frühbesprechung wissen wir sicherlich mehr. Und ihr? Wart ihr erfolgreich?«

Fischer schüttelte den Kopf. Er wollte gerade etwas sagen, als die Melodie der Blues Brothers ertönte.

»Everybody needs somebody to love«, sang Oliver Brackhausen mit.

»Schnauze!« Fischer drückte einen Knopf. »Ja? Ach, verdammt, Martina, ich hab vergessen, mich zu melden. Wo bist du?«

KAPITEL 13

Das spanische Restaurant ›Tapas‹ auf dem Großmarkt war wie jeden Abend gut gefüllt. Hauptkommissar Jürgen Fischer zwängte sich zwischen den Stühlen hindurch bis zu dem kleinen Tisch, an dem die Staatsanwältin Martina Becker saß.

»Es tut mir leid.« Er blieb einen Moment am Tisch stehen, unsicher, ob er sie in den Arm nehmen oder auf die Wange küssen wollte. Die Staatsanwältin nickte und spielte mit ihrem Weinglas.

Bei den Ermittlungen um zwei angebliche Selbstmorde vor ein paar Monaten hatten sie Hand in Hand gearbeitet. Aus der konstruktiven Zusammenarbeit war Freundschaft geworden. Die Freundschaft hatte sich vertieft und schließlich landeten sie im Bett. Jürgen Fischer fühlte sich wie der glücklichste Mann auf Erden. Umso größer war die Ernüchterung am nächsten Tag: Martina verhielt sich freundlich, aber unverbindlich. Jedes Mal war das bisher so gewesen. Ihm war nicht klar, ob sie eine Beziehung führten oder nicht. Noch hatte er nicht den Mut gehabt, mit ihr darüber zu sprechen, aber lange konnte er die Situation so nicht mehr ertragen. Er wollte klare Verhältnisse, fürchtete jedoch, dass es nur ihm so ging. Martina schien zufrieden.

»Ist schon okay. Ihr habt eine MK, das ist immer Stress.«

»Wohl wahr.« Fischer drehte sich um und studierte die große Tafel, auf der die Speisen aufgelistet standen.

»Hast du schon bestellt?«

»Zu essen? Nein, hab ich nicht. Ich hab auch keinen großen Hunger.«

»Aber ich.«

Der Hauptkommissar bestellte sich einen großen Tapasteller und Bier, während die Staatsanwältin nur ein paar Fischspieße auf Salat wählte.

Fischer trank das kalte Bier mit großen Schlucken, bestellte ein zweites. Er war einerseits erschöpft, andererseits hellwach. Die Befragungen gingen ihm im Kopf herum. Markus Klewer war ein vielschichtiger Mann gewesen, ein klares Bild hatte Fischer noch nicht von ihm. Es gab mehrere Bereiche, in denen das Tatmotiv zu suchen war. Einen Bereich hatten sie bis jetzt noch gar nicht berührt: Klewers Privatleben. Mord geschah meist impulsiv, war selten kompliziert und so gut wie nie konspirativ. Doch dieser Fall sah anders aus. Eigentlich war es eine Art Hinrichtung. Die Russenmafia in Krefeld? Hatte Klewer eventuell noch Geschäftsbereiche, von denen sie nichts wussten? Immobilien und Kapital, da lag viel Potenzial, viel Geld. Geld war auch ein Antrieb für Mord. Oder Rache.

Mit dem Zeigefinger malte Fischer Kreise in einer kleinen Pfütze Bier auf den Tisch.

»Du bist ganz in Gedanken.« Martina Becker lächelte. Er sah zu ihr auf, nickte. Sie hatte ihren dunklen Blazer ausgezogen und über die Stuhllehne gehängt. Die weiße Bluse unterstrich ihre leicht gebräunte Haut. Martina war ein dunkler Typ, der in der Sonne schnell Farbe bekam. Dieses Jahr verwöhnte Krefeld bisher mit sonnigen Tagen. Schon im April hatte es fast sommerliche Temperaturen gegeben. Der Mai war feucht und kühl gewesen, aber nun kletterte das Thermometer tagsüber wieder über 20 Grad.

Fischer fand, dass Martina Becker eine ausgesprochen attraktive Frau war. Sie war nur knapp 1,60 Meter groß und etwas füllig, doch sie sah immer gepflegt aus und ihre Kleidung schmeichelte ihrer Figur.

Sie ist apart auf eine ganz andere Art als Uschi Boeken, dachte Jürgen Fischer. Vor allem aber mochte er Martinas feinen Humor.

»Es ist ein schwieriger Fall und wir stehen noch ganz am Anfang. Dezernent Altmann hat ihn übernommen. Ich hatte noch nicht mit ihm zu tun.«

»Werner Altmann, ich schätze ihn. Ich kenne ihn schon länger. Er war mal in Düsseldorf tätig. Seine Frau ist vor ein paar Jahren bei einem Verkehrsunfall ums Leben gekommen und er muss nun seine Tochter alleine großziehen. Deshalb ist er nach Krefeld gewechselt. Hier ist nicht ganz so viel los. Meistens zumindest.«

Ähnlich wie bei dir, Martina, dachte Fischer. Die Staatsanwältin war nach dem Krebstod ihres Mannes nach Krefeld gekommen. Ihre Ehe war allerdings kinderlos geblieben.

Fischer nahm die Zigaretten aus der Tasche. »Stört es dich?«, fragte er, obwohl er die Antwort schon kannte.

»Hier? Wo alle rauchen?« Sie lachte.

»Warum hast du den Fall nicht übernommen?«

Die Staatsanwältin sah zur Seite, lehnte sich zurück und schob die Hand in den Nacken unter die kurzen, dunklen Haare.

»Altmann hatte schon mal mit Klewer zu tun. Ich kenne die Akte nicht und hätte mich erst einarbeiten müssen. Ich glaube zwar nicht, dass das relevant für den Fall ist, aber man weiß ja nie.«

Etwas in ihrer Stimme hatte sich verändert. Fischer nahm ein Stück Brot, tunkte den letzten Rest Soße auf. Danach legte er das Besteck auf den Teller und zündete die Zigarette an.

»Gibt es noch einen anderen Grund?«

»Wie kommst du darauf?« Sie warf ihm nur einen kurzen Blick zu.

»Weiß nicht. Nur eine Vermutung.«

»Du bist ein guter Kriminalist, dir entgeht selten etwas.« Sie grinste schief, beugte sich dann nach vorne und stützte die Ellenbogen auf den Tisch. »Ja, es gibt tatsächlich noch einen weiteren Grund. Ich kannte Klewer.«

»Aha.« Fischer sah sie an, aber Martina studierte den schrundigen Holztisch, als ob dort etwas Interessantes zu entdecken sei.

»Es ist schon ein paar Jahre her. Zwei, um genau zu sein. Da habe ich ihn auf einer Feier getroffen. Wir haben uns gut verstanden.«

»Das ist aber doch kein Grund, befangen zu sein.«

»Doch. Ich hatte etwas mit ihm. Ein Techtelmechtel. Nur kurz. Das war nach dem Tod meines Mannes. Markus hat mir gut getan.«

»Er hat mir gut getan«, das war das zweite Mal, dass Fischer heute diese Formulierung hörte. Auch Sabine Thelen hatte sich so geäußert. Genau wie Martina hatte Sabine ihren Partner verloren. Stand Klewer auf Witwen? Fischer runzelte die Stirn.

»Es war lange bevor ich dich kennen gelernt habe, Jürgen.« Martina klang entschuldigend. Endlich blickte sie ihn an.

»Ich weiß. Du bist mir auch keine Rechenschaft schuldig.« Fischer winkte die Bedienung heran. »Möchtest du noch etwas trinken?«

Sie nickte. Fischer bestellte ein weiteres Bier und einen Rotwein.

»Was meinst du mit, ›er hat mir gut getan‹?«

»Wie, was meine ich damit? Ich war noch nicht reif für eine neue Beziehung, aber manchmal tut es einfach gut, wenn ein Mann zeigt, dass er eine Frau begehrenswert findet.«

»Und das hat er getan?« Fischer überlegte, ob er Martina zeigte, dass er sie begehrenswert fand.

»Ja. Er hat mich umworben. Ich habe ihm gesagt, dass ich kein Interesse hätte. Das hat ihn aber nicht abgehalten. Wir waren uns beide einig, dass es eine reine Bettgeschichte war und bleiben sollte.«

»Hat er irgendetwas von seiner Ehe erzählt? Ich meine, war er ein notorischer Fremdgänger oder war das nur eine vorübergehende Krise seinerseits? Die Midlife-Crisis?«

»Wir haben nicht über seine Ehe gesprochen. Wir sind ein paar Mal schick essen gegangen, waren in der Oper in Düsseldorf, ein Wochenende haben wir zusammen verbracht. Dann wurde mir bewusst, dass er verheiratet war und dass ich gar kein Interesse an ihm hatte. Ich hab's nur für mich getan. Er hat mir geschmeichelt.«

»Und du hast ihn nie gefragt, warum er das macht? Ob er mit seiner Frau unglücklich war?«

»Nein.«

Fischer rieb sich über das Kinn. Er vermutete, dass Martina und Sabine nicht die einzigen Liaisons waren, die Klewer eingegangen war. Lag da vielleicht ein Motiv? Ein betrogener Ehemann? Eine enttäuschte Geliebte? Wie konnte er darüber weitere Informationen bekommen? Er konnte ja schlecht einen Presseaufruf starten: welche Frau hatte mit Markus Klewer ein Verhältnis. Jürgen Fischer seufzte.

»Ich hoffe, das macht dir nicht zu schaffen, Jürgen.«

»Doch, macht es.«

»Aber ... ich war damals ungebunden. Ich habe nicht darüber nachgedacht, dass er verheiratet war. Es war etwas nur für mich, kannst du das nicht verstehen? Du bist schließlich auch noch verheiratet.«

Autsch, dachte Fischer, das saß.

»Nein, Martina, das meinte ich nicht. Ich weiß, dass Klewer auch mit einer anderen Frau etwas hatte und ich frage mich, mit wie vielen noch. Und ob da das Motiv liegt.«

»Ach so ...« Bevor die Staatsanwältin noch etwas sagen konnte, klingelte ihr Handy. Sie meldete sich mit Namen. Das tat sie immer. Eine der Wenigen, die Jürgen Fischer kannte, die nicht nur ›Ja‹ sagten. Er mochte diesen Zug an ihr.

Martina Becker stand auf, nahm den Blazer von der Stuhllehne, ohne das Gespräch beendet zu haben. Sie hörte konzentriert zu, murmelte nur hin und wieder eine kurze Frage.

»Ich muss leider gehen.« Sie steckte das Handy in die Tasche, zog den Blazer über. »Ein Notfall.«

»Beruflich?«

»Nein, privat. Meine Schwiegermutter. Sie ist offensichtlich verwirrt. Ich muss dahin.« Martina Becker beugte sich über Fischer, küsste ihn auf die Wange. »Tut mir wirklich leid. Vielleicht setzen wir den Abend ein anderes Mal fort.«

»Am Wochenende?«

»Ich weiß noch nicht. Lass uns telefonieren.«

KAPITEL 14

Sebastian Horster wollte gerade das Licht löschen, als es schellte. Er stand auf, öffnete die Wohnungstür einen Spalt.

»Du?«

»Ja, ich. Lässt du mich rein?« Gesa Altmann hatte die Hände in die Jackentaschen gesteckt.

»Was willst du?« Sebastian hatte seine Wut in drei Flaschen Bier ertränkt. Er zuckte mit den Schultern, stieß die Tür auf und ging, ohne sich nach ihr umzusehen, zurück in das Wohn-Schlafzimmer. Er kroch zurück auf die Schlafcouch, zog die Decke bis zum Kinn.

»Sebastian, nun sei doch nicht so. Das war einfach blöd vorhin.«

»Blöd? Meinst du, ich hätte es absichtlich getan? Eure Wasserrallen verjagt?« Er schnaubte.

»Es war schön doof, dass du zu einer solchen Tour, einer Erkundungstour, das Handy eingeschaltet lässt. Ehrlich. Na ja, aber du bist ja noch Anfänger. Du lernst das noch. Nun sei nicht mehr sauer.«

»Ich bin nicht sauer.« Sebastian lag auf dem Rücken, die Arme hinter dem Kopf verschränkt und starrte an die Decke.

»Hey.« Sie setzte sich neben ihm an den Bettrand und stupste ihn an. »Hey, du.«

»Hmm.«

»Darf ich heute bei dir schlafen?«

»Du hast doch Schule morgen. Was sagt dein Vater dazu? Überhaupt, es ist schon nach zwölf, warum bist du nicht zu Hause?«

»Mein Vater? Der bekommt das gar nicht mit. Der hat was am Start, da bin ich mir sicher. Eine Kollegin oder so. Er hat mir eine SMS geschickt, dass er heute Abend später kommt, ich solle mir keine Sorgen machen. Als ob ich mir Sorgen machen würde. Und zur Schule kann ich doch auch von hier aus. Wäre ja nicht das erste Mal.«

»Du weißt, dass die Schule wichtig ist?« Sebastian knurrte, aber er drehte sich zu ihr um, strich ihr langsam über den Arm.

»Ja, Papi.« Gesa verdrehte die Augen.

»Na, dann komm.« Er hob die Decke an.

Seine Freundin lachte. »Darf ich mich erst ausziehen und mir die Zähne putzen, Papi?«

»Nenn mich nicht so. Mach dich nicht über mich lustig.«

»Sorry.« Das Mädchen beugte sich über ihn und küsste ihn.

Dann sprang sie auf, streifte die Schuhe ab, schleuderte sie in zwei verschiedene Ecken des Zimmers. Auf dem Weg ins Bad zog sie ihr Sweatshirt und ihre Hose aus, ließ sie fallen.

Sebastian konnte sie summen hören. Ein altes Lied von Anne Murray, das die Fugees vor ein paar Jahren gecovered hatten: »Killing me softly«. Es war eins der Lieblingslieder seiner Mutter, bevor sie endgültig abstürzte, deshalb erkannte er es.

Gesa ist eine erstaunliche Frau, dachte er. Sie ist gar nicht eingeschnappt. Sie kommt hier mit guter Laune an, will sogar noch hierbleiben. Ich hab sie nicht verdient.

Als sie zu ihm unter die Decke kroch, roch sie nach Seife und Zahnpasta. Sie kuschelte sich an ihn.

»Du, das mit dem Handy tut mir wirklich leid.« Er spürte seine Erregung und schämte sich dafür. Wie festgefroren blieb er auf dem Rücken liegen. Gesa strich ihm mit der Hand über die Schulter und die Brust. Sebastian drehte sich verlegen auf die Seite. »Kannst du mir mal den Rücken kraulen, nur ein bisschen?«

»Vergiss die Geschichte mit dem Handy. Wenn die Rallen sich hier angesiedelt haben, dann kommen sie auch zurück. Das wäre allerdings geil.«

Sie strich ihm über den Rücken. Er konnte die Wärme ihrer Haut spüren.

»Wer hat dich denn überhaupt angerufen?«

»Andreas, mein Chef. Ich muss am Wochenende eine Tour fahren.«

»Wohin?«

Sebastian schluckte. Über seinen Job hatte er Gesa bisher nicht viel erzählt und so sollte es nach Möglichkeit auch bleiben.

»Na, wahrscheinlich nach Spanien. Ganz genau weiß ich es noch nicht.«

»Nimmst du mich mit?« Ihre Stimme klang begehrlich und sie drückte sich an ihn.

»Süße, das geht nicht. Wegen der Quarantäne. Das hab ich dir doch schon erklärt.«

»Ich verstehe, dass die Hunde, die ihr aus den Tierheimen holt, unter Quarantäne stehen. Ich versteh aber nicht, weshalb das für Menschen gilt. Ich wäre so gerne dabei. Das, was ihr macht, ist wirklich klasse. All diese armen Tiere hierher schaffen und sie weiter vermitteln. Sie würden sonst im Gasofen landen. Hundevernichtung, das ist so grausam.«

»Ja.« Er zögerte. War jetzt der richtige Moment ihr die Wahrheit zu sagen? Sebastian wusste es nicht. »Ja. Aber ich brauchte ein spezielles Gesundheitszeugnis. Jeder, der mitfährt, braucht das. Das wird vom Amt geprüft. Deutsche Ämter, du weißt schon.«

»Deutsche Ämter!« Gesas Stimme kühlte um vier Grad ab. »So ein Scheiß. Ich weiß ja, du kannst nichts dafür, aber wirklich. Mein Vater hat erzählt, es gab letztens eine Razzia hier in der Stadt wegen illegal beschäftigter ausländischer Bauarbeiter. Sie haben einige erwischt, die aus dem Ostblock stammten. Und da baut dieser Bürgermeister ein Haus und rate Mal, welche Sprache auf der Baustelle gesprochen wird? Russisch. Alles Gemauschel!«

»Ja.« Seine Stimme klang blechern. Er konnte ihren Körper fühlen, der sich an seinen schmiegte. Sebastian drehte sich um, küsste sie.

»Wir sollten jetzt schlafen, meinst du nicht? Wir müssen beide früh raus.«

Gesa lachte leise. »Schlafen? Sicher.«

Sie zog ihn an sich, küsste ihn. Dann rückte sie ein Stückchen weg. »Hat dich die Polizei angesprochen?«

»Polizei?« Seine Erregung erschlaffte sofort. »Weshalb?«

»Wegen des Mordes?«

»Was?«

»Na, nun sag nicht, dass du das nicht mitbekommen hast. Da ist einer erschossen worden. An der Burg. Gestern Nacht.«

»Wer? Woher weißt du das?«

»Hab ich aufgeschnappt heute. Genug Leute liefen da ja rum. War echt ärgerlich, so viel Unruhe.«

»Und?«

»Was und?«

»Und weshalb sollten die mich fragen? Die Polizei? Und wenn, was wollen die dann wissen? Ach du Scheiße, Polizei ist das Letzte, was ich brauchen kann.« Sebastian setzte sich im Bett auf. Er war wieder hellwach.

»Hast du etwas angestellt?« Gesa lachte. »Wenn, dann müsste ich mich fürchten. Schließlich hab ich den Froschlaich aus dem Naturschutzgebiet gestohlen.«

»Das wird die bei einem Mordfall nicht interessieren. Warum sollten sie mich befragen?«

»Weil du hier wohnst. Sie wollten alle Anwohner befragen. Hast du letzte Nacht einen Schuss gehört? Hast du etwas Ungewöhnliches gesehen?« Gesa sah ihn an. Das Lächeln war aus ihrem Gesicht verschwunden. »Hast du?«

»Nein!« Sebastian stand auf. »Ich muss mal eben telefonieren. Tut mir leid.«

Er nahm das Handy vom Tisch, wählte die Schnellwahl, ging ins Bad und schloss die Tür hinter sich. »Andreas? Ja, ich weiß, wie spät es ist, nur ...«

Als er zurückkam, war sie eingeschlafen. Ihr Atem ging tief und regelmäßig, sie hatte die Augen geschlossen, war eingerollt wie ein Fetus. Sebastian seufzte. Er hatte es verbockt. Im Kühlschrank war noch eine Flasche Bier, die brauchte er jetzt. Er öffnete sie und stellte sich ans Fenster. Von hier aus konnte er den Lichtschein sehen, der die Burg beleuchtete.

»Killing me softly«, das Lied ging ihm nicht aus dem Kopf. Hoffentlich würde sie wenigstens gut schlafen und keine Albträume haben, wie so oft in der letzten Zeit.

KAPITEL 15

Hauptkommissar Jürgen Fischer saß unschlüssig in seinem Wagen auf dem Parkplatz am Großmarkt. Es war kurz nach elf und eigentlich musste er hundemüde sein. Aber statt Müdigkeit fühlte er nur eine innere Unruhe. Er startete den Wagen und fuhr ohne Ziel los.

Die Jentgesallee erschien ihm ganz anders als heute Morgen, was nicht nur an der Dunkelheit lag. Kein Wagen parkte am Straßenrand, die Kinderarztpraxis hatte geschlossen und die Autos der Anlieger standen in den Doppelgaragen.

Bei Klewers brannte noch Licht. In der Einfahrt stand ein großer Mercedes 600 SEL. Fischer hätte den dunklen Wagen fast übersehen, wenn nicht das Licht der Alarmanlage in Intervallen aufgeleuchtet hätte.

Er nahm sein Handy und drückte die Kurzwahl zur Leitstelle.

»'n Abend, Fischer hier. Könnt ihr mir mal einen Gefallen tun und dieses Kennzeichen überprüfen?« Der Hauptkommissar musste nicht lange warten, der Wagen war auf

Heinz Klewer zugelassen. Eigentlich hätte er sich das denken können.

Jürgen Fischer fuhr in Gedanken vertieft weiter. Heinz Klewer war ein Macher, jemand, der Dinge in die Hand nahm. Wahrscheinlich würde er sich um alles kümmern, was nun getan werden musste. Fischer konnte die Witwe des Politikers noch nicht einschätzen. Er würde ihr am nächsten Tag einen weiteren Besuch abstatten.

Fischer zuckte zusammen, als »Everybody needs somebody« von den Blues Brothers erklang, doch es war nicht sein Handy, das Lied wurde im Radio gespielt. Erleichtert schaltete er den Sender aus und parkte seinen Wagen am Bürgersteig der Dürerstraße. Auch bei Sabine Thelen brannte noch Licht. Sabine und Martina waren beide die Geliebten des Toten gewesen. Ob Klewer mit Sabine über seine Ehe gesprochen hatte?

Sabine Thelen öffnete ihm die Tür. »Ich hab mir schon gedacht, dass du noch vorbeikommst. Ich sitze draußen, auf dem Balkon. Möchtest du etwas trinken? Wein? Bier?«

»Wasser.«

Von der kleinen Dachterrasse hatte man einen wunderbaren Blick in die großen Gärten des Viertels. Fischer setzte sich und atmete tief ein. Es duftete nach Vanille.

Seine Kollegin brachte ihm eine Flasche gekühltes Wasser und ein Glas, setzte sich neben ihn.

Auf dem kleinen Metalltischchen brannten zwei Kerzen, deren Licht sich auf der Tischplatte spiegelte. Sabine nahm ihr Weinglas, trank einen Schluck, drehte das Glas dann in den Händen.

»Du willst mit mir über Klewer sprechen?«

»Stimmt.« Jürgen kaute an seiner Oberlippe. Er hoffte, dass sie von alleine anfangen würde zu reden. Sabine tat ihm den Gefallen nicht.

»Es geht mich eigentlich nichts an, aber ... du und Klewer ...?« Jürgen stockte.

»Genau, eigentlich geht es niemanden etwas an. Aber ich verstehe dich schon. Wir ermitteln in einer Mordsache. Zum Nachteil von Markus Klewer.« Ihre Stimme wurde ein wenig tiefer. Schwangen da Tränen mit? Fischer war sich nicht sicher.

»Wie lange lief das zwischen euch?«

»Ach, nicht lange. Wir haben uns nur ein paar Mal gesehen. Ich habe ihn bei einer Veranstaltung getroffen, wir kamen ins Gespräch und sind anschließend noch einen Kaffee trinken gegangen. Und dann kam eins zum anderen. Er hat mir geschmeichelt, mich umworben. Eigentlich war er nicht mein Typ, aber es hat mir gut getan.«

Offensichtlich war das seine Masche, dachte Fischer.

»Hat Klewer gesagt, warum er sich auf dich einlässt?«

»Wie meinst du das? Er hat mir geschmeichelt, sicherlich. Welche Frau möchte nicht hören, dass sie schön und begehrenswert ist?«

»Nein, ich meinte eher, ob ihr über eine gemeinsame Zukunft gesprochen habt.«

»Ach so. Nein, das war von Anfang an klar. Ich habe ihm gesagt, dass ich noch nicht bereit bin für eine neue Beziehung. Dafür hatte er Verständnis. Ich konnte von Martin erzählen, weißt du? Er kannte ihn nicht und hat immer aufmerksam zugehört. Meine Freunde mag ich damit nicht mehr belästigen. Martin ist nun ein Jahr tot. ›Schon ein ganzes Jahr‹, ist es für alle anderen. ›Erst ein Jahr‹, für mich.«

»Aber er war doch verheiratet«, sagte Fischer leise. Es sollte kein Vorwurf sein, doch er wusste nicht, wie er es anders formulieren sollte.

»Das ist richtig. Darüber habe ich mir keine Gedanken gemacht. Das war sein Film, nicht meiner.«

»Hat er dir erzählt, was in seiner Ehe nicht läuft?«

»Nein, darüber haben wir nicht gesprochen. Ich schätze, sie haben sich einfach auseinandergelebt. So, wie es vielen Paaren passiert. Vielleicht wollte er nur einen Kick, ein Abenteuer, etwas, was ihn aus dem üblichen Trott herausreißt.«

Möglich, aber eher unwahrscheinlich, dachte Fischer. Schließlich war Sabine nicht die erste Frau, mit der Klewer ein Verhältnis hatte. Zwischen Martina und Sabine wird es wahrscheinlich eine ganze Reihe weiterer Affären gegeben haben. Vielleicht wusste seine Sekretärin mehr darüber. Ganz sicher sogar.

»Es könnte im Laufe der Ermittlungen herauskommen, Sabine.«

»Ich weiß.«

»Willst du es Ermter nicht direkt sagen?«

»Nein. Ach, Mann. Ich denke drüber nach, ja?« Sie sah ihn bittend an. Fischer nickte.

»Hat Klewer sonst etwas erzählt? Fühlte er sich bedroht?«

»Wir haben weder über seine Arbeit noch über sein Privatleben gesprochen. Tut mir leid, ich kann dir nicht weiterhelfen. Es ging nur um eins: Sex. Und darin war er verdammt gut.«

Fischer zuckte zusammen. Was war *verdammt gut* für Frauen? Ob Martina Klewer ähnlich beurteilte? Er war noch nie in Konkurrenz mit einem anderen Mann gewesen. Nun spürte er, wie ihm die Hitze den Nacken hochstieg.

»Vielleicht fällt dir ja noch etwas ein. Ein Nebensatz, nur ein paar Worte, irgendetwas. Wir haben bisher so gut wie keine Spur, alles könnte hilfreich sein.«

»Na sicher, Kollege. Weiß ich doch.« Sabine grinste.

Es wurde Zeit zu gehen. Fischer stand auf, streckte sich. Irgendetwas flog direkt über seinem Kopf hinweg, er duckte sich erschrocken. Sabine lachte.

»Das war eine Fledermaus. Ich liebe sie. Abends ziehen sie hier immer ihre Kreise. Sie sind harmlos.«

»Wenn du das sagst.« Fischer schaute hoch, konnte das Tier aber nicht mehr entdecken. Am Nachthimmel funkelten Millionen Sterne. Es war keine Nacht, um alleine zu sein.
»Trauerst du?«
»Um Markus?« Sabine überlegte einen Moment, schüttelte dann den Kopf. »Nein. Es ist bedauerlich. Ich mochte ihn, er hatte Charme. Aber ich habe ihn nicht an mich herangelassen. Nicht an meine Gefühle. Ich trauere um Martin. Immer noch. Ich denke, das wird auch nie aufhören.«
Jürgen Fischer nahm sie in den Arm, küsste sie ganz leicht auf die Wange. »Du kannst immer mit mir reden, das weißt du. Auch über Martin, ich habe ihn schließlich auch nicht gekannt.«
»Ich danke dir.«

Nachdem sich die Tür hinter ihm geschlossen hatte, blieb Fischer noch einen Moment im Hausflur stehen. Er hörte Musik aus Sabines Wohnung. Vorher hatte er sie gar nicht wahrgenommen, sie musste sie gerade erst angestellt haben. Er kannte das Lied »Under Pressure« von Queen. Ob sie sich etwas vormachte? Oder ihm?

KAPITEL 16

Polizeichef Guido Ermter ließ sich seufzend in seinen Sessel fallen. Der dunkelbraune Cordbezug war zerschlissen, das Polster hatte im Laufe der Jahre der Form seines Körpers nachgegeben, Ermter schien mit ihm zu verwachsen. Seit Jahren drohte seine Frau Sigrid damit, den Sessel auf den Sperrmüll zu schmeißen, bisher hatte er sich erfolgreich dagegen wehren können.

Sigrid Ermter sah von ihrem Buch auf. Die Leselampe goss eine gelbe Pfütze Licht über das Sofa.

»Spät heute.«

»Ja. Wir haben einen Mordfall.«

»Klewer. Das habe ich im Radio gehört. Ziemlich große Sache, was?«

Ermter nickte nur und streckte die Beine aus. Er fühlte sich erschöpft und sehnte sich nach einer Zigarette.

»Hast du etwas gegessen? In der Küche ist noch ein Rest von heute Mittag.«

»Ich hab keinen Hunger. Danke. Ich hab wohl zu viele Gummibärchen gegessen.«

»Immerhin hilft es ja anscheinend.«

»Vor allem bei meiner Gewichtszunahme. Es ist so still. Ist Julia schon im Bett?«

»Ja, sie ist vorhin erst nach Hause gekommen.«

»Es ist elf Uhr durch.«

»Sie war mit den NABU Leuten unterwegs. Irgendwo an der Linner Burg.«

»An der Linner Burg? Heute Abend? Ist sie noch wach?«

»Glaub ich nicht, wieso?«

»Die Linner Burg ist unser Tatort. Ich möchte nicht, dass

mein kleines Mädchen nachts an Orten herumläuft, wo sich vielleicht auch ein Mörder aufhält.«

»Dein kleines Mädchen.« Sigrid Ermter lachte. »Sie ist inzwischen 16.«

»Seit einer Woche.«

»Du wirst sie nicht einsperren können.«

»Nein, ich weiß. Ich mach mir trotzdem Sorgen, du nicht?«

»Ich mache mir jede Menge Sorgen, Guido. Mehr als du bestimmt. Aber über andere Dinge. Über ihre schulischen Leistungen zum Beispiel. Über ihre Freunde. Seit sie nicht mehr beim Schwimmverein ist, hat sie sich sehr verändert.«

»Sigrid, sie hat sich im letzten Jahr verändert. Schon als sie noch im Schwimmverein war. Seit sie die Musik dieser komischen Gruppe hört, die so aussehen wie Mädchen.«

»Tokio Hotel? Ich find es eigentlich gut, wie sehr sie sich für ihre Hobbys einsetzt. Mit aller Begeisterung.«

»Das kannst du doch nicht im Ernst meinen.« Guido Ermter merkte, dass seine Stimme lauter wurde. Er stand auf und schenkte sich einen Cognac ein.

»Möchtest du auch?«, fragte er, ohne seine Frau anzusehen.

»Nein, danke.« Sie klang eisig. Ein Streit mit seiner Frau war das Letzte, was er heute Abend brauchen könnte. Wie automatisiert suchte seine Hand in der Hosentasche die Zigarettenschachtel. Aber dort war keine.

»Schau, Guido, Julia ist 16. Sie muss lernen, ihr Leben zu leben. Sie ist eben nicht mehr ›dein kleines Mädchen‹. Sie wird zur Frau. Julia begeistert sich für diese Gruppe. Wir können von der Musik und den Sängern denken was wir wollen, unser Geschmack zählt nicht. Es ist ihre Sache. Aber sie jobbt an den Wochenenden, um sich die Konzertkarten leisten zu können. Sie macht bei Gewinnspielen mit. Die Rheinische Post hatte nach einem Text zum Thema ›Vorbild‹ gefragt. 100 Zeilen. Der Gewinner durfte Tokio Hotel interviewen. Julia hat mitgemacht. Sie hat zwar nicht gewonnen, aber ihren Text fand ich toll.«

»Ach? Davon weiß ich ja gar nichts.« Ermter drehte sich um, lehnte sich an die Anrichte und sah seine Frau an.

»Natürlich nicht. Sie erzählt es dir nicht. Sobald sie davon anfängt, lästerst du doch sofort.« Ihre Stimme war dunkel, tiefer als vorhin. Sie lächelte versöhnlich. »Kinder kommen selten auf andere Leute, Guido.«

»Hmm.« Er trank den Cognac mit einem Schluck aus, schüttelte sich wie ein nasser Hund. Der Alkohol brannte in seiner Kehle.

»Ich weiß doch, dass du im Stress bist. Aber sieh doch mal deine Leidenschaft für diese Winnetou-Geschichte. Ist das etwas anderes als Julias Begeisterung für Tokio Hotel?« Sigrid Ermter grinste. »Was macht eigentlich dein Freund Joachim? Kommt Marie Versini demnächst wieder nach Krefeld?«

»Joachim ist im Moment mit dem Kulturpunkt voll beschäftigt. Ich weiß nicht, wann Marie wieder nach Krefeld kommt.« Ermter brummte die Antwort nur. Es ärgerte ihn, dass seine Frau seine alte Liebe zu den Winnetou-Filmen mit Julias hysterischer Besessenheit für diese Pop Gruppe gleichsetzte.

Sigrid zuckte nur mit den Schultern und nahm ihr Buch hoch. »Am Wochenende musst du dringend nach deinem Vater sehen. Du warst schon ewig nicht mehr bei ihm.«

Ermter brummte. Er hatte nie eine innige Beziehung zu seinem Vater gehabt. Der alte Herr hatte auch im Polizeidienst gearbeitet. Er hatte für die modernen Ermittlungstätigkeiten nichts übrig. Mehr als einmal ließ er durchblicken, wie wenig er davon hielt, dass heutzutage nur noch Computer und Labore Ergebnisse liefern würden. Die Beamten hätten das Denken verlernt, sagte er.

Vor einem Jahr hatte sich Ermters Vater den Oberschenkel gebrochen und seitdem ging es stetig abwärts mit ihm. Er weigerte sich an den Rehamaßnahmen teilzunehmen, bewegte sich kaum noch, wurde immer mürrischer.

Ermters Eltern waren geschieden. Zu seiner Mutter hatte Guido nur noch sporadischen Kontakt. Da er keine Geschwister hatte, war er der Einzige, der sich um seinen Vater kümmern konnte.

Immer mal wieder diskutierten sie, wie es weitergehen sollte. Sein Vater bestand vehement darauf, erst nach seinem Tod aus der kleinen Wohnung am Oppumer Platz herausgetragen zu werden. Freiwillig würde er vorher nicht ausziehen. Dort kannte er seine Nachbarn, hatte alles, was er brauchte. Bisher brachte der mobile Mittagstisch warmes Essen, aber diese Versorgung reichte nicht mehr aus. Sie würden eine Entscheidung treffen müssen. Und das möglichst bald.

Der erste Tag der MK Klewer war ohne nennenswerte Ergebnisse verlaufen. Da war ein bekannter Mann umgebracht worden und sie hatten nicht die Spur eines Verdachtsmomentes, wo das Motiv liegen könnte. Ermter starrte in sein leeres Glas.

Wenn sie nicht bald Ergebnisse oder wenigstens einige Spuren hätten, würde ihnen die Öffentlichkeit aufs Dach steigen. Die Pressefritzen hatten heute schon einige hämisch klingende Fragen gestellt. Ermter seufzte. Vielleicht bildete er sich das aber auch nur ein. Immer, wenn er sich mit dem Rücken an der Wand befand, wurde er überempfindlich. Das war eine seiner größten Schwächen. Immerhin war sie ihm bewusst.

Große Hoffnung setzte er in Fischer. Obwohl Jürgen Fischer erst einige Monate beim KK 11 in Krefeld war, hatte er sich als zuverlässiger Mann erwiesen. Oft dachte er anders als das Team, aber gerade das schien seine Stärke zu sein. Ermter seufzte wieder.

Plötzlich bemerkte er, dass seine Frau neben ihm stand. Sie nahm ihm das Glas aus der Hand und stellte es auf die Anrichte.

»Zähneputzen, Pipi machen und ins Bett«, sagte sie lächelnd. Das war der Spruch, mit dem sie früher immer Julia ins Bett geschickt hatte. »Na komm, Guido, es ist spät und morgen wird sicher wieder ein anstrengender Tag.«

Sie küsste ihn zärtlich. Wann hatte er sie das letzte Mal leidenschaftlich geküsst? Wann hatte er überhaupt das letzte Mal etwas für sie getan? Er umarmte sie, strich ihr eine Haarsträhne aus dem Gesicht.

»Ich liebe dich, Sigrid. Danke, dass du da bist.«

»Sag Nscho-tschi zu mir.«

Ermter lachte. Es platze aus ihm heraus, laut und haltlos.

KAPITEL 17

Hauptkommissar Jürgen Fischer schloss die Tür zu seiner Wohnung auf. Er brauchte das Licht nicht anzumachen, die Straßenlaterne erhellte den Raum. Fischer stellte sich ans Fenster und starrte auf die Rheinstraße. Ein Pärchen ging Arm in Arm an den Schaufenstern entlang. Fischer drehte sich um, er hatte das Gefühl, nasser Sand läge in seinem Magen.

Auf dem Couchtisch lag ein Seidentuch, das Martina neulich bei ihm vergessen hatte. Fischer nahm es hoch, roch den leichten Hauch ihres Parfüms. Ein Duft, der ihn sehnsüchtig machte.

In der Nacht schlief er unruhig, wachte immer wieder auf, weil er von seinem Handyklingeln geweckt wurde. Es waren allerdings nur Träume. Am nächsten Morgen versuchte Fischer, die Müdigkeit durch eine extraheiße Dusche zu vertreiben.

Im Besprechungszimmer der Mordkommission fehlten Stühle. Ermter hatte das Team erweitert, sie waren nun fast 20. Staatsanwalt Altmann lehnte sich an die Wand.

»Guten Morgen. Lasst uns zügig anfangen, es liegt eine Menge Arbeit vor uns. Jürgen?« Ermter nickte Fischer zu.

»Haben Sie den richterlichen Beschluss, Herr Staatsanwalt?«

»Ja. Sie dürfen Akteneinsicht in Klewers Fälle nehmen. Das unterliegt allerdings der absoluten Diskretion. Es wäre natürlich fabelhaft, wenn wir dort einen Anhaltspunkt finden würden.« Altmann rieb sich die Hände.

»Gibt es sonst etwas?« Fischer sah in die Runde. Sabine Thelen knabberte an der Nagelhaut ihres Ringfingers und vermied es, ihn anzusehen.

»Der Bericht des LKA ist heute Morgen per Fax gekommen. Man hat die Waffe ermittelt.« Ermter räusperte sich. »Anscheinend ist es eine Waffe, nun, aus unseren Reihen. Eine Sig Sauer.«

»Wie bitte? Wir haben doch Walther P99.« Fischer lehnte sich vor.

»Ja, aber erst seit ein paar Monaten. Du, Jürgen, gehörtest zu den Ersten, die die neue Waffe bekommen haben. Sabine, deine Dienstwaffe ist seit letztem Herbst als gestohlen gemeldet. Es scheint, als wäre dies die Tatwaffe.«

»Was?« Unruhe machte sich breit. Sabine Thelen war damals entführt worden. Einer der Kollegen war in einen Korruptionsfall verwickelt gewesen und durchgedreht. Ihre

Dienstwaffe war seitdem verschwunden. Alle waren davon ausgegangen, dass der Täter sie hatte mitgehen lassen. Trotz intensiver Nachforschungen war die Waffe bisher nicht aufgetaucht.

»Mertens hatte Verbindungen zu kriminellen Kreisen. Russen-Mafia und andere Banden. Schutzgelderpressung, weiß der Teufel was noch. Das könnte eine Spur sein.« Roland Kaiser kramte in seinen Unterlagen. »Ich meine, einer von Klewers Parteikollegen hätte da etwas erwähnt. Scheiße, ich find das Blatt nicht. Sabine …?«

Sabine schüttelte den Kopf. »Ich habe gestern alle Befragungsbögen kopiert und euch in die Mappen gelegt, damit ihr auf dem aktuellen Stand seid.« Papiere raschelten. »Bist du dir sicher, dass du den Bogen in deinen Spurenkorb gelegt hast?«

»Eigentlich schon.« Roland stand auf. »Ich schau in meinem Büro nach.«

»Zwei Teams sollten sich diese Sachen noch einmal vornehmen. Auch wenn wir die Unterlagen aus der Kanzlei prüfen, sollten wir darauf achten, ob es irgendwo einen Hinweis diesbezüglich gibt. Es scheint, als stünden wir kurz vor dem Durchbruch.« Ermter nickte zufrieden.

Kurz vor dem Durchbruch? Fischer rieb sich über das Kinn. Ihm war diese Spur viel zu nebulös. »Hat die Befragung der Anwohner etwas ergeben?«

»Nicht viel. Keiner will etwas gehört oder gesehen haben. Wir sind aber noch nicht fertig. Ich fahre gleich mit Unterstützung der Schutzpolizei nach Linn.«

»Nehmt euch auch noch mal das Pärchen vor, das Klewer gefunden hat. Vielleicht erinnern sie sich ja noch an etwas, was sie gestern in der Aufregung vergessen haben.« Fischer schaute zu dem Kollegen, dieser nickte.

»Ich kann das verfluchte Blatt nicht finden.« Roland blieb in der Tür stehen. »Vielleicht im Wagen?«

»Okay, Roland, bevor du die Zeit mit Suchen verschwendest, befrag ihn einfach noch einmal.« Fischer sah auf seine Armbanduhr. »Wir treffen uns heute Mittag um eins wieder hier. Sobald jemand etwas Wichtiges ermittelt, gibt er es an Sabine. Du rufst mich dann an, ja?«

Sabine nickte zustimmend und schob ihre Unterlagen zusammen.

»Außerdem wird heute der Aufruf um Hinweise aus der Bevölkerung im Radio wiederholt, in den Zeitungen steht es auch. Wir haben eine Sondernummer eingerichtet. Viel Erfolg.« Mit diesen Worten verabschiedete Ermter die Kollegen. Sie strömten aus dem Raum wie Bienen aus dem Korb.

Fischer blieb zurück. Er trat neben Sabine. »Deine Waffe, du bist dir sicher, dass sie gestohlen wurde?«

Sabine runzelte die Stirn, nahm wieder den Finger in den Mund, knabberte. »Natürlich.«

»Hast du dir überlegt mit Ermter zu reden?«

»Ich habe noch keine Entscheidung getroffen.«

»Wird aber Zeit.«

Im Flur wartete Oliver Brackhausen schon auf Fischer. »Willst du dich wirklich durch alle Unterlagen seiner Fälle wühlen?«

»Bleibt uns etwas anderes übrig? Zuerst fahren wir aber zu Frau Klewer.«

»Wieso das denn? Glaubst du, sie weiß etwas von Verbindungen zur Mafia?«

»Nein. Aber das ist nur eine von vielen Spuren und ich bin mir nicht so sicher, dass es die richtige ist.«

»Lass das bloß nicht Ermter hören. Der ist zuversichtlich, dass wir den Fall binnen Tagesfrist gelöst haben.«

»Er wird sich mit einer herben Enttäuschung abfinden müssen.«

Oliver Brackhausen lachte und strich sich eine Haarsträhne hinter das Ohr.

»Wie lang sollen die eigentlich noch werden? Bald kannst du dir einen Zopf machen.«

»Genau, das ist das Ziel.«

»Welchen Wagen haben wir?«

»Den Passat.«

Als sie durch das Foyer des Präsidiums gingen, sprach jemand Fischer von hinten an.

»Herr Kommissar?«

Hauptkommissar Jürgen Fischer drehte sich um. »Herr Schink, das ist aber eine Überraschung.«

Er schüttelte dem alten Mann mit der dicken Brille die Hand. Schink hatte in dem Entführungsfall von Sabine Thelen maßgebliche Hinweise geliefert, die schließlich dazu führten, dass Fischer den Fall auflösen und Sabine befreit werden konnte. Seitdem verband ihn eine lockere Bekanntschaft mit dem sympathischen alten Herrn.

»Gut, dass ich Sie hier treffe, Herr Kommissar. Ihr Kollege wollte mich nicht zu Ihnen lassen.«

»Wir stecken mitten in einem Mordfall. Ist etwas passiert?«

»Ja.« Schink sah sich nervös um, dann zog er Fischer hinter eine der Stellwände, die das Foyer unterteilten. »Es geht um Ben.«

»Ben?«

»Ja, er ist verschwunden.«

»Das tut mir leid.« Fischer wusste, wie sehr der Mann an seinem Hund hing. »Waren Sie schon beim Tierheim?«

»Natürlich. Aber dort ist er nicht. Er ist nirgendwo. Ich bin mir sicher, dass er entführt worden ist.«

Jürgen Fischer unterdrückte ein Grinsen. »Wer sollte denn einen Hund entführen?«

»Das hört man doch immer wieder. Wegen der Tierversuche.«

»Gab es denn noch mehr ungeklärte Fälle? Hat das Tierheim etwas darüber gesagt?«

»Ähm, Jürgen ...?« Oliver Brackhausen wirkte leicht genervt.

»Hol doch schon mal den Wagen, Oliver. Ich komm gleich.«

»Ja, Derrick.« Brackhausen lachte.

»Herr Schink, wir sind mitten in den Ermittlungen eines Falles. Wenn ich dazu komme, werde ich mich mal umhören. Wie lange ist Ben denn schon weg?«

»Schon seit zwei Tagen. Ich mache mir furchtbare Sorgen. Ich habe alles abgesucht, aber er ist wie vom Erdboden verschluckt.«

»Zwei Tage sind ja noch nicht so lange. Vielleicht ist er auf Freiersfüßen unterwegs?«

»Ben? Nein. Der würde mich nie freiwillig so lange alleine lassen. Aber ich halte Sie auf, Sie haben Wichtigeres zu tun.«

»Ich meld mich bei Ihnen, Herr Schink, versprochen.«

KAPITEL 18

»War das nicht der alte Mann mit dem Hund? Unser Undercover-Agent, über den Ermter sich immer aufregt?« Oliver Brackhausen fuhr zügig durch den dichten Berufsverkehr.

»Herr Schink, genau der ist es. Schon bei zwei Fällen haben er und sein Hund etwas gefunden, was uns weiterbrachte. Aber damit scheint jetzt Schluss zu sein, der Hund ist ihm weggelaufen.«

»Das ist tragisch. Meine Oma hatte früher einen Pudel. Sie hat ihn mehr geliebt als alles andere. Ich fand den Hund grässlich, na ja, war eben kein Tobehund, sondern so ein Schoßhündchen. Johnny Meier hieß das Vieh. Zum Schluss bekam es die gleichen Herztabletten wie meine Oma.«

»Und dann?«

»Dann ist er trotzdem gestorben und sie war untröstlich. Einen neuen Hund wollte sie nicht, hatte Angst, dass sie schließlich vor dem Tier sterben würde. So richtig glücklich wirkte sie ohne Hund allerdings nie mehr.«

»Ich bin kein Tierfan, aber verstehen kann ich seinen Kummer schon. Es tut mir leid für den alten Herrn. Mal sehen, ob ich beim Tierheim etwas herausfinden kann.«

Oliver Brackhausen bog in die Jentgesallee ein. »Was zum Teufel ist denn hier los? Ist heute etwa schon eine Trauerfeier im Hause Klewer?«

Hauptkommissar Jürgen Fischer lachte. »Nein, hier ist eine Kinderarztpraxis, daher stehen hier so viele Wagen.«

In der Einfahrt stand der dunkle Mercedes, den Fischer schon gestern Abend dort gesehen hatte. War Heinz Klewer über Nacht geblieben? Fischer bezweifelte das. Birgit Klewer hatte nicht den Eindruck gemacht, dass sie Unterstützung brauchte oder wollte. Allerdings war Vater Klewer der Typ Mann, dem Kontrolle wichtig war. Möglicherweise gab es einen familiären Konflikt. Hauptkommissar Jürgen Fischer wartete gespannt darauf, von wem die Tür geöffnet würde. Mit dem blassen jungen Mann, dessen strähnige Haare länger waren als Olivers, hatte er nicht gerechnet.

»KK 11. Hauptkommissar Jürgen Fischer.«

»Polizei?« Der Jüngling strich sich die Haare aus dem Gesicht. »Ich bin Felix Klewer … gibt es etwas Neues?«

Der Sohn, dachte Fischer. Aber welcher? Der jüngere oder der ältere? Und waren die Söhne nicht im Ausland?

»Nein, wir stecken noch mitten in den Ermittlungen. Wir wollten kurz mit Ihrer Mutter sprechen.«

Fischer wartete darauf, dass Felix Klewer endlich die Tür weiter öffnete und sie einließ. Er wartete vergeblich.

»Meine Mutter ist zum Flughafen gefahren, um meinen Bruder abzuholen.«

»Und Ihr Großvater?«

Der junge Mann runzelte kurz die Stirn. »Mein Großvater ist mitgefahren.«

Irgendwo in dem großen Haus klingelte ein Telefon.

»Kommen Sie doch später wieder«, sagte Felix Klewer und schloss die Tür.

Jürgen Fischer schaute für einen Moment perplex auf das polierte Holz, schüttelte den Kopf. »Was war das denn?«

»Eine eiskalte Abfuhr, Jürgen. Versuchen wir es jetzt in der Kanzlei?«

Klewers Sekretärin hatte ihnen schon etliche Ordner zurechtgelegt. Sie grüßte freundlich aber deutlich distanzierter als am Vortag. Fischer schob das auf die Umgebung. Hier war ihr Arbeitsplatz, zu Hause wurde die Tee-Zeremonie vollzogen.

»Ich bin mir nicht sicher, ob Ihnen die Fälle tatsächlich weiterhelfen. Wirklich dramatische Geschichten sind nicht dabei.«

»Sicher sind wir uns auch nicht. Trotzdem vielen Dank, Frau Boeken.«

Fischer setzte sich, ließ das Zimmer auf sich wirken. Klewers Schreibtisch war nur halb so groß und weniger protzig als der seines Partners Dieckhoff. Die beiden großen Fenster gaben den Blick in den Garten frei. An den Wänden hingen große, buntfarbige Drucke. Kein Teppich bedeckte den Parkettboden. Zwei Fotografien in Silberrahmen standen auf dem Schreibtisch. Ein Portrait von Klewers Frau und eins der beiden Söhne.

Der Raum strahlte Ruhe aus.

»Wie willst du jetzt vorgehen?« Oliver zog sich einen Stuhl heran. »Willst du tatsächlich alle Fälle der letzten Jahre überprüfen?«

»Nein. Lass uns mal die letzten Monate ansehen und ein wenig sortieren. Alles, was mit der Firma seines Vaters zu tun hatte. Und eben die anderen Fälle. Vor allem sollten wir darauf achten, ob es eine persönliche Komponente gab. Ich kann mir nicht vorstellen, dass jemand seinen Anwalt umbringt, nur weil der Fall in die Hose ging.«

»Kommt auf die Summe an. Geld ist immer ein gutes Motiv.«

»Rache ein besseres. Mir geht es aber vordergründig mehr darum, noch etwas über Klewer zu erfahren. Das Bild, das ich von ihm habe, ist immer noch zu schwammig.«

»Du denkst du findest das Motiv bei ihm?«

»Ich denke gar nichts. Ich weiß einfach noch viel zu wenig.«

Die Tür öffnete sich nahezu geräuschlos. »Möchten die Herren einen Kaffee?«

Fischer nickte erfreut. Er nahm die Zigaretten aus der Jackentasche und griff zum ersten Aktendeckel.

KAPITEL 19

»Am Wochenende wollte ich für einige Freunde kochen. Hast du Lust auch zu kommen, Martina?« Staatsanwalt Werner Altmann ließ sich neben Martina Becker nieder. Die Cafeteria im Amtsgericht war fast leer. In einer halben Stunde würde sich das ändern.

»Du kochst? Wusste ich gar nicht.«

»Ja, das ist eins meiner größten Hobbys. Ich gehöre einer Gruppe an, die ›Slow-Food‹ praktiziert. Im Gegensatz zu ›Fast-Food‹, weißt du. Wir nehmen nur ökologisch angebaute Lebensmittel, achten auf ›faire‹ Ware und zelebrieren die profane Tätigkeit zu einem Event der Genüsse.«

»Hört sich hervorragend an. Wann findet das Event statt?«

»Das weiß ich noch nicht ganz sicher. Samstagabend wahrscheinlich. Es kommen vier gute Freunde von mir, meine Tochter wird auch da sein und vielleicht ihr Freund.«

»Sie ist 17, nicht wahr? Ich hab sie neulich drüben gesehen, da wollte sie wohl zu dir. Eine ganz Hübsche.«

»Ja, leider tickt sie im Moment etwas schräg. Ihr Freund ist nicht wirklich nach meinem Geschmack, aber das ist ja nun mal ihre Entscheidung. Ich hatte am Anfang so ein wenig das Gefühl, sie hätte ihn rein aus Protest ausgesucht. Ich habe mir aber nichts anmerken lassen, in der Hoffnung, sie sucht sich etwas anderes. Das hat noch nicht funktioniert.«

»Manchmal bin ich durchaus froh diese Sorgen nicht zu haben.« Martina Becker lachte.

»Du bist erst 41. Es ist noch nicht zu spät.« Altmann warf ihr einen nachdenklichen Blick zu. »Dir sieht man das Alter sowieso nicht an, geschätzte Kollegin.«

»Wisch den Schleim weg, mein Guter. Also Samstag? Ich freu mich.«

»Bringst du jemanden mit?«

»Ist das eine Fangfrage?« Martina Becker lächelte. »Ich weiß noch nicht, ob ich alleine komme. Ich warne dich rechtzeitig vor.«

»Gut!«

Sie stand auf, nahm ihre Robe, winkte ihm noch einmal zu und verließ die Cafeteria.

Werner Altmann sah ihr hinterher. Martina Becker war nicht nur gutaussehend, wenn sie auch für seinen Geschmack ein paar Pfunde zu viel hatte, sie war auch sehr sympathisch. Er freute sich, sie hier in Krefeld wiederzutreffen. Schon früher hatten sie sich gut verstanden, gut zusammengearbeitet. Nun hatten sie noch mehr gemeinsam. Ihre Partner waren beide verstorben. Neulich hatten sie sich bei einem Glas Wein darüber unterhalten. Für Martina war der Tod ihres Mannes aufgrund seiner Krankheit absehbar gewesen, der Abschiedsprozess schmerzhaft lang, was aber die Trauer nicht einfacher machte. Bei ihm ging es von jetzt auf gleich. Seine Frau war bei einem Verkehrsunfall getötet worden. Er hatte lange gebraucht, um damit fertig zu werden. Für seine Tochter war es noch schwieriger. Sie vermisste ihre Mutter sehr, auch wenn sie nie darüber sprach.

Altmann holte sich eine weitere Tasse Kaffee. Nachdenklich schlug er den Aktendeckel auf. Die Anklage gegen Klewer war schon drei Jahre her, trotzdem hatte er den Fall nie ganz vergessen. Zu viel Aufmerksamkeit war ihnen damals von der Presse und der Öffentlichkeit entgegengebracht worden. Aufmerksamkeit, die ihre Arbeit behinderte. Diesmal durfte so etwas nicht passieren.

Altmann war sich nicht sicher, ob die Spur, die Polizeichef Ermter nun verfolgte, die richtige war. Markus Klewer konnte bisher nie mit Bandenkriminalität und Schutzgeldern in Zusammenhang gebracht werden. Er hatte seinerzeit einem großen Krefelder Sportverein der Firma eines Mandanten als spendenwürdig vorgeschlagen. Das Geld war geflossen, doch Klewer hatte selbst nicht direkt davon profitiert. Und es war für die Staatsanwaltschaft nie zu beweisen gewesen, dass er indirekt profitiert haben könnte.

Werner Altmann hatte mehrere Male mit dem Kreisparteivorsitzenden zu tun gehabt. Ihm war der Mann von Anfang an zu glatt und gewandt vorgekommen. Vor Gericht waren sie sich nie begegnet. Vielleicht war es ja nicht die Spendengeschichte, die zu der richtigen Spur führen würde, sondern ein anderer Fall der Kanzlei. Es konnte durchaus sein, dass Klewer mit Schutzgelderpressungen zu tun gehabt hatte. Altmann würde mit Fischer, dem Leiter der MK, darüber sprechen, diesem neuen Hauptkommissar von dem Ermter so viel hielt.

Altmann hatte Gerüchte gehört, dass Fischer und Becker etwas miteinander hatten. Aber die Gerüchteküche kochte oftmals hoch, und das musste nichts heißen. Vielleicht war Fischer aber der Mann, den die Staatsanwältin eventuell am Samstag mitbringen wollte. Altmann spürte eine leichte Enttäuschung bei diesem Gedanken.

Seine Gedanken schweiften ab, die Seiten des Ordners blätterte er nur mechanisch um. Noch hatte sich Gesa nicht dazu geäußert, ob sie am Samstag da sein würde und über ihren Freund hatte sie gar kein Wort mehr fallen lassen. Es irritierte Werner Altmann, dass sie nicht mit ihm über diese Dinge sprach. Vermutlich würde sie das eher mit ihrer Mutter getan haben. Er seufzte. Das, was er über Sebastian, Gesas Freund, zu Martina gesagt hatte, stimmte. Nur hatte er es heute zum ersten Mal ausgesprochen.

Vorher saßen die Gedanken wie böse Hunde in seinem

Hinterkopf und er hatte sich nicht getraut, sich ihnen zu stellen. Was, wenn sie nur aus Trotz mit dem jungen Mann zusammen war? Was, wenn er tatsächlich einen schlechten Einfluss auf sie hatte? Gab es eine Möglichkeit einzugreifen oder würde das die Situation nur verschlimmern?

Altmann schüttelte den Kopf, um die Gedanken zu vertreiben und versuchte sich wieder auf die Akte zu konzentrieren.

KAPITEL 20

Andreas Brünken schloss die Türen des Transporters mit einem Knall. Sebastian stand schon in der Hofeinfahrt und wartete.

»Und? Hast du etwas herausbekommen?«

»Nein. Überall in Linn ist Polizei. Warum mussten sie diesen Idioten auch ausgerechnet hier erledigen? Verdammte Scheiße, gerade jetzt.«

»Tja, aber so wirklich betrifft uns das doch nicht. Wir sind hier viel zu weit ab vom Schuss. Außerdem, was sollte uns die Bullerei tun können?«

»Mann, bist du blöd. Es reicht schon, wenn sie hier vorbei kommen, die Hunde sehen und uns das Tierheim oder noch besser das Ordnungsamt auf den Hals hetzen. Nur gut, dass wir am Wochenende die Tour machen.«

Sebastian nickte. Er hasste den Gestank des Hofes so sehr, dass er durch den geöffneten Mund atmete. Dicke Schmeißfliegen erfüllten die Luft mit einem konstanten Summen. Sebastian schlug immer wieder nach den Insekten, die ihn umschwirrten wie Wespen ein Stück Kuchen.

»Hast du die Zwinger nicht saubergemacht?« Andreas warf ihm einen vorwurfsvollen Blick zu.

»Noch nicht alle. Im dritten Käfig hat es eine Beißerei gegeben. Der nette, strubbelige, große Dunkle ist verletzt.«

»Scheiße, gerade der. Er sieht aus wie eine Mischung aus Hovawart und Labrador. Der hätte sicher viele Abnehmer gefunden. Ist es schlimm?«

»Weiß nicht. Der Tierarzt ist schon unterwegs.«

»Dann sieh zu, dass du es hier sauber kriegst, bevor er eintrifft. Und mach was gegen die Scheißfliegen.«

Sebastian zuckte mit den Schultern. Was sollte er schon großartig gegen die Fliegen tun? Die letzten Tage waren ungewöhnlich warm, fast hochsommerlich gewesen. Auch heute schien die Sonne von einem strahlend blauen Himmel. Erst nächste Woche würde der Gelbe Sack abgeholt werden. In den Säcken waren die Futterdosen und es wimmelte von Maden und frisch geschlüpften Insekten. Man hatte den Eindruck, dass die Tüten zu leben schienen.

In der kleinen Küche fand Sebastian zwei abgelaufene Dosen Insektenspray. Mutlos schüttelte er sie. Viel konnte nicht mehr drin sein. Es würde auch nichts nützen, die Müllbeutel wurden im Hof gelagert und nicht in einem geschlossenen Raum.

Er holte die Hunde aus dem nächsten Käfig, nahm den Schlauch und spritzte den Unrat weg. Solange er den Zwinger säuberte, durften sich die Tiere frei im Hof bewegen. Die einzige Bewegung, die sie hatten.

Sebastian war gerade mit dem letzten Käfig fertig geworden, als der Tierarzt eintraf.

»Puh, das stinkt ja gewaltig. Ihr müsst aufpassen, sonst habt ihr nachher noch eine Anzeige am Hals. Ist Andreas da?«

Sebastian nickte und zeigte zu dem kleinen Büro. Andreas hatte sich dort vor ein paar Wochen eine Klimaanlage eingebaut, so musste er nicht lüften, bekam vom Gestank nur wenig mit und auch die Fliegen waren dort kein Problem. Er sah dem Tierarzt nach, der mit schwungvollen Schritten auf das Gebäude zuging. Dr. Hannes Klein arbeitete schon lange mit Andreas zusammen, schon bevor Sebastian dazugekommen war. Sebastian vermutete, dass Klein nicht nur die Rechnungen für seine Besuche bezahlt bekam, sondern noch ganz anders finanziell an dem Unternehmen beteiligt war.

»Willst du nicht zuerst nach dem verletzten Hund schauen? Er liegt in der Scheune«, rief Sebastian dem Mann nach.

Dieser winkte ab. »Später.«

Hoffentlich ist es dann nicht zu spät, dachte Sebastian. Er rollte das Tor zur Seite und betrat die dunkle Scheune. Den Hund hatte er auf einen Rest dreckigen Strohs gelegt. Die Luft war voller Staub, der in den Sonnenstrahlen zu tanzen schien.

»Hey, mein Guter. Alles klar?« Sebastian ging neben dem Hund in die Hocke und streichelte das Tier vorsichtig am Kopf. Der Schwanz des Hundes klopfte leicht auf den Boden.

Grundsätzlich war Sebastian vorsichtig mit Hunden, insbesondere wenn sie sich verletzt hatten oder gebissen worden waren. Das kam häufiger vor, als ihnen lieb war. Bei diesem Tier hatte er aber keinerlei Bedenken.

»Gleich wird dir geholfen.« Wieder streichelte er den Hund. »Schade, dass ich deinen Namen nicht kenne. Ich nenne dich jetzt einfach mal Amigo, okay?«

Der Hund versuchte sich aufzurichten.

»Bleib ruhig liegen, schsch. Du hast sicher Durst, warte, ich hol dir Wasser.«

Als er hinausging, fiepte das Tier. Sebastian kam mit einem

Napf Wasser wieder. Er musste den Kopf des Hundes halten, damit dieser trinken konnte, so entkräftet war das Tier.

»Scheiße«, murmelte Sebastian. »Wenn es dir nicht so dreckig gehen würde, käme ich direkt auf den Gedanken, dich mitzunehmen.«

Als er zwei Stunden später die Tiere gefüttert hatte, schaute Sebastian Horster noch einmal nach Amigo. Der Tierarzt hatte die Bisswunden gesäubert und genäht. Er und Andreas hatten nichts gegen Wunden, es unterstrich den gequälten Charakter der Tiere und das verkaufte sich.

»Entweder er übersteht die Nacht oder nicht. Mehr kann ich für ihn nicht tun«, sagte Hannes Klein und zuckte mit den Achseln, bevor er fuhr.

Sebastian streichelte den Hund. Amigo konnte sich inzwischen ein wenig aufrichten und trinken, gefressen hatte er nichts.

»Du Armer, hmm. Aber es scheint dir besser zu gehen.« Sebastian stand auf, sah hinter sich. Das Büro war dunkel, niemand außer ihm war auf dem Hof. Er tat etwas, was ihm verboten war, er betrat das Büro, obwohl Andreas nicht da war. Wie gewöhnlich lag der Schlüssel des Transporters auf dem Schreibtisch. Sebastian überlegte nicht lange, er nahm den Schlüssel und ging wieder in die Scheune.

Das tat er nicht zum ersten Mal. Schon heute Morgen hatte er den Wagen genommen, um etwas zu erledigen.

»So, mein Guter, nun wollen wir mal.« Vorsichtig hob er den Hund hoch. Er bemühte sich, nicht an die Wunden zu kommen, trotzdem wimmerte das Tier. »Schsch, gleich ist es gut.«

Im Transporter lagen einige alte Decken, auf die Sebastian den Hund legte. Dann schloss er das Tor ab und fuhr in Richtung Linn.

Er trug den Hund in seine Wohnung und brachte den Wagen dann zurück. Sorgfältig achtete er darauf, dass er den Schlüssel wieder da hinlegte, wo er ihn weggenommen hatte. Zufrieden mit sich steckte er die Stöpsel seines MP3-Players in die Ohren und fuhr mit dem Fahrrad nach Hause. »Don't stop me now« von Queen sang er laut mit.

KAPITEL 21

Die Blues Brothers plärrten los und rissen Hauptkommissar Jürgen Fischer aus seinen Gedanken. Er warf einen Blick auf das Display und fluchte leise. Manchmal war es kein Vorteil, immer und überall erreichbar zu sein. Für einen Moment überlegte er das Telefonat wegzudrücken, besann sich aber dann.

»Hallo, Susanne«, begrüßte Fischer seine Frau.

Oliver Brackhausen sah von den Akten auf, die er flüchtig durchblätterte. Noch hatte er nichts gefunden, was sie auch nur ansatzweise weiterbrachte. Er zweifelte längst daran, dass sie hier eine brauchbare Spur finden würden.

»Ich geh mal kurz ...«, raunte Brackhausen Fischer zu.

Die Toilette passte zum Ambiente der Kanzlei. Schwarzweiße Fliesen im Schachbrettmuster, alte Armaturen, ein Spiegel in einem vergoldeten Rahmen. Brackhausen wusch sich ausgiebig die Hände. Er hatte das Gefühl, dass Staub und Druckerschwärze auf seiner Haut klebten. Ungefähr 20 Fälle hatte er bisher durchgesehen. Seufzend trocknete er sich die Hände ab, öffnete dann die Tür.

»Aber, Uschi, wir können nicht alle Fälle von Markus übernehmen. Sein Tod erspart es mir, die Sozietät aufzulösen. Ich möchte mit dem Alten nichts mehr zu tun haben.«

Es war Dieckhoffs Stimme. Oliver blieb stehen, schaute vorsichtig um die Ecke. Klewers Partner und die Sekretärin standen im Kopierraum mit dem Rücken zu ihm.

»Das kannst du nicht tun, Claus. Das waren mal die sicheren Fälle, die das meiste Geld reingebracht haben. Und einige sind ja noch offen, was soll damit passieren? Der Alte bringt dich um, wenn du ihn fallen lässt wie eine heiße Kartoffel. Such dir einen neuen Partner und lass den die Fälle übernehmen.«

Brackhausen strich sich durch die Haare. Die Friede-Freude-Eierkuchen-Fassade bröckelte. Das warf ein ganz neues Licht auf den Fall. Oliver ging zurück in Klewers Büro.

Hauptkommissar Jürgen Fischer stand am geöffneten Fenster und rauchte. Der große Flieder im Garten duftete süßlich. Hunderte von Bienen schienen ihn zu umschwärmen. Ein Summen erfüllte die Luft, wie kochendes Wasser kurz vor dem Verdampfen.

»Jürgen? Alles klar?«

Fischer drehte sich um. Sorgenfalten durchzogen sein Gesicht. »Ne. Meine Schwiegermutter ist gestürzt, Oberschenkelhalsbruch. Sie liegt im Krankenhaus und scheint auch noch verwirrt zu sein. Es sieht nicht gut aus.«

»Das tut mir leid.«

»Ja, mir auch. Ich hab mich mit Ilse immer gut verstanden. Sie war eine patente Frau.«

»Du klingst, als wäre sie schon tot.«

»Hmm.« Fischer zog heftig an seiner Zigarette. Olivers Satz erinnerte ihn an etwas, worüber er noch nachdenken wollte.

»Ich habe etwas Interessantes erfahren.« Oliver wechselte das Thema.

»Auf dem Klo?«

»Beim Rausgehen. Die Boeken und der Dieckhoff haben sich unterhalten.«

»Ach ja?«

»Dieckhoff wollte sich von Klewer junior trennen. Von wegen gute Freunde. Mit dem Senior will er nichts mehr zu tun haben.«

»Na, das ist ja mal interessant.«

»Möchten Sie noch Kaffee oder Wasser?« Es schien, als hätte die bloße Erwähnung ihres Namens Uschi Boeken herbeigerufen.

»Danke, Frau Boeken. Hätten Sie wohl noch mal zwei Minuten für uns?« Fischer zog noch einmal an der Zigarette, drückte sie dann aus.

Die Sekretärin trat ein, schloss die Tür und lehnte sich dann dagegen. »Haben Sie etwas in den Akten gefunden?«

Fischer lachte leise. »Jede Menge Streitereien, um so banale Dinge wie Grenzabstände und Kosten für die Dämmung eines Dachgeschosses. Ich habe mich lebhaft an die Zeit erinnert, als wir gebaut haben, obwohl das schon 30 Jahre her ist. Die Streitigkeiten scheinen die Gleichen zu sein. Aber all das reicht meines Erachtens nicht für einen Mord, und wenn, dann eher an dem Klempner, der die Leitungen falsch gelegt hat.«

»Bauen ist eines der letzten, großen Abenteuer unserer Zeit.« Frau Boeken lächelte.

»Ich konnte mir aber ein Bild von Ihrem Chef machen. Er hat seine Mandanten konsequent verteidigt.«

»So war er.«

»Sie haben sich gut verstanden?« Fischer verschränkte die Arme vor der Brust.

»Sicher.«

»Als wir gestern mit Herrn Dieckhoff sprachen, hatten wir den Eindruck, dass die Sozietät wunderbar funktionierte. Klare Aufgabenteilung, jeder hatte sein Fachgebiet, so wurde fast alles abgedeckt.«

»Das stimmt. Herr Dieckhoff hat die Familienrechtssachen, Erbrecht und Verkehrsrecht und dergleichen. Klewer eben Arbeits- und Baurecht.«

»Aber Klewer hat doch auch die Scheidung von diesem ...« Fischer ging zum Schreibtisch, schlug eine Akte auf. »Diesem Roschen übernommen.«

»Natürlich. Uwe Roschen ließ sich in allen Angelegenheiten von Klewer vertreten. Herr Dieckhoff vertritt seine Mandanten auch, wenn sie Fälle haben, die in einem anderen Bereich liegen. Als Anwalt ist man nicht festgenagelt.«

»Was passiert nun mit Klewers Fällen?«, fragte Oliver Brackhausen.

»Das wissen wir noch nicht. Wahrscheinlich wird jemand eingestellt werden müssen.«

»Eine ganz schöne Umstellung für die Kanzlei.«

Uschi Boeken schwieg.

»Dieckhoff und Klewer waren anscheinend befreundet. So einen Partner findet man sicherlich so schnell nicht wieder.«

»Ja.« Boekens Antwort kam zu schnell und war zu knapp.

»Wie kommen denn Herr Dieckhoff und Heinz Klewer miteinander aus?«

»Wieso?« Frau Boeken rieb die Hände aneinander.

»Frau Boeken, setzen Sie sich doch einen Moment zu uns.« Jürgen Fischer wies auf den zweiten Besucherstuhl vor dem Schreibtisch.

»Ich hab eigentlich noch zu tun.«

»Nur einen Moment, es dauert nicht lange, das verspreche ich Ihnen.«

Zögernd nahm Uschi Boeken Platz, strich über ihren Rock, fingerte an den Knöpfen der Bluse.

»Ich habe gehört, dass Dieckhoff und Klewer gar nicht mehr gut aufeinander zu sprechen waren.« Es war ein Schuss ins Blaue, Fischer beobachtete die Sekretärin genau. Die Stille im Raum schien zu knistern.

Frau Boeken räusperte sich. »Sie haben Recht. Claus Dieckhoff und Klewer senior sind nicht besonders gut miteinander ausgekommen. Das fing vor drei Jahren an. Herr Dieckhoff vertrat einen Geschäftsmann bei der Scheidung, ziemlich unangenehme Sache. Na ja, das sind Scheidungen eigentlich immer. Jedenfalls kam der Mandant später an wegen eines Grundstückkaufes. Es stellte sich heraus, dass die Grundstücke, die die Baugesellschaft verkauft hatte, gar kein Bauland waren. Klewer steckte da mit drin. Markus hat versucht Claus dazu zu bewegen, die Klage fallen zu lassen. Es kam zu Reibereien. Seitdem war die Atmosphäre hier angespannt.«

»Aha.« Fischer nickte.

»Ja, und deshalb wollten die beiden die Sozietät auflösen. Jeder wollte eine eigene Kanzlei eröffnen. Das ist aber gar nicht so einfach, wissen Sie?« Auf einmal sprudelte es aus Uschi Boeken heraus.

»Das heißt, Claus Dieckhoff kam der Tod seines Partners gelegen?«

Uschi Boeken schlug die Hand vor den Mund. »Um Gottes willen, nein. Das wollte ich ganz sicher nicht damit sagen.«

»Aber es ist ein Fakt, ungelegen kam ihm das nicht.«

»Claus wäre nie in der Lage, einem anderen Menschen etwas anzutun. Dafür lege ich meine Hand ins Feuer.«

Fischer rieb sich mit der flachen Hand über das Kinn. »Was passiert nun mit der Vertretung von Klewer-Bau?«

»Das weiß ich nicht. Claus möchte die Fälle nicht übernehmen, aber wir können die Akten auch nicht einfach so weiterreichen. Dafür steht dort zu viel drin. Immerhin hat Markus seinen Vater vertreten.«

»Was bedeutet das? Es war nicht immer ganz koscher?«

Uschi Boeken schien zu überlegen. Dann nickte sie kaum sichtbar.

»Das bedeutet im Endeffekt, Dieckhoff weiß eine Menge über das Geschäftsgebaren von Heinz Klewer und Klewer-Bau. Wissen, das heikel sein könnte.«

»Ja, Klewer senior drängt Claus Dieckhoff dazu, ihn weiter zu vertreten. Dann würde Claus der anwaltlichen Schweigepflicht unterliegen.«

»Das ist ja interessant.«

KAPITEL 22

»Ein Motiv ist es aber nicht.« Oliver lenkte den Wagen zurück zum Präsidium. »Das wäre eher das Motiv, wenn Dieckhoff umgebracht worden wäre. Aber der ist ja munter wie ein Fisch.«

»Stimmt. Und wenn nun eine Verwechselung vorlag? Wenn Dieckhoff das Opfer sein sollte und es unglücklicherweise den falschen Anwalt getroffen hätte?«

»Jürgen, wir sind in Krefeld und nicht in der Bronx. Glaubst du an Auftragskiller?«

»Ich weiß nicht, woran ich glauben soll. Es war nur so ein Gedanke. Baurecht, große Gesellschaften, viel Geld. Ein Geschäftsmann, der Verbindungen zu einem Bekannten mit einem Neffen in Palermo hat …«

Brackhausen lachte, strich sich dann eine Haarsträhne hinter das Ohr. »Ne, aber mal im Ernst. Dieckhoff ist verdächtig. Für ihn ist Klewers Tod von Vorteil.«

»Stimmt, aber ob das reicht? Ich hab ihn ganz oben auf meiner Liste und überlege ihn ins Präsidium vorzuladen. Mal sehen, was Ermter dazu sagt.«

Im Besprechungsraum roch es klebrig nach billigem Deo und Schweiß. Die Temperaturen waren inzwischen über die 30 Grad Marke geklettert.

Roland Kaiser marschierte aufgeregt hin und her, verschob die Stühle.

»Was ist denn mit dir los? Zu viel Kaffee?« Jürgen Fischer grinste. »Oder hat dich Montezumas Rache erwischt?«

Jemand brachte einen Kasten Wasser. Fischer nahm eine Flasche, trank gierig. Nach und nach kamen die Kollegen zusammen. Gemurmel erfüllte den Raum. Sabine Thelen stellte ein Tablett mit Teilchen auf den Tisch. Fischer war eher nach etwas Herzhaftem, doch die Kollegen griffen eifrig zu.

»Alle da?« Ermter setzte sich an die Kopfseite des großen Tisches. »Roland hat uns etwas zu erzählen.«

Hauptkommissar Roland Kaiser hatte nicht, wie alle anderen, Platz genommen. Nun biss er hastig in das Puddingteilchen, verschluckte sich, hustete.

»Ich habe noch mal mit einigen Parteifreunden Klewers gesprochen und bin auf eine interessante Spur gestoßen. Letztes Jahr gab es eine Kampfabstimmung über den Kreisparteivorsitz. Der alte Vorsitzende hatte sich nicht mehr zur Wahl gestellt und Klewer trat gegen Frank Heiniken an, den Konditormeister. Mit diesem habe ich heute gesprochen. Nach einigem Zögern erzählte er mir ein paar Details.« Kaiser wischte sich einen Krümel aus dem Mundwinkel.

Komm zur Sache, dachte Jürgen Fischer.

»Sie hatten kontroverse Einstellungen zu einigen Dingen wie zum Beispiel Umweltschutz oder Naturschutz, Bauvorhaben, aber auch Kinderbetreuung. Das wurde auch thematisiert. Heiniken hat sich ein wenig umgehört. Er wollte herausfinden, ob Klewer vielleicht Dreck am Stecken hatte. Nicht die feine Art, aber damals mit der Pauli hat man das ja auch so gemacht. Politik ist halt ein Sumpf.«

»Und?« Fischer wurde zunehmend nervöser. Einen Vortrag über Wahlkampfverhalten interessierte ihn nicht.

»Immer mit der Ruhe, Jürgen. Ich komme schon zur Sache.« Roland grinste breit, wie ein Zauberkünstler, der gleich ein Kaninchen aus dem Zylinder holt.

»Bitte, Roland.« Fischer klang verärgert.

»Heiniken fand tatsächlich etwas heraus. Es ging um das Bauvorhaben an der Linner Burg. Die Naturschützer gehen vehement dagegen vor. Einige von ihnen wurden massiv bedroht und deshalb hat sich der NABU aus der Sache zurückgezogen. Heiniken ist sich sicher, dass Klewer hinter der Sache steckte. Nur beweisen konnte er es nicht. Geholfen hat ihm das Wissen auch nichts, Klewer gewann die Wahl und wurde Kreisparteivorsitzender.«

»Gibt es Namen? Irgendeine Spur, die konkret zu Klewer führt? Oder legst du uns nur Gerüchte vor.«

»Ich bin dran, Jürgen. Ganz nahe dran. Klewer muss vor zwei Jahren eine Gruppe verteidigt haben, die mit Schutzgelderpressungen im Zusammenhang stehen. Er hatte also durchaus Kontakte zum Mafia-Milieu. Und wie wir alle seit dem Polizistenmord in Heilbronn vor ein paar Wochen wissen, werden die Täter immer skrupelloser und brutaler.«

Hauptkommissar Jürgen Fischer rieb sich den Nacken. »Da spannst du aber einen ganz weiten Bogen, Roland.«

»Es ist eine Spur! Du hast doch die Akten durchgesehen. Hast du den Fall gefunden?«

Fischer schüttelte entnervt den Kopf. Nun würde er noch mal in die Kanzlei fahren müssen, um die Akten zu sichten. »Ich sehe hier immer noch kein Motiv. Selbst wenn Klewer eine Erpresserbande verteidigt hat, warum sollten sie ihn dann umbringen? Ist doch unlogisch.«

»Und wenn es die Naturschützer waren? Schließlich ist Klewer ja Kreisvorsitzender geworden und soviel ich weiß, soll die Baugenehmigung für Linn demnächst beschlossen werden.« Uta Klemenz klopfte mit dem Kugelschreiber auf den Tisch.

»Die Naturschützer?« Ermter verzog schmerzverzerrt das Gesicht. War nicht auch seine Tochter Julia bei diesem Verein aktiv? »Nun gut, dann werden wir mal ein Team auf die ansetzen. Gibt es sonst noch Fortschritte? Irgendetwas?«

»Ich möchte gerne Claus Dieckhoff vorladen.« Jürgen Fischer lehnte sich zurück.

»Dieckhoff? Klewers Partner? Du warst doch gerade dort. Wieso vorladen?«

»Dieckhoff profitiert von Klewers Tod.«

Stimmengemurmel erhob sich.

»Das ist nicht dein Ernst, Jürgen?«

»Doch.«

KAPITEL 23

Staatsanwalt Werner Altmann stimmte einer Vorladung Dieckhoffs zu. Bevor sie ihn auf das Präsidium luden, wollte Fischer jedoch zuerst noch einmal Klewers Familie befragen.

»Warum willst du sie belästigen, Jürgen? Alle Spuren deuten doch darauf hin, dass das Motiv bei seiner anwaltlichen oder politischen Tätigkeit zu suchen ist.«

»Das mag alles sein, Oliver. Ich hab trotzdem meine Zweifel.«

Diesmal stand Heinz Klewers Wagen nicht in der Einfahrt des Hauses an der Jentgesallee. Der Kies wies gleichförmige Wellenmuster auf. Ein eifriger Gärtner schien mit seiner Harke allzeit bereit zu sein.

Die Haustür war sperrangelweit geöffnet, Fischer und Brackhausen konnten mehrere Stimmen hören.

»Du bist gerade erst angekommen. Dein Vater ist verstorben. Ich verbiete dir, jetzt in die Stadt zu gehen.«

»Ich bin erwachsen, Mutter. Du kannst mir nichts verbieten, schon gar nicht meine Freunde zu treffen.«

»Warte nur ab, ich ruf sofort deinen Großvater an.«

»Ach ja? Damit er was tut? Mich übers Knie legen? Mach dich nicht lächerlich. Ich weiß, welche Rolle Großvater hier spielt.«

»Ich verbitte mir diesen Ton. Dein Großvater tut viel für uns, gerade in dieser schweren Zeit.«

»Schwere Zeit? Hahaha! Als ob du trauern würdest. Es gibt bestimmt so manche Frau, die jetzt bittere Tränen um Papa vergießt, du gehörst nicht dazu.«

»Holla. Schlechter Zeitpunkt«, flüsterte Oliver Jürgen zu.

»Finde ich überhaupt nicht. Frau Klewer ist wohl doch nicht aus Eis.«

»Wie kannst du es wagen, Julian?«

»Mutter, du glaubst doch nicht, dass Felix und ich die ganzen Jahre nicht mitbekommen hätten, welche Farce eure Ehe war. Papa hatte alle naselang eine neue Geliebte und du ...«

»Aus meinem Leben hältst du dich heraus.«

»Genau, Großvater wird's schon richten. Was du machst, ist tatsächlich deine Sache, es interessiert mich nicht mehr.«

Ein junger Mann stürmte an ihnen vorbei. Kurze Zeit später heulte der Motor eines Wagens auf.

Hauptkommissar Fischer runzelte die Stirn, drückte dann zweimal auf den Klingelknopf. Ein melodisches Läuten erklang.

»Hast du jetzt ...«, Frau Klewer kam aus dem Wohnzimmer, sah die beiden Kommissare und blieb stehen.

»Guten Tag, Frau Klewer.«

»Ach ja, die Polizei. Was wollen Sie denn?«

»Wir wollten noch einmal kurz mit Ihnen reden. Die Tür stand auf ...«

Birgit Klewer zuckte kurz zusammen, ihr wurde klar, dass die beiden Polizeibeamten das Streitgespräch mit ihrem Sohn mitbekommen haben mussten. Sie lehnte sich an den Türrahmen und verschränkte die Arme vor der Brust.

»Es ist eine schwere Zeit. Die Jungen hat es sehr getroffen. Julian war schon immer sensibel.«

»Dass es nicht einfach ist, glaub ich Ihnen aufs Wort. Dürfen wir trotzdem eintreten?«

Frau Klewer warf einen Blick auf ihre Uhr. »Ich habe gleich einen Termin.«

»Es dauert bestimmt nicht lange.« Langsam verlor Jürgen Fischer die Geduld.

»Na, gut. Fünf Minuten.« Sie wies in Richtung des Wohnzimmers. Brackhausen schloss die Haustür hinter sich und sah sich staunend um.

»Bitte.« Birgit Klewer zeigte auf die Sofas, blieb selbst stehen.

Einen Moment zögerte der Hauptkommissar, dann setzte er sich, schlug das rechte Bein über das linke und lehnte sich zurück. »Ich hatte immer gedacht, dass Designermöbel nur gut aussehen, aber unbequem sind. Jetzt merke ich, dass ich mich getäuscht habe.«

»Sie sind sicher nicht hier, um sich mit mir über die Qualität meiner Möbel zu unterhalten.« Ihre Stimme klang bissig.

»Das ist richtig. Ich wollte mit Ihnen über Ihre Ehe reden.« Manchmal griff Fischer frontal an.

»Über meine Ehe? Ist das nicht ein wenig geschmacklos?«

»Wir ermitteln in einem Mordfall und können keine Rücksicht auf Pietätfragen nehmen, Frau Klewer. Uns ist zu Ohren gekommen, dass Ihr Mann Liebschaften hatte.«

»Ich glaube kaum, dass Sie das etwas angeht.«

»Das ist keine Glaubensfrage.«

Die Kälte in Frau Klewers Blick erstaunte Fischer.

»Hören Sie, meine Ehe und Markus' unbedeutende Techtelmechtel gehen Sie nichts an.«

»Frau Klewer, ich weiß nicht, wie lange ich noch höflich bleiben kann. Es wäre das Beste, wenn Sie mir antworten würden.«

»Finden Sie, Sie sind höflich?« Birgit Klewer drehte sich um und starrte durch die Fensterfront nach draußen. »Wir hatten uns arrangiert. Ich fragte nicht nach, was er machte und er hielt es umgekehrt genauso. Ich denke, das erklärt die Situation ausreichend.«

»Wir haben immer noch kein aussagekräftiges Motiv. Leidenschaft ist eine große Triebfeder. Können Sie uns den Namen seiner Freundin nennen?«

Birgit Klewer schwang herum und lachte höhnisch. »Seiner Freundin? Eine? Sie belieben zu scherzen.«

»Es waren mehrere?«

»Er hatte immer nur kurzfristige Affären, nichts von Bedeutung. Das hatte er mir versprochen, dass er sich nicht auf eine längere Geschichte einlassen würde. Soviel ich weiß, hat er sich daran gehalten. Und bevor sie noch mal nachfragen: Nein, ich kann Ihnen keine Namen nennen. Es hat mich nie interessiert, wer sein aktuelles Betthäschen war.«

»Wenn Sie sagen, er hat es andersherum auch toleriert, bedeutet das ...«

»Das geht Sie wirklich gar nichts an.« Sie spie die Worte förmlich heraus. »Ich muss Sie bitten zu gehen.«

Fischer stand auf. »Ich werde Sie bestimmt noch mal belästigen müssen.« Ihre Antwort war so leise, dass er sie nicht verstand. Es klang nicht freundlich.

KAPITEL 24

»Was machst du denn hier?« Sigrid Ermter wischte sich die Hände an einem Trockentuch ab. »Haben sie dich gefeuert?«

»Nein, ich wollte nur mal eine Pause machen. Heute Abend wird es sicherlich wieder lang genug werden.«

»Wir haben schon gegessen, aber ich kann dir gerne etwas aufwärmen.«

»Das wäre lieb. Wo ist Julia?«

»Julia? Oben und macht Hausaufgaben, wieso?«

»Ich will mit ihr reden.« Ermter nahm die Tüte mit den Gummibärchen aus der Tasche. Langsam aber sicher konnte er den süßlichen Geschmack nicht mehr ertragen. Alles in ihm sehnte sich nach einer Zigarette.

»Mit Julia?« Sigrid Ermter drehte sich um und sah ihn fragend an. »Ist etwas passiert?«

»Nein. Ja. Ach verdammt, ich weiß es nicht. Bei den Ermittlungen der MK taucht der Naturschutzbund auf. Da gab es wohl Probleme, Drohungen. Erst die Geschichte mit dem Schwimmverein und jetzt der Naturschutzbund. Das ist ja wie vom Regen in die Traufe. Und Julia immer mittendrin. Wenn die Kollegen das erfahren ... die lachen sich ja tot.«

»Ich find es nicht zum Totlachen. Ist Julia in Gefahr?«

»Quatsch!« Guido Ermter wandte sich ab und ging langsam die Treppe hoch. Er klopfte an Julias Zimmertür. Von drinnen hörte er ein Geräusch, das an einen »Kuckuck« Ruf erinnerte. Ihm fiel ein, dass er dieses Geräusch in der letzten Zeit des Öfteren gehört hatte, aber nicht einordnen konnte. Aus dem Alter von elektronischen Tieren war Julia eigentlich heraus.

»Jule? Darf ich reinkommen?« Er öffnete die Tür einen Spalt und schaute hinein. Seine Tochter saß an dem Computer und tippte eilig.

»Was?«, fragte sie, ohne aufzublicken.

»Hast du einen Moment Zeit? Ich muss etwas mit dir besprechen. Dauert auch nicht lange.«

Der Polizeichef betrat das Zimmer seiner Tochter. Wäscheberge sedimentierten vor dem geöffneten und nahezu leeren Kleiderschrank vor sich hin. Ermter verkniff sich einen Tadel, er fegte ein paar Zeitschriften vom Bett und setzte sich auf die Kante.

»Hast du etwas zu trinken hier oben?«, fragte er, unsicher, wie er das Gespräch beginnen sollte.

»Nur heiliges Wasser.«

Heiliges Wasser? War sie jetzt auch noch fanatisch-religiös geworden? »Wir sind doch evangelisch. Wo hast du denn Weihwasser her?«

»Och, Paps.« Julia drehte sich mit ihrem Schreibtischstuhl zu ihm um und schüttelte die zottelige, schwarzgefärbte Mähne. »Du hast aber auch keine Ahnung, das hier ist heiliges Wasser.« Sie zeigte auf eine PET-Flasche, die auf dem Boden stand. Die Flasche hatte einen grünen Deckel, das Etikett zeigte einen Apfel.

»Was ist das? Apfelschorle? Und warum ist das heilig?«

»Paps. TH trinkt das immer auch auf der Bühne, und deshalb ist das für uns heiliges Wasser.«

»TH? Thomas der Heilige? Ich versteh nur Bahnhof.«

»Tokio Hotel.« Beleidigt drehte sie sich um. »Kuckuck« machte der Computer. Sie tippte ein paar schnelle Zeilen.

»Was schreibst du da? Sind das Hausaufgaben?« Ermter war sich inzwischen sicher, jeden Kontakt zu seiner Tochter verloren zu haben. Sie lebte in einer ganz anderen Welt, die ihm zunehmend fremder erschien. War das damals, als er in dem Alter war, auch so? Hatte er sich auch so von seinen Eltern entfremdet? Er konnte sich nicht mehr erinnern.

»Nein. Ich schreibe bei ›Krefeld liebt‹.«

»›Krefeld liebt‹? Ist das eine Kontaktbörse?«

»Ach, Paps.« Julia Ermter wandte sich zu ihm. »Du hast wirklich keine Ahnung, oder? ›Krefeld liebt‹ ist eine Internetseite. Eine Möglichkeit, sich im Internet zu unterhalten. Man redet nicht, man schreibt sich. Man kann sich mit ganz vielen Leuten auf einmal unterhalten. Hast du das jetzt verstanden?«

Sie sah ihn mitleidig an. Ermter fühlte sich uralt.

»Und das macht dann ›Kuckuck‹?«

»Das ist nicht ›Kuckuck‹, sondern ›Ohoh … und das ist nicht bei ›Krefeld liebt‹, sondern mein Skype Programm.«

»Skype, ach so.« Ermter holte tief Luft. Er würde seine Frau fragen, was Skype bedeutet. »Ich wollte dich eigentlich etwas über den Naturschutzbund fragen.«

»Die Idioten. Ist es rausgekommen?«

»Bitte?« Ermter tastete nach seinen Zigaretten, fand nur die Gummibärchen, steckte sich eines in den Mund, ein gelbes.

»Na, die sind aber auch zu doof. Es ist rausgekommen, richtig? Dass Gesa den Froschlaich geklaut und in den Mühlenbach gesetzt hat. Hab ich ihr gleich gesagt. Kein Mensch würde uns glauben, dass der Moorfrosch von Sevelen bis nach Linn wandert.«

»So was macht der NABU? Froschlaich klauen?«

»Natürlich nicht. Gesa hat das getan. Sie hat eine eigene Gruppe gebildet, weil ihr der NABU zu brav war. Irgendwie hat sie ja recht, aber so geht das auch nicht. Jetzt gibt es Ärger, nicht wahr? Na, ich bin eh nicht mehr dabei.«

»Du bist nicht mehr dabei?«

»Nein, ich habe mich mit Gesa gestritten. Sie ist aber auch eine blöde Kuh.«

Ermter nickte bedächtig. Das kannte er. Julia zerstritt sich des Öfteren mit ihren Freundinnen. Ein paar Tage später war alles wieder gut. »Wieso habt ihr gestritten? Wegen des Froschlaichs?«

»Nein, wegen Sebastian, ihrem Freund. Unter anderem. Ich weiß gar nicht, warum sie das mit ihm macht. Sie nutzt ihn voll aus und hinter seinem Rücken lacht sie über ihn und knutscht mit Jonas rum. Voll die falsche Schlange.«

»Du sprichst von Gesa Altmann? Der Tochter des Staatsanwalts?«

»Voll ins Schwarze, Paps. Genau die.«

»Ihr habt euch doch immer gut verstanden. Na, das wird schon wieder.«

»Das glaub ich nicht. Ich hatte ihr meine Schuhe geliehen,

vor vier Wochen, aber sie gibt sie nicht zurück. Ich könne sie ja anzeigen, hat sie gesagt.«

»Anzeigen?« Ermter grinste. »Du musst daran denken, dass sie ihre Mutter verloren hat. Es ist bestimmt nicht einfach für sie.«

»Ne, klar. Ich weiß auch, dass das nicht einfach ist. Aber seit Jahren gilt das immer für jeden Scheiß, den sie baut. Die Arme hat ja keine Mutter mehr, man muss Rücksicht nehmen. Irgendwann ist es gut, mir reicht es. Ich habe lange genug Rücksicht genommen.«

»Weißt du denn irgendwas von Drohungen beim NABU? Das wollte ich dich eigentlich fragen.«

»Ne, Paps. Da war ich ja nur ein paar Wochen Mitglied. Nachdem ich aus dem Schwimmverein raus bin. Und kurz darauf hat Gesa ja ihr Clübchen aufgemacht. Aber auch egal. Ich find schon was chilliges anderes.«

Diesmal fragte Ermter nicht nach, ob mit »chillig« das Gewürz gemeint war. Er wäre sich wie ein Volltrottel vorgekommen.

»Vielleicht kannst du mir ja wenigstens ein paar Ansprechpartner beim NABU nennen.« Guido Ermter stand auf. »Und dein Zimmer solltest du auch mal wieder aufräumen.« Den letzten Satz konnte er sich einfach nicht verkneifen. Als er die Zimmertüre hinter sich schließen wollte, ertönte wieder »Kuckuck«.

»Du machst aber auch deine Hausaufgaben?«

»Ach, Paps ...«

Guido Ermter stieg nachdenklich die Treppe hinunter. Seine Frau hatte sich mit einem Buch auf die sonnige Terrasse gesetzt.

»Du solltest auch mal wieder den Rasen mähen, Guido. Und an das Altglas denkst du, ja?«

»Ich muss zurück ins Präsidium.«

»Hat Julia dir weiterhelfen können?«

»Ich bin mir nicht ganz sicher. Sie sagte, sie wäre nicht mehr dabei. Streit mit Gesa. Aber das legt sich doch sicher wieder.« Ermter zog sich den zweiten Gartenstuhl heran.

»Diesmal wohl eher nicht. Der Streit schwelt schon eine ganze Weile zwischen den beiden Mädchen. Gesa ist nicht einfach.«

»Sie hat es aber auch nicht leicht.« Ein weiteres Gummibärchen verschwand in Ermters Mund.

»Mag sein. Das ist aber kein Grund, die beste Freundin ständig vor den Kopf zu stoßen. Weißt du, Mädels gehen oft zusammen durch dick und dünn. Das Einzige, was sie trennen kann, ist ein Junge. Und das ist hier wohl der Fall. Unsere Tochter scheint sich verliebt zu haben, leider in Gesas Freund.«

»Verliebt? Sie ist doch noch viel zu jung dafür.«

Sigrid Ermter lachte laut und schallend. »Wach auf, Guido. Sie ist 16.«

KAPITEL 25

»Wohin jetzt?« Vorsichtig lenkte Oliver Brackhausen den Wagen aus der Parklücke.

»Zu Opa Klewer.« Jürgen Fischer kurbelte das Fenster

herunter und zündete sich eine Zigarette an. »Interessant, wie manche Leute ihre Ehe führen. Ich könnte das nicht.«

Brackhausen lachte. »Du bist doch auch verheiratet. Zumindest offiziell.«

»Das ist etwas ganz anderes.«

»Ach ja? Ich bin mir sicher, dass einige Ehen so ablaufen. Nach außen die perfekte Fassade und dahinter bröckelt alles. Wäre spannend, die Söhne zu befragen.«

»Auf jeden Fall. Aber erst nehmen wir uns den alten Herren vor.«

»Ich glaube kaum, dass wir von dem Informationen über die Ehe seines Sohnes erhalten werden. Der ist aalglatt und verschwiegen.«

»Frau Klewer hätte uns auch nichts über die Affären ihres Mannes erzählt, wenn wir nicht zur richtigen Zeit am richtigen Ort gewesen wären.«

»Stimmt. Trotzdem. Mir ist immer noch nicht ganz klar, warum dich das interessiert. Nur weil er fremdgepoppt hat, muss er ja nicht zwangsläufig ermordet worden sein.«

»Na ja, er wird vielleicht nicht nur mit Witwen etwas gehabt haben. Wohlmöglich gibt es einen betrogenen Ehemann. Leidenschaft und Liebe sind gute Motive.«

»Witwen? Wie kommst du auf Witwen?«

Jürgen Fischer biss sich auf die Lippe. Verdammt, es war ihm einfach so rausgerutscht. Er warf Brackhausen einen Blick zu. Sollte er ihm von Sabine und Martina erzählen? Er war sich nicht sicher, ob er damit nicht vertrauliche Informationen weitergab. Im Grunde war es Sabines Sache, der MK dies mitzuteilen.

»Aber clever wäre das natürlich schon. Witwen.« Brackhausen lachte. »Klewers clevere Affärenpolitik. Ich hoffe, wir haben den Fall bis zum Wochenende aufgeklärt oder wenigstens ein paar brauchbare Spuren. Wenn ich nicht zum

Geburtstagskaffee ihrer Mutter komme, reißt mir Vera den Kopf ab.«

»So schlimm?« Fischer war froh, dass Brackhausen das Thema wechselte.

»Was heißt so schlimm? Vera will mich unbedingt ihrer Familie vorstellen. Sie meint, Sonntag wäre der ideale Termin.«

»Habt ihr euch verlobt oder was?«

»Um Himmels willen. Nein!«

»Na, dann verstehe ich die Aufregung nicht.« Fischer grinste.

»Frauen. Du weißt schon. Männer vom Mars, Frauen von der Venus und kein Kommunikationsmittel. Da hilft manchmal nur eines: Scotch me up, Beamy.«

»Am besten mit einem teuren Whiskey, so wie Papa Klewer ihn trinkt.«

»Ja, Geld wie Heu. Beneidenswert.«

Fischer schüttelte den Kopf. »Du sagst doch selbst: alles nur Fassade.«

Brackhausen parkte den Wagen am Heidedyk in Verberg. Inzwischen war die Sonne auf dem höchsten Stand und es wurde heiß.

»Ja, aber wenn ich die Kohle hätte, könnte ich mich mit einem kühlen Bierchen in den Biergarten im Stadtwald setzen und müsste nicht mit einer alten Rostlaube ohne Klimaanlage durch die Gegend juckeln und Leute befragen, die alle Hase heißen und von nichts etwas wissen wollen.«

Fischer stieg aus. »Na komm, so schlimm ist es auch nicht und immerhin verdienen wir uns ehrlich unsere Kohle.«

Langsam gingen sie die lange Einfahrt zum Haus. Fischer war sich noch nicht im Klaren, was genau er Klewer fragen sollte. Oft ergab sich ein Ansatzpunkt beim Gespräch. Doch Oliver hatte Recht, der alte Herr war zu glatt.

Sie klingelten, aber niemand öffnete.

»Kann es sein, dass er im Büro ist? Aber wenigstens die Haushälterin müsste doch da sein.« Oliver Brackhausen strich sich eine Haarsträhne hinter das Ohr.

»Ich hab die Büronummer.« Hauptkommissar Jürgen Fischer holte sein Handy hervor und tippte eine Nummer ein. Das Gespräch war nur kurz. Kopfschüttelnd beendete er die Verbindung. »Im Büro ist er nicht. Seine Sekretärin hat schon versucht, ihn zu erreichen. Erfolglos. Anscheinend hat er einen Termin verpasst.«

»Vielleicht hat Papa Klewer ja auch die ein oder andere Affäre.«

Ein schwarz-weißer Smart mit dem Aufdruck des Klewer Firmenlogos fuhr in die Einfahrt. Erna Schikowski stieg aus, nickte den beiden kurz zu und holte einen Korb aus dem Kofferraum. »Sie möchten zu Herrn Klewer?«

»Guten Morgen, Frau Schikowski. Genau, wir möchten Herrn Klewer sprechen.«

»Morgen? Es ist wohl schon eher Mittag. Herr Klewer ist nicht da, er ist im Büro.«

»Nein, ist er nicht. Wir haben gerade dort angerufen.«

»Oh, das kann ich mir nicht vorstellen, er hatte einen wichtigen Termin.«

Frau Schikowski schloss die schwere Haustüre auf. »Vielleicht ist er ja doch noch hier. Haben Sie geklingelt?«

Fischer nickte.

»Na, das heißt nichts. Wenn er in seinem Büro ist oder im Schwimmbad, hört er es nicht. Kommen Sie ruhig mit rein.«

Die Haushälterin brachte den Korb mit den Einkäufen in die Küche. Fischer und Brackhausen blieben unschlüssig in der Diele stehen. In dem fensterlosen, gefliesten Raum war es kühl. Eine große Standuhr tickte laut, ansonsten war kein Geräusch zu hören.

»Seine Wagenschlüssel liegen hier.« Frau Schikowski war zu ihnen getreten und deutete verwundert auf ein kleines Tischchen. »Dort legt er sie immer hin. Also muss er noch hier sein.«

Sie öffnete die Tür zum Wohnzimmer und ging hinein. »Oh mein Gott! Oh mein Gott!«

KAPITEL 26

»Ich habe etwas gefunden.« Triumphierend schmiss Uta Klemenz eine Akte auf den Schreibtisch. »Verstehe gar nicht, wie die Herren Fischer und Brackhausen das übersehen konnten.«

»Was hast du wo gefunden?« Genervt hob Sabine Thelen die Akte hoch, glättete die Spurenblätter, die Uta zerknickt hatte.

»Na, den Fall, von dem Ermter sprach. Hier ist er. Vor zwei Jahren hat Klewer eine Bande verteidigt, die staatsanwaltlich verfolgt wurde. Allerdings lief das in Düsseldorf. Es ging um Leiharbeiter und Schutzgelder auf dem Bau.«

»Das ist sicher interessant. Du kannst es bei der Nachmittagsbesprechung genauer erläutern, ich nehme es dann heute Abend bei den Spuren mit auf.«

Uta Klemenz sah sie abfällig an. »Interessiert dich einen Dreck, richtig?« Schulterzuckend verließ sie das Büro.

Kurze Zeit später betrat Ermter das Büro. »Sabine? Uta hat mir erzählt, dass sie eine wichtige Spur gefunden hat und du sie nicht ernst nimmst. Rumgezicke können wir bei diesem Fall nicht gebrauchen.«

»Ich hab ihr gesagt, dass sie die Spur bei der Besprechung vorstellen kann. Hier, eine Akte aus Klewers Kanzlei.« Sie gab dem Polizeichef den Ordner. »Und ich zicke nicht rum, Guido. Das solltest du eigentlich wissen.«

»Uta war ziemlich aufgelöst. Sie meinte, keiner in der Abteilung würde sie akzeptieren.«

»Ach, das meint sie? Liegt vielleicht daran, dass ihre An- oder Abwesenheit normalerweise arbeitstechnisch wirkungsneutral ist. Es macht sich allenfalls am Kaffeekonsum der Abteilung bemerkbar.«

»Was für ein böser Spruch. Den muss ich mir merken.« Ermter grinste und nahm die Akte. »Gibt es sonst noch etwas? Hat Fischer sich gemeldet?«

Sabine schüttelte den Kopf.

»Na, dann bis später.«

»Guido, wo du schon mal hier bist … ich muss etwas mit dir besprechen.«

»Ja?«

»Kannst du bitte die Tür zumachen? Es ist persönlich.«

Der Polizeichef schloss die Tür und setzte sich.

»Worum geht es? Um Uta?«

»Nein. Es geht um den Fall. Um Markus Klewer.« Sie stockte.

»Ja?«

»Also, weißt du noch vorgestern Nacht, als der Einsatz war und du mich zum Tatort geschickt hast?«

Ermter nickte. »Dir ging es nicht gut.«

»Das war gelogen, Guido. Ich meine, ich war schon schockiert, aber ich hatte keine Kreislaufprobleme.«

»Sondern?« Ermter lehnte sich zurück.

»Ich bin zu Jürgen gefahren und habe ihn gebeten, den Tatort zu übernehmen. Ich habe es einfach nicht über mich gebracht, selbst dorthin zu fahren.«

»Sabine, das war doch nicht dein erster Tatort. Hast du generell Probleme mit der Abteilung? Ich könnte das gut verstehen. Du hast eine Menge mitgemacht im vergangenen Jahr. Möchtest du dich versetzen lassen? Eine so gute Kollegin lasse ich natürlich nur ungerne gehen, aber ...«

»Vielleicht lässt du mich in Ruhe ausreden?«

Sie beugte sich vor und zog eine PET-Flasche mit grünem Verschluss unter ihrem Schreibtisch hervor. Heiliges Wasser, Ermter musste grinsen. Dann wurde er wieder ernst.

»Es ist nämlich so«, sagte sie und trank einen Schluck. »Ich bin befangen.«

»Befangen?« Ermter verspürte den heftigen Wunsch nach einer Zigarette. »Wie befangen?«

»Ich ... ich bin in diesem Fall befangen. Ich kannte Markus Klewer.«

»Na, ich auch.« Der Polizeichef schüttelte den Kopf.

»Du hattest aber ganz bestimmt keine Affäre mit ihm.«

»Was?« Ermter starrte sie an.

»Du hast das schon richtig verstanden. Ich hatte eine Affäre mit Markus Klewer.«

»Wann?«

»Jetzt. In den letzten Wochen.«

»Das ist nicht dein Ernst. Ach, du grüne Neune.« Ermter rieb sich über die Augen. Das hatte ihm gerade noch gefehlt. »Schöne Scheiße. Ich werde mit Altmann darüber reden müssen.«

»Wieso das denn? Es muss doch niemand wissen.«

»Sabine, es wird herauskommen, so oder so. Da muss Jürgen nur einen Zettel mit deiner Adresse bei Klewers Sachen finden.«

»Jürgen weiß Bescheid.«

»Ach? Er wusste es und mir hast du es nicht gesagt? Schönen Dank auch.«

»Ja, ich habe es Jürgen gesagt. Er meinte, dass ich es dir auch mitteilen müsse. Das hab ich ja nun getan.«

»Doch so früh? Sabine, du bist mit im Ermittlerteam.«

»Deshalb mach ich ja nur die Spuren. Es war mir peinlich, Guido. Wirklich. Das war nichts Ernstes mit Klewer. Es ging eigentlich nur um … Sex.«

Ermter stieß zischend die Luft aus. »Und jetzt geht es um Mord. Ich muss dich von dem Fall abziehen.«

»Wieso das denn?«

»Du hattest mit dem Opfer eine intime Affäre. Und er wurde mit deiner Dienstwaffe erschossen.«

KAPITEL 27

»Oh, mein Gott!«, schrie Erna Schikowski.

Hauptkommissar Jürgen Fischer sah seinen Kollegen fragend an, dieser zog die Augenbrauen hoch.

»Frau Schikowski? Ist etwas passiert?« Fischer betrat das Wohnzimmer.

Vor der großen Polsterlandschaft lag Heinz Klewer auf dem Rücken, die Arme weit von sich gestreckt.

»Er blutet … einen Krankenwagen, rufen Sie sofort einen

Krankenwagen ...« Die Haushälterin stand mitten im Raum wie erstarrt.

»Ist er gestürzt?« Fischer ging zu dem Mann, kniete sich neben ihn. Heinz Klewers Hemd war blutgetränkt, seine Augen weit aufgerissen. »Herr Klewer?«

Fischer suchte die Halsschlagader und tastete vergeblich nach dem Puls. »Verflucht.«

»Heinz? Heinz, was ist denn mit dir?« Erna kniete auf der anderen Seite, tätschelte Klewers Wange. »Wach auf. Er muss ohnmächtig geworden sein.«

Fischer schob die Haushälterin ein Stück zur Seite, öffnete mit spitzen Fingern Klewers Hemd. »Es ist auf ihn geschossen worden.«

Fischer schnellte hoch. »Er ist noch warm, es kann nicht allzu lange her sein. Oliver! Komm her. Fassen Sie nichts an, Frau Schikowski.«

Besonnen sah Fischer sich um. War der Täter noch in der Nähe? Der Hauptkommissar zog seine Waffe.

»Deck mich, Oliver. Hast du Verstärkung angefordert?«

Brackhausen entsicherte seine Walther P99, nahm sie in beide Hände, die ausgestreckten Arme zeigten zu Boden.

»Bleiben Sie knien, Frau Schikowski. Der Täter könnte noch im Haus sein. Das Sofa, Oliver.«

Oliver wandte Fischer den Rücken zu. Fischer schaute hinter die Polsterlandschaft. »Hier ist alles sauber.«

Erleichtert atmete Brackhausen aus und zog das Handy hervor. »Brackhausen. Wir haben einen Tatbestand am Heidedyk. Brauchen Verstärkung und den Notarzt. Möglicherweise ist der Täter noch im Haus.«

»Sie können jetzt aufstehen, Frau Schikowski. Bitte fassen Sie nichts an.« Fischer schob die Gardinen zur Seite und schaute in den Garten. »Hier draußen scheint auch niemand zu sein. Wohin führt der Garten?«

Die Haushälterin richtete sich langsam auf, sie war bleich und Tränen liefen ihr über das Gesicht.

»Er ist noch im Haus?« Ihre Stimme klang unnatürlich hoch.

»Das wissen wir nicht. Aber wir sind lieber vorsichtig.« Fischer versuchte, beruhigend zu klingen.

»Warum suchen Sie ihn dann nicht?«

»Wir warten auf Verstärkung. Wenn er im Garten sein sollte, wohin kommt er dann?«

»Im Garten? Nirgendwohin. Wieso sollte er im Garten sein?«

»Woran grenzt der Garten?« Fischer atmete tief durch, versuchte seine Ungeduld zu zügeln.

»Das Gebäude ist U-förmig. Und die offene Seite wird von einer zwei Meter hohen Mauer begrenzt. Dort hinten, hinter den Lebensbäumen.«

»Was ist hinter der Mauer?«

»Da wohnt der Nachbar. Er hat drei große Hunde. Wenn dort einer wäre, dann würden sie durchdrehen. Einbrecher haben keine Chance.«

»Wie eine Festung. Nun gut. Dann ist die Chance, dass er sich tatsächlich noch im Haus aufhält, groß.« Adrenalin schoss durch Fischers Blutbahnen. Er bemerkte, dass sich seine Sinne schärften. Waren dort Schritte? Fischer fing Brackhausens Blick ein, wies mit einer Kopfbewegung zur Tür.

Oliver Brackhausen entsicherte seine Waffe wieder. Langsam näherten sie sich der Tür, die halb aufstand. Jürgen Fischer gab ihr einen Stoß, um sie ganz zu öffnen. Beide hoben die Arme und zielten in die Diele. Dort tickte nur die große Standuhr.

»Wohin führt die Tür rechts?«

Frau Schikowski trat hinter Fischer, wollte an ihm vorbeigehen.

»Die dort? In die Küche.«

»Bitte bleiben Sie hinter uns.« Fischer fluchte leise. »Wo bleiben die anderen denn nur?«

In diesem Moment brummte Brackhausens Handy.

»Ja? Wir sind drinnen. Im Wohnzimmer. Ich stehe der Haustür gegenüber, sie ist etwa 20 Meter von mir entfernt. Es gehen vier weitere Türen von der Diele ab, alle sind geschlossen bis auf die Küchentür rechts von uns. Die Haushälterin hat vorhin die Einkäufe dorthin gebracht, ich schätze, der Raum ist sicher.« Brackhausen sah Fischer an. »Meinst du, wir könnten die Haustür öffnen, Jürgen?«

Fischer stieß die Luft aus, er versuchte, die Lage einzuschätzen. Ein paar große Schritte und sie wären an der Tür. Sie könnten sich gegenseitig Deckung geben. Wie groß war die Wahrscheinlichkeit, dass der Täter just in dem Moment eine der Türen öffnete?

»Wohin führen die anderen Türen?«

»Gegenüber von der Küche ist das Esszimmer. Links neben der Haustür ist das Gästebad und rechts geht es in den anderen Flügel.«

Fischer nickte. »Okay, wir wagen es.«

»Einsatzleitung? Wir kommen jetzt zur Haustür. Die Haushälterin befindet sich im Wohnzimmer.«

»Gehen Sie hinter die Tür, stellen Sie sich mit dem Rücken zur Wand«, befahl Fischer ihr.

Mit halberhobenen Waffen und Rücken an Rücken liefen sie zur Tür. Fischer drückte die Klinke runter, sprang zur Seite.

Vor der Tür standen vier bewaffnete Kollegen in Schutzkleidung. »Wir übernehmen!«

Fischer und Brackhausen verließen das Haus, sobald die Kollegen im Flur waren. Fünf weitere Einsatzkräfte betraten das Haus.

Draußen lehnte sich Fischer an die Hauswand, wischte sich den Schweiß von der Stirn. Er spürte, wie die Spannung nachließ.

»Das hätte auch in die Hose gehen können«, sagte er und zündete sich eine Zigarette an.

KAPITEL 28

»Verdammte Scheiße«, fluchte Fischer leise. »Ein zweiter Mord, das hat uns gerade noch gefehlt.«

»Wir waren zur falschen Zeit am falschen Ort, Jürgen.« Oliver Brackhausen trat neben Fischer. »Jetzt haben wir die Arschkarte in Platin mit Lorbeerkranz und müssen den Tatort machen.«

»Den hätte mir Ermter sowieso aufgehalst. Es ist ja zu vermuten, dass die beiden Morde in Verbindung stehen. Das wird einen Presserummel geben.«

»Einen Vorteil hat das Ganze. Jetzt ist der Kreis der Täter kleiner und besser zu sondieren. Irgendetwas, was Vater und Sohn gemeinsam betrifft.«

»Da wäre ich mir nicht so sicher.« Fischer rieb sich mit der flachen Hand über das Kinn.

Das Einsatzkommando hatte das Haus durchsucht und niemanden gefunden. Nun wurden die Gärten der Nachbarschaft kontrolliert, ein Hubschrauber war zur Unterstützung angefordert worden.

»Ich glaube kaum, dass wir den Kerl jetzt noch erwischen. Er wird längst über alle Berge sein. Zumal wir überhaupt nicht wissen, nach wem wir fanden.« Der Hauptkommissar seufzte.

Nachdem der eine Teil des Hauses für sauber erklärt worden war, war Fischer zurück ins Wohnzimmer geeilt. Die Haushälterin stand dort so, wie er es ihr befohlen hatte und weinte leise. Er hatte sie in die Küche geführt, ihr ein Glas Wasser gegeben.

Nach einigen Minuten hatte sie sich ein wenig gefangen. Sie fragte Fischer, ob er Kaffee wollte. Sie zu beschäftigen war vermutlich eine gute Idee und Fischer stimmte zu.

Inzwischen hatte sie die dritte Kanne gekocht und bot an für die Polizei Brote zu schmieren.

Fischer und Brackhausen warteten vor dem Haus darauf, dass die Spurensicherung ihre Arbeit beendete. Guido Ermter kam mit einer Tasse Kaffee in der Hand zu ihnen.

»Tja, was soll man sagen? Anscheinend haben die beiden zu tief im Verbrechersumpf gesessen. Leiharbeiter auf dem Bau, Erpressung und was sonst noch und das ist nun die Folge. Ich habe den Kollegen in Düsseldorf schon Bescheid gegeben. Vielleicht können wir heute noch jemanden verhaften.«

»Verhaften? Wen denn? Wir stehen noch am Anfang, Guido. Die Spurensicherung ist nicht mal ansatzweise fertig.« Jürgen Fischer streckte sich.

»Also wirklich, Jürgen, jetzt kommt mir bloß nicht mit Zweifeln. Der Fall ist so klar wie Kloßbrühe. Die beiden Klewers werden ihre Verbindungen zur Bandenkriminalität ausgenutzt haben, um sich irgendwo im Baugeschäft Vorteile zu verschaffen. Vielleicht haben sie dann aber nicht gezahlt oder zu wenig oder es gab andere Schwierigkeiten.«

»Wenn sich Klewer nach dem Tod seines Sohnes bedroht

gefühlt hat, warum sagte er es dann nicht? Wir waren doch bei ihm. Und wir haben ihn gefragt, ob sein Sohn bedroht worden ist. Er hat es verneint.«

»Du glaubst doch nicht, dass ein Mann wie Klewer zugibt, dass er Dreck am Stecken hat.« Guido Ermter warf einen begehrlichen Blick auf Fischers Zigarette. Der Hauptkommissar hielt ihm die Schachtel hin, nach kurzem Zögern schüttelte Ermter den Kopf. Er suchte in seiner Jackentasche und nahm die Tüte mit den Gummibärchen heraus.

»Klewer muss wirklich sehr abgebrüht gewesen sein, wenn er Todesangst so locker überspielen konnte. Er war ruhig, fast schon gelassen.« Fischer grinste und steckte die Zigaretten ein. »Ich versteh nicht, wie man ständig dieses süße Zeug essen kann. Machst du dir keine Sorgen um dein Gewicht?«

»Ich hab wieder angefangen, Tennis zu spielen.«

»Ach? Wann?«

Ermter brummte ärgerlich, wandte sich ab. »Nächste Woche«, murmelte er. »Ich habe es mir fest vorgenommen. Wenn wir den Fall hinter uns haben.«

Siegfried Brüx von der Spurensicherung trat aus der Haustür, blinzelte irritiert im hellen Sonnenlicht.

»Wir sind dann fertig, ihr könnt den Tatort übernehmen.«

»Irgendetwas Auffälliges?«

»Nein. Keine Einbruchsspuren. Wir haben Fingerabdrücke genommen, die meisten werden von ihm und seiner Haushälterin sein.«

Fischer nickte. »Sie sagt, es würde auf den ersten Blick nichts fehlen. In seinem Arbeitszimmer ist ein Tresor, der ist unberührt. Sieht nicht nach Raubmord aus.«

Ein Wagen bog in die Einfahrt und wurde von einem Kollegen der Schutzpolizei angehalten. Zwei Frauen stiegen aus. Fischer erkannte Birgit Klewer, die andere Frau war ihm nicht bekannt. Sie schrie den Polizisten an.

»Ich bin angerufen worden. Meinem Vater ist etwas zugestoßen und Sie haben die Dreistigkeit, uns aufhalten zu wollen? Manche Leute haben so viel Taktgefühl, wie ein totes Pferd.«

»Lass sie durch, Rudi!« Ermter nickte dem Kollegen zu.

Die junge, energische Frau zog Birgit Klewer mit sich mit. Jürgen Fischer runzelte die Stirn. Woher wussten die beiden von dem Todesfall? Noch hatten sie niemanden losgeschickt, um die Familie zu benachrichtigen. Er ging ihnen ein paar Schritte entgegen.

»Ich bin Hauptkommissar Jürgen Fischer, KK 11. Sie sind die Tochter?«

»Ja. Mareike Klewer. Erna hat mich angerufen. Ich kann es gar nicht glauben.« Sie blieb stehen. Fischer schätzte die Frau mit dem modischen Kurzhaarschnitt auf Mitte 30.

»Mein Beileid. Wir haben vorhin Ihren Vater gefunden. Vermutlich ist er erschossen worden.«

»Erschossen?« Die junge Frau sackte in sich zusammen. Fischer konnte sie gerade noch am Ellenbogen fassen. Er zog sie an sich, hielt sie fest, spürte, dass sie weinte. Er schaute hilfesuchend zu Birgit Klewer. Ihre Blicke trafen sich, aber die Augen der Frau waren glasig und Fischer wusste, dass sie woanders war. Sie lachte plötzlich. Das Lachen kam zu rasch und war zu laut.

»Erschossen? Heinz ist erschossen worden? Das kann nicht sein. Es kann nicht sein. Es kann einfach nicht sein.« Birgit Klewer klang hysterisch, während Mareike Klewer nicht aufhörte zu weinen. Sie drückte ihren Kopf so fest gegen Fischers Brustbein, dass es wehtat.

»Kann mir mal jemand helfen?« Fischer drehte sich zu seinen Kollegen um, hielt die junge Frau dabei fest. Sie würde zu Boden stürzen, wenn er sie nicht weiterhin stützte, das fühlte er.

»Kommen Sie.« Polizeichef Guido Ermter trat zu den dreien. Er nahm Birgit Klewer am Arm. Immer noch murmelte sie ihr Mantra: »Es kann nicht sein. Nicht Heinz. Es kann einfach nicht wahr sein.«

»Wir bringen Sie rein. Die Spurensicherung ist fertig. Der Arzt ist doch noch da?« Den letzten Satz flüsterte Ermter Fischer zu.

Langsam betraten sie das kühle Haus. Fischer blickte sich suchend um. In das Wohnzimmer konnten sie die beiden nicht führen.

»Die Küche«, murmelte er und wies mit dem Kopf in die Richtung. Ermter nickte.

Erna Schikowski saß am Küchentisch. Sie hatte die Hände gefaltet und stützte ihren Kopf darauf ab. Es roch nach frisch aufgebrühtem Kaffee. Frau Schikowski sah hoch, als die Gruppe den Raum betrat. Mareike Klewer schluchzte immer noch herzzerreißend.

»Ach, Mädchen, Mädchen. Es ist so furchtbar.« Die Haushälterin stand auf, zog Mareike an sich, wiegte sie hin und her. Fischer war erleichtert, dass ihm diese Last abgenommen wurde.

Birgit Klewer stand mit hängenden Armen in der Mitte des Raumes. Ihr Atem ging heftig.

»Frau Klewer, setzen Sie sich.« Fischer zog einen Stuhl heran und zwang sie behutsam sich hinzusetzen. Wie ferngesteuert, dachte er. Bei dem Tod ihres Mannes hatte sie weitaus kühler reagiert. Vielleicht war das jetzt der Tropfen, der das Fass zum Überlaufen brachte. Manchmal war das Schicksal sehr ungerecht.

»Der Arzt ist noch im Hause. Er kann Ihnen etwas zur Beruhigung geben. Sie stehen unter Schock.«

»Komm, Kind, setz dich. Ich habe einen richtig schönen Kaffee aufgebrüht. Das stärkt die Nerven. Wir müssen jetzt durchhalten. Es ist so furchtbar.« Erna Schikowski nickte Fischer zu.

»Mir ist schlecht«, murmelte Birgit Klewer. Sie stand auf, blieb einen Augenblick schwankend stehen und fiel dann steif zu Boden.

»Guido, hol den Arzt!« Fischer kniete sich neben sie und drehte sie vorsichtig auf den Rücken. »Frau Klewer? Können Sie mich hören?«

Sie hatte die Augen aufgerissen und verdreht, nur das Weiße war zu sehen. Fischer suchte an der Halsschlagader den Puls. Flach und unregelmäßig schlug das Herz.

»Birgit! Ach herrje. Das ist einfach zu viel für sie. Erst Markus und dann noch Heinz. Es ist ja wirklich nicht zu fassen.« Erna Schikowski schlug die Hände vor den Mund und versuchte das Weinen zu unterdrücken.

Wunderbar, drei hysterische Frauen und ich. Warum kann keine der Kolleginnen hier sein? Sabine oder Uta. Aber nein. Wie war das noch mit der Arschkarte, Oliver hatte Recht.

KAPITEL 29

»Und jetzt?« Oliver Brackhausen schnorrte eine Zigarette von Fischer. Es war die fünfte an diesem Nachmittag.

Fischer zuckte mit den Achseln. Er saß in dem wuchtigen

Ledersessel in Heinz Klewers Arbeitszimmer. »Ich packe alle Unterlagen ein, die ich tragen kann, und nehme sie mit. Möglicherweise finde ich dann einen Anhaltspunkt. Wenn wir uns beeilen, sind wir noch rechtzeitig zur Besprechung zurück im Präsidium. Hast du erfahren, wie es Frau Klewer geht?«

»Welcher Frau Klewer?«

»Der Schwiegertochter, du Ei.«

»Sie steht unter Schock. Der Arzt hat sie ins Krankenhaus eingewiesen. Ich bezweifle, dass sie dort bleibt. Sie ist ja eigentlich ein harter Knochen, die Frau.«

»Ist die Schikowski noch da?«

»Sicher, sie wohnt hier. Sie hat eine Einliegerwohnung.«

»Was? Wo? Ich war doch überall im Haus.«

»Der hintere Teil des Hauses ist aufgestockt und hat ein Walmdach. Es gibt eine Außentreppe, die sieht man nur, wenn man ganz um das Haus herumgeht. Da, hinter den Garagen.«

»War dort jemand? In der Wohnung, meine ich. Ist sie durchsucht worden?« Fischer spürte sein Herz pochen.

Oliver Brackhausen sah ihn betreten an. »Keine Ahnung.«

»Sind noch Kollegen da?«

»Nein, wir sind die letzten.«

»Scheiße. Wo ist die Haushälterin?«

»In der Küche nehme ich an. Ich habe sie aber eine ganze Weile schon nicht gesehen.«

»Na super.«

Fischer stand auf und tastete nach seiner Waffe. Das Haus erschien ihm still und verlassen. Nach der ganzen hektischen Betriebsamkeit des Nachmittages war die Stille umso greifbarer.

»Frau Schikowski?« Seine Stimme hallte durch die Diele. Nur das Ticken der Standuhr war zu hören. Fischer meinte, ein Déjà-vu zu erleben. Vor ein paar Stunden hatte die Haushälterin hier gestanden und ihren Arbeitgeber genauso gerufen.

Langsam ging er zur Küchentür, öffnete sie. Es roch nach Putzmittel. Alles war aufgeräumt, es wirkte fast steril. Die Utensilien waren sorgfältig arrangiert. Nichts deutete darauf hin, dass diese Küche wirklich benutzt wurde.

Plötzlich klackte es und Fischer zuckte zusammen. Wasser rauschte.

»Was war das?«

»Die Spülmaschine. Jemand muss sie angestellt haben und das Programm ist weiter gesprungen.« Brackhausen stand hinter Fischer. Auch seine Stimme klang angespannt. »Hier ist sie nicht. Niemand scheint mehr hier zu sein. Sollen wir noch einmal durch alle Räume gehen?«

»Es wird uns nichts anderes übrig bleiben, Oliver.«

Nach und nach öffneten sie alle Türen, kontrollierten jedes Zimmer. Überall war penibel aufgeräumt. Hier war schon nicht mehr gelebt worden, bevor der Tod in dieses Haus eingezogen war. Fischer war das Haus schon vorher groß erschienen, nun wirkte es riesig.

Im hinteren Flügel roch es deutlich nach Chlor. Doch auch im Schwimmbad war niemand.

»Okay, sie ist nicht hier. Dann zeig mir mal den Aufgang zu ihrer Wohnung, Oliver. Warum hat mir niemand etwas davon gesagt?«

»Du hast nicht gefragt.«

»Tolle Antwort. Wie hast du es erfahren?«

»Sie hat es mir erzählt. Beim Kaffee kochen.«

Fischer trat aus der Haustür. Ein Schwall warmer Luft kam ihm entgegen. Angenehm nach der Kühle des Hauses. Er schob die Fußmatte vor die Tür, sodass sie nicht zufallen konnte.

Tatsächlich führte ein kleiner Weg an der Garage vorbei zur Rückseite des Hauses. Das Nachbargrundstück wurde von einer hohen Mauer begrenzt.

Eine schmale Treppe aus Stahl führte nach oben.

Fischer blieb stehen, atmete laut aus. »Und jetzt? Wir gehen hoch, schellen ...«

»Tja, entweder macht sie auf oder nicht.«

»Und was wenn jemand anderes aufmacht? Jemand, der eine Sig Sauer besitzt?«

Oliver zog sich am Ohr. »Wie wahrscheinlich ist das?«

»Warten macht es auch nicht besser. Ich schelle jetzt. Du bleibst hier unten ...«

»Wir rufen die Kollegen.«

»Ermter macht uns einen Kopf kleiner, wenn er erfährt, dass wir so etwas Wesentliches übersehen haben.«

»Tja, und rate mal, was er mit uns macht, wenn wir uns erschießen lassen.«

»Das ist mir dann auch egal.«

»Wir gehen zusammen hoch.«

»Hör auf zu spinnen. Die Treppe ist zu eng, wir können nicht nebeneinanderstehen.«

Fischer stieg langsam die Treppe hoch, den Blick fest auf die Eingangstür gerichtet, die Dienstwaffe in der Hand. Es war Wahnsinn, was sie machten, und gegen alle Regeln.

Vor der Tür blieb er stehen. Es gab kein Namensschild aber einen messingfarbenen Klingelknopf. Entschlossen drückte er darauf. Ein blechernes Schellen war zu hören, ansonsten kein Ton. In dem düsteren Raum zwischen den beiden Häusern blühte ein Flieder. Fischer stieg der süßliche Duft in die Nase.

Vielleicht ist es das Letzte, was ich rieche, dachte er. Seine Hände waren feucht. Er nahm die Walther in die andere Hand, wischte sich den Schweiß an der Hose ab. Dann schellte er ein zweites Mal.

»Ich trete die Tür ein.«

»Bis du wahnsinnig?« Oliver lief die Treppe hoch.

Die Tür war, im Gegensatz zu der Haustür unten, nicht allzu stabil. Fischer warf sich mit der Schulter dagegen und krachend brach sie aus der Zarge. Fast wäre der Hauptkommissar durch den Schwung zu Boden gegangen, er fing sich im letzten Moment. Oliver stand mit gezogener Waffe hinter ihm.

»Frau Schikowski?«

Niemand antwortete. Langsam gingen sie in den kleinen Flur. Es roch nach Reinigungsmitteln und Bratfett. Vier Türen gingen vom Flur ab, nur eine war geöffnet. Die Küche. Diese war nicht steril und aufgeräumt. Eine Pfanne stand auf dem Herd, Eierschalen lagen auf der Arbeitsplatte, benutztes Geschirr in der Spüle, Krümel auf dem Tisch.

»Frau Schikowski?«

Oliver schüttelte den Kopf, deutete auf die nächste Tür. Jürgen trat dagegen, die Tür flog auf. Es war das Wohnzimmer. Auf dem Couchtisch lag eine zusammengeknüllte Chipstüte.

Die dritte Tür führte in das Bad. Die Klobrille war hochgeklappt, der Wasserhahn tropfte, der Spiegel war ein wenig beschlagen.

Fischer öffnete die letzte Tür. Das Schlafzimmer. Das Bett war ordentlich gemacht, doch der Kleiderschrank war geöffnet und eine Schublade der Kommode aufgezogen. Auch hier war niemand.

Sie senkten die Waffen, sahen sich an.

»Verdammte Scheiße, war der Täter die ganze Zeit hier oben?« Fischer fluchte laut.

»Spurensicherung. Wo ist die Schikowski?«

»Hier nicht.«

»Schlaumeier.«

Die Miss-Marple-Melodie von Olivers Handy ertönte und beide Kripobeamten zuckten zusammen.

»Du und dein scheiß Lied, kannst du dir nicht einen vernünftigen Klingelton zulegen?«

»Als ob die Blues Brothers so viel besser wären.« Oliver schüttelte den Kopf, nahm das Handy und meldete sich.

Fischer holte tief Luft und rieb sich über das Kinn. Er spürte immer noch die Anspannung.

»Wir sind noch am Heidedyk und brauchen dringend noch mal die Spurensicherung und zwei weitere Teams. Ja, Chef, ich weiß, dass jetzt Besprechung ist. Nein, Chef, wir kommen nicht.« Oliver verdrehte die Augen. »Die Haushälterin ist verschwunden und eventuell wissen wir jetzt, wo sich der Täter versteckt hatte.«

KAPITEL 30

»Ganz ruhig, Amigo. Du kannst nicht aufstehen.« Sebastian Horster strich dem großen Hund über das zottelige und stumpfe Fell. Die Nase des Tieres war trocken und heiß. Seine Augen blickten trübe. Alles keine guten Zeichen, das wusste Sebastian.

Er stellte dem Hund frisches Wasser hin, dann schloss er die Wohnung ab und ging. Lieber wäre er bei ihm geblieben, noch lieber hätte er den Tierarzt gerufen. Aber das ging nicht.

Frühnebel stieg aus den Feldern auf, an denen Sebastian vorbei radelte.

Er schloss das Tor zum Hof auf, schob sein Fahrrad hinein. Lautes Bellen erscholl. Wieder einmal war er froh, dass in nächster Nähe niemand wohnte, der sich hätte belästigt fühlen konnte.

»Ruhe!« brüllte er und schämte sich dann dafür. Er mischte das Futter an und verteilte es in den einzelnen Zwingern.

Drei Stunden später war er mit der gröbsten Arbeit fertig. Im vorderen Büro leuchtete die Anzeige des Anrufbeantworters. Telefondienst gehörte auch zu seinen Aufgaben. Sebastian notierte sich die Nummern und erledigte die Rückrufe. Gegen Mittag hörte er das protzige Motorengeräusch von Andreas' Wagen.

»Hi, Basti. Ich bin nur kurz hier. Hab ein Problem.« Andreas ging an ihm vorbei in sein Büro. Sebastian stand auf und folgte ihm.

»Ich hab schon gedacht, du kommst heute gar nicht mehr. Die Adressenliste ist fertig, ich habe auch schon die Auslieferungsroute geplant. Wird ganz schön stressig, das Wochenende.«

»Hmm«, brummte Andreas nur. Er schien gar nicht zugehört zu haben.

»Der Hund ist übrigens verstorben.« Sebastian vermied es, seinen Chef anzusehen. »Ich hab ihn schon entsorgt.«

»Welcher Hund?«

»Na, der gestern so schlimme Bisswunden abbekommen hat. Der große, langhaarige, dunkle Mischling.«

»Ach so. Na dann.«

Es interessierte Andreas offensichtlich nicht, erleichtert stieß Sebastian den Atem aus. Er hatte sich keine wirklichen Gedanken darüber gemacht, wie es mit Amigo weitergehen sollte, falls der Hund die Verletzungen überlebte.

In der kleinen Wohnung konnte er ihn auf Dauer nicht halten, schon gar nicht den ganzen Tag alleine lassen. Ihn hierher mitzunehmen ging natürlich auch nicht.

Vielleicht wüsste Gesa eine Lösung. Er würde sie nachher anrufen.

»Du, mit dem Wochenende. Könnte sein, dass du die Tour alleine machen musst«, sagte Andreas beiläufig.

»Was?«

»Am Wochenende. Ich hab dir doch gesagt, dass ich ein Problem habe.«

»Ja und? Ich kann die Tour nicht alleine machen, wie stellst du dir das denn vor?« Sebastian schüttelte entgeistert den Kopf.

Andreas Brünken lehnte sich in seinem Schreibtischsessel zurück, fixierte Sebastian mit seinem Blick.

»Es geht um meine Oma. Du kennst sie doch, oder?«

Sebastian nickte. Andreas' Großmutter war schon mehrfach auf dem Hof gewesen. Jedes Mal hatte sie ihnen Kuchen oder Schnittchen mitgebracht.

»Jedenfalls geht es meiner Oma nicht gut. Ich habe sie erst mal zu mir geholt und schau jetzt, wie das weitergeht. Ich muss mich um sie kümmern, schließlich hat sie mich großgezogen.«

»Das versteh ich. Natürlich musst du dich um sie kümmern. Was hat sie denn?«

»Keine Ahnung. Herzbeschwerden. Ein paar Zipperlein hatte sie ja schon in der letzten Zeit. Normal, so wie alle alten Leute. Aber jetzt ... sie hat sich aufgeregt und hatte prompt Herzklabastern.«

»Und was wirst du jetzt tun?«

»Hörst du nicht zu?« Andreas' Stimme wurde unangenehm laut. »Ich weiß es noch nicht.«

»Wir könnten die Tour ja um eine Woche verschieben.«

»Hatte ich auch schon überlegt, aber das geht nicht. Die neuen Besitzer warten. Sie haben einiges an Geld bezahlt. Außerdem kommt nächste Woche schon eine neue Lieferung.«

»Tatsächlich? Woher?«

»Sauerland. Die gehen dann drei Wochen später in die Pfalz.«

Sebastian nickte. Andreas hatte die Logistik fest im Griff. Anders würde das Geschäft auch nicht funktionieren.

»So, ich check eben noch die Spendenkonten und mach ein wenig Presse und bin dann aber wieder weg. Du schaffst das hier sicherlich alleine. Zur Not hast du ja meine Handynummer.«

In der Küche summte der Wasserkocher. Sebastian schüttete das heiße Wasser in eine Fertigsuppe, löffelte dann nachdenklich.

Alleine hatte er die Tour noch nie gemacht, immer war Andreas mitgekommen. Andreas hatte mit den Leuten gesprochen, ihnen alle Fragen beantwortet. Sebastian wusste nicht, ob er genauso souverän sein könnte. Was, wenn er einen groben Fehler machte? Er könnte alles vermasseln.

»Du hast zu wenig Selbstbewusstsein«, warf Gesa ihm öfters vor. Vielleicht hatte sie Recht. Möglicherweise hatte er aber auch einfach nur nicht das Selbstverständnis in seiner Kindheit mitbekommen, das sie besaß.

Er hatte sie mal gefragt, ob sie denn nie zweifeln würde. Gesa verneinte dies überrascht. Warum sie denn zweifeln solle und woran.

Offensichtlich hatte sie keine Angst, Fehler zu machen, und wenn doch, ging sie anders damit um, als er jemals können würde.

Vielleicht sollte er Gesa mitnehmen, aber dann musste er ihr beichten, dass er ihr nicht die ganze Wahrheit über seinen Job erzählt hatte.

»Ich bin dann weg«, rief Andreas ihm zu. »Nachher kommt Hannes und scannt die Hunde, möglicherweise wird er noch den einen oder anderen Chip entfernen müssen. Du hilfst ihm dann.«

»Gute Besserung an deine Oma.«

Dem Tierarzt hatte Sebastian bisher noch nicht geholfen. Nun gut, dachte er, auch das gehört dazu.

KAPITEL 31

»Das kann doch nicht euer Ernst sein. Ihr seid die ganze Zeit im Haus und keiner erfährt etwas von der Einliegerwohnung? Habt ihr alle Bretter vor den Köpfen?« Polizeichef Ermters war hochrot im Gesicht.

»Du warst doch auch da, Guido. Hast du gefragt oder nachgesehen?« Genervt ließ sich Jürgen Fischer auf einen Stuhl fallen. »Meinst du, wir hätten das absichtlich übersehen? Ja, es war ein Fehler. Fehler passieren.«

»Solche Fehler dürfen nicht passieren!« Ermter wurde nicht ruhiger.

»Guido, reg dich ab.«

»Reg dich ab, reg dich ab. Was ist das denn für ein Tonfall?« Ermter haute mit der flachen Hand auf den Resopaltisch. Eine halbvolle Tasse Kaffee fiel um, ihr Inhalt ergoss sich über eine Akte.

Ermter riss die Akte hoch, stieß einen nicht jugendfreien

Fluch aus. »Ich bin die Scheiße hier leid. Leid bin ich das. Ein unfähiges Team, die Presse am Hals, ein Toter nach dem nächsten, und jetzt verschwindet, einfach so, die Haushälterin und du sagst: Reg dich ab!«

»Jetzt hör mir mal gut zu.« Fischer erhob sich. Seine Stimme wurde nicht laut, nur kalt. »Wir machen unsere Arbeit. Wir machen sie so gründlich es geht. Fehler können jedem unterlaufen. Wir haben die Wohnung übersehen, aber ob das fallrelevant ist, ist noch gar nicht klar. Um die Zeitungsfuzzies kann sich die Pressesprecherin kümmern. Lass uns einfach unsere Arbeit machen.«

Langsam setzte sich Jürgen wieder. Er spürte die Wut in sich kochen, unterdrückte das Gefühl aber. Mordkommissionen, die mit unerwarteten, negativen Wendungen konfrontiert wurden, waren ein explosiver Haufen, das wusste er aus Erfahrung.

Guido Ermter knallte die Akte auf den Tisch. Er achtete darauf, dass sie nicht in die Nähe der Kaffeepfütze zu Fall kam, dann verließ er den Raum.

Jemand öffnete ein Fenster. Obwohl der Himmel noch strahlend blau war, grollte in der Ferne ein Gewitter.

Regen wäre gut, dachte Fischer. Er rieb sich den Nacken und fühlte beginnende Kopfschmerzen. Dies war einer der langen Tage, die nie zu Ende zu gehen scheinen. Ein Ereignis jagte das nächste, der Adrenalinspiegel stieg und blieb auf einem zu hohen Niveau. In diesem ersten Moment der Ruhe fiel er und löste im Organismus eine Art Schock aus, dem Zuckerschock gleich.

Manchmal half Koffein. Diesmal sehnte sich Fischer nach einem kühlen Bier und jemanden, der ihm wirklich zuhören würde. Er zog sein Handy aus der Tasche, schaltete es ein. 23 Anrufe in Abwesenheit, alle von Susanne, seiner Frau.

Nach und nach kamen die Kollegen in den Raum. Jemand nahm Bestellungen für den Blumenthal Grill auf.

»Jürgen, halbes Hähnchen und Pommes?«

Fischer nickte. Dann stand er auf und ging in den Flur. Er würde Susanne anrufen müssen und konnte es genauso gut sofort tun. Seufzend drückte er die Kurzwahl, fingerte eine Zigarette aus der Jackentasche. Sein Feuerzeug war leer.

»Verdammt noch mal …«, murmelte er und klopfte mit dem Feuerzeug auf das Fensterbrett, versuchte es wieder. Nichts passierte.

»Fischer«, meldete sich Susanne mit abweisendem Tonfall, genau in dem Moment, als sich eine Hand auf Jürgens Schulter legte.

»Probleme?« Ein leises Lächeln lag in Martina Beckers Stimme.

Fischer drehte sich um. »Du? – Hallo, Susanne.«

»Ja, tatsächlich. Ich bin es, deine Frau.« Susanne klang nicht freundlich. »Wofür hast du eigentlich ein Handy, wenn es nie eingeschaltet ist?«

»Ich habe einen Fall. Muss etwas mit Ermter klären.« Martina lächelte ihn an. »Was ist mit dir? Du siehst gestresst aus.« Sie stellte sich auf die Zehenspitzen und küsste ihn auf die Wange.

Fischer nahm das Handy vom Ohr, legte die Hand darüber. »Meine Frau«, sagte er und deutete mit dem Kinn auf das mobile Telefon. »Ja, ich habe Stress.«

»Mit Susanne?« Martina zog die Augenbrauen hoch.

Oh Gott, dachte Fischer, jetzt kein falsches Wort. Wieso waren Frauen Multitasking fähig und er nicht? Mit zwei Frauen gleichzeitig zu sprechen, ging wahrlich über seine Kompetenzen.

»Nein, mit Ermter. Sieh dich vor. Er ist in einer üblen Laune. Außerdem ist mein Feuerzeug leer …«

Außerdem ist mein Feuerzeug leer, wie doof war das denn? Hatte er das wirklich gesagt?

Martina lachte schallend. »Da kann ich abhelfen.« Sie zog ein Zippo-Feuerzeug aus der Tasche. »Hier, für dich.«

Fischer nahm das Feuerzeug. Er wusste nicht, was er sagen sollte, und spürte Wärme in sein Gesicht steigen.

Ich werde rot wie ein Teenager, dachte er verlegen. »Danke, Martina.«

»Nichts zu danken. Braucht ihr noch lange?« Die Staatsanwältin schaute zum Besprechungszimmer.

»Vermutlich noch eine ganze Weile.«

»Schade.«

»Wieso?«

Wieso? Fischer, heute übertriffst du dich. Er schüttelte den Kopf.

»Ich hätte gerne ein wenig Zeit mit dir verbracht.« Sie sah ihn an, als würde sie auf eine bestimmte Erwiderung warten.

Fischer zog die Stirn in Falten. »Ja, das ... wird schwierig. Ich weiß nicht ... wann wir fertig sein werden.«

»Du könntest mir deinen Schlüssel geben. Ich warte dann auf dich.«

Der Hauptkommissar zog seinen Schlüsselbund aus der Tasche. Er war sprachlos. Was passiert hier?

Martina Becker nahm die Schlüssel, zwinkerte ihm zu. »Bis nachher.«

Er sah ihr hinterher. Zielstrebig ging sie zum Ende des Flures. Klopfte an Ermters Bürotür, trat ein, ohne abzuwarten. Sie wusste, was sie wollte.

Fischer bemerkte, dass er immer noch das Handy in der Hand hielt. Er nahm es wieder ans Ohr. »Susanne?«

Seine Frau hatte aufgelegt. Er konnte es ihr nicht verübeln.

KAPITEL 32

»Also gut, gehen wir davon aus, dass der Täter in Frau Schikowskis Wohnung war. Wie ist der dort reingekommen? Wie ist er bei Klewer eingedrungen? Es gibt keine Einbruchsspuren. Was hat er dort oben gemacht?« Ermter legte die Tüte mit den Gummibärchen vor sich auf den Tisch. Es war eine neue Tüte, er zögerte, sie aufzureißen.

»Wir wissen nicht genau, wie lange Klewer schon tot war, als wir ihn gefunden haben. Es kann eine Stunde, es können auch zwei gewesen sein. Die Haushälterin war mindestens zweieinhalb Stunden unterwegs. Sie ging davon aus, dass Klewer in sein Büro gefahren war. Der Täter könnte geklingelt haben, Klewer hat ihn eingelassen. Deshalb gibt es keine Einbruchsspuren.« Fischer zündete sich eine Zigarette mit dem neuen Feuerzeug an. Er sah Ermters gierigen Blick und grinste.

»Und wie kommt der Täter dann in die Wohnung der Haushälterin? Uns ist der Zugang verborgen geblieben.«

»Entweder kannte er die Wohnung, kannte sich aus, oder er hatte einfach Glück. Möglich wäre, dass er abgewartet hat, bis der Trubel um das Haus vorbei war und dann ist er erst gegangen. Wir hätten ihn dann quasi verpasst.«

»Es deutet einiges darauf hin, dass er einige Zeit in der Wohnung verbracht hat. Die Essensreste, die Chipstüte, das Bad ist benutzt worden.« Oliver strich sich eine Haarsträhne hinter das Ohr, beugte sich vor und nahm eine Zigarette aus Jürgens Packung. »Ich kaufe dir nachher neue«, flüsterte er.

»Nun gut, das sind alles Spekulationen. Mehr wissen wir, wenn die Spurensicherung ihre Ergebnisse vorlegt. Dringender klären müssen wir Erna Schikowskis Verbleib. Irgendwelche Vorschläge, Mutmaßungen?« Ermter riss die Tüte auf.

»Sie hat laut Amt keine Verwandten. War verheiratet, ist seit 30 Jahren verwitwet. Es gab einen Sohn, der allerdings auch verstorben ist.« Fischer rieb sich mit der flachen Hand über das Kinn. »Ich nehme an, die Klewers sind ihre Familie. Birgit Klewer liegt mit Schock im Krankenhaus, Mareike Klewer hab ich bisher nicht erreicht.«

»Du warst fleißig, Jürgen. Sonst noch was? Können wir davon ausgehen, dass der Täter sie entführt hat?« Ermter sortierte die Gummibärchen.

»Ich denke, wir müssen das befürchten. Der Täter, so vermute ich, kommt aus dem Umfeld der Familie. Er ermordet erst den Sohn, dann den Vater. Möglicherweise kennt ihn die Haushälterin.« Oliver Brackhausen inhalierte tief.

»Er hat keine Skrupel zwei Männer zu erschießen, warum legt er die Haushälterin nicht auch direkt um? Das macht doch alles keinen Sinn. Wir kommen keinen Schritt weiter.« Der Polizeichef zerknüllte die Tüte.

Vor lauter Anspannung schien es im Raum zu knistern.

»Wir wissen immer noch zu wenig, um Antworten finden zu können, Guido. Wollen wir hoffen, dass der Täter oder die Täterin Erna Schikowski wirklich nur entführt hat und sie nicht umbringt.«

»Hoffen? Na, ich glaub da nicht dran. Vermutlich ist die Schikowski schon längst tot, liegt irgendwo in einem Gebüsch und ein Hundehalter mit seinem Waldi findet sie beim Gassigehen.« Ermters Stimme wurde wieder lauter.

Josef Schink, fiel Fischer ein. Er warf einen Blick auf seine Uhr. Heute würde er es in keinem Fall mehr schaffen, zum Egelsberg zu fahren.

Die Tür des Besprechungszimmers wurde aufgerissen und Roland Kaiser stürzte herein. »Ich habe eine Spur!«

»Von Erna Schikowski?« Guido Ermter sprang auf.

»Wer ist das denn? Schikowski? Nein, wegen Klewer. Günther und ich haben den ganzen Nachmittag bei Frank Heiniken verbracht. Dem Konditormeister, der gegen Klewer angetreten war. Er hat sich um Kopf und Kragen geredet. Ich halte ihn für dringend tatverdächtig.«

»Aha.« Ermter setzte sich wieder.

»Wie ›aha‹? Ist das alles, was du sagst? Ist Altmann hier?« Roland sah sich suchend um. »Wir brauchen einen Haftbefehl. Heiniken hat noch nicht mal ein Alibi für die Nacht von Sonntag auf Montag, ich würde mein letztes Hemd dafür verwetten, dass er es war.«

»Ich auch.« Günther Volkers drängte sich an Roland vorbei in den Raum. »Erst hat er gesagt, er wäre lange in seiner Konditorei gewesen, dann war er plötzlich angeblich den ganzen Abend allein zu Hause. Aus jedem seiner Worte fühlt man den Triumph, er ist sich nämlich sicher, nun Klewers Nachfolger zu werden. Er hat ein ziemlich fettes Motiv.«

»Tja«, Ermter winkte ab. »Eure letzten Hemden könnt ihr behalten, die Wette habt ihr verloren.«

»Wieso?«

»Der Täter hat wieder zugeschlagen. Heinz Klewer, der Vater von Markus Klewer wurde ermordet. Ziemlich genau zu der Zeit, als ihr bei Heiniken ward. Ein besseres Alibi könnte der Mann nicht haben.«

Verblüfft sah Kommissar Kaiser den Polizeichef an. »Das glaub ich jetzt nicht.«

»Ich glaub es für dich mit. Setz dich und hör zu. Ich gehe davon aus, dass es ein und derselbe Täter ist, deshalb werden wir die beiden MKs zusammen führen. Die Wache am Eisstadion schickt uns Verstärkung, wir sollten mindestens acht Teams haben, zehn wären noch besser. Ab morgen früh treffen wir uns nicht mehr hier zur Besprechung sondern unten im großen Raum. Uta wird Sabine bei der Aktenführung helfen. Obwohl die beiden Fälle zusammenhängen, dürfen wir die Spuren nicht durcheinanderbringen.« Ermter seufzte.

Sabine starrte den Chef an, ihre Augen funkelten böse. »Guido, nett, dass du mir Unterstützung geben willst, aber würde Uta nicht dringend in einem Team gebraucht? Wo wir schon so wenige sind? Ich werde die Spuren schon alleine schaffen.«

»Darüber reden wir nachher, Sabine.« Ermter steckte sich zwei rote Gummibärchen in den Mund. »Wir werden Frau Schikowski suchen müssen. Ich habe der Schutzpolizei schon Bescheid gegeben. Ein Foto von ihr wäre gut.«

»Da war eines bei Klewer auf der Anrichte. Die ganze Familie samt Haushälterin. Vielleicht ist das brauchbar.«

»Super, Jürgen. Dann fahr du hin und hole es.«

Jürgen Fischer stöhnte. »Schon wieder? Jedes Mal, wenn ich da auftauche, passiert etwas. Wahrscheinlich werd ich die Schikowski irgendwo tot auffinden, und zwar ganz ohne Hund. Was ich auf jeden Fall machen werde, ist, noch mal mit der Tochter sprechen. Vielleicht hat die Haushälterin ja eine Freundin, bei der sie jetzt ist.«

»Wie wahrscheinlich ist es, dass sie sich nach dem Tod ihres Chefs und mit dem Wissen, das ihr noch im Haus seid, ein Spiegelei macht, die Küche durcheinanderbringt, Chips isst, duscht und dann verschwindet? Absolut unwahrscheinlich. Ich werde eine Meldung an die Presse und die Radiosender geben.« Ermter machte sich eine Notiz. »Sonst noch etwas?«

Uta Klemenz hob die Hand. »Ich würde gerne an der Sache mit den Leiharbeitern dran bleiben. Habe schon in Düsseldorf nachgefragt. Dort wurde verhandelt. Ich kann wohl morgen Akteneinsicht nehmen. Altmann habe ich informiert.«

»Super, Uta. Vielleicht kommen wir ja doch weiter. War nicht jemand Pommes holen?«

»Jonas, der Durchläufer, der seit heute Morgen hier ist. Er kommt aus Aachen und war bisher noch nie in Krefeld. Vielleicht hat er sich verlaufen.«

»Kann ihn mal jemand suchen gehen? Ich verhungere gleich.«

»Und das bei den vielen Gummibärchen, die er in sich hineinstopft? Kaum zu glauben«, flüsterte Oliver Jürgen zu. Beide grinsten.

Roland fand den Durchläufer mit zwei großen Tragetaschen orientierungslos in der zweiten Etage bei der Sitte. Er hatte vergessen, in welches Stockwerk er musste. Das Team aß schweigend und hastig, nach und nach leerte sich der Raum. Zurück blieb der Geruch von Frittierfett und Currysauce.

Hauptkommissar Jürgen Fischer wischte sich den Mund mit einer dünnen Papierserviette ab. Uta Klemenz saß ihm gegenüber und feilte sich die Fingernägel.

»Was genau ist das mit den Leiharbeitern?«

Uta deutete auf die Akten. »Sabine wollte es für alle kopieren.«

»Ich hatte noch keine Zeit, die Spuren nachzulesen. Vielleicht erklärst du es mir ja auf die Schnelle.« Jürgen bemühte sich, seinen Ärger zu unterdrücken.

»Auf dem deutschen Bau ist es verboten, Leiharbeiter einzusetzen. Das kann man aber umgehen. Man beauftragt eine Firma aus dem benachbarten Ausland und die schicken dann ihre Trupps vorbei. Das ist dann rechtens und sehr viel preisgünstiger. Allerdings gibt es natürlich große Konkurrenz und es werden Schweige- beziehungsweise Abtretungsgelder gezahlt. Vor zwei Jahren hat Klewer ein Unternehmen vertreten, das in Kooperation mit einer schwedischen Leiharbeiterfirma stand die litauische Bautrupps nach Deutschland gebracht hatte.«

»Klingt kompliziert.«

»Ist es im Grunde gar nicht. Du rufst in, sagen wir mal, Venlo an und beauftragst eine Baufirma, dir hier ein Haus zu bauen. Die bringen ihre Arbeiter mit. Woher die kommen, ist nicht wirklich deine Sache, dich interessiert nur, was es kostet. Es ist nicht verboten. Verboten ist nur, wenn zum Beispiel gewisse Firmen auf Ausschreibungen reagieren und wegen ihres günstigen Angebots genommen werden, dann aber eben diese Subunternehmer einstellen und die Differenz an Kohle selbst einstreichen. So passiert bei mehreren öffentlichen Gebäuden in der Umgebung. Rate mal, welche Firma ich meine.«

»Klewer-Bau.«

»Völlig richtig. Außerdem kam dann noch Erpressung ins Spiel. Klewer hat den Fall gewonnen. Er hat glaubhaft dargelegt, dass Klewer-Bau nichts von der Vorgehensweise wusste. Aber gleichzeitig hat er die litauischen Jungs verteidigt, die Schutzgelder erpresst hatten.«

»Viel Geld im Hintergrund nehme ich an.«

»Genau. Und wo viel schmutziges Geld fließt, ist ein Motiv möglicherweise nicht weit.«

Fischer nickte. Er packte das Pommesschälchen und das fettbeschmierte Papier zusammen und warf es in den Papierkorb. »Halt mich auf dem Laufenden. Wen nimmst du mit?«

»Weiß nicht, die Teams stehen ja noch nicht fest. Ermter wollte sie morgen neu einteilen, je nachdem, wer von der anderen Wache kommt.«

KAPITEL 33

Hauptkommissar Jürgen Fischer klopfte und öffnete die Tür von Sabine Thelens Büro einen Spalt. »Sabine?«

Sie stand am Fenster und starrte auf die Hausdächer der Oststraße. Der Himmel hatte die Farbe von Blei angenommen.

»Darf ich reinkommen?« Fischer blieb zögernd in der Tür stehen.

»Klar, komm rein.« Sabine drehte sich nicht um.

»Ist etwas passiert?«

»Abrieb von Ermter. Entweder ich nehme Uta mit zur Aktenerfassung oder ich bin aus der MK raus.«

»Was?«

Nun wandte sie sich um, sie sah verweint aus.

»Ich hab's ihm gesagt. Das mit Markus und mir.«

»Besser ist das, Sabine. Er will dich rausnehmen aus der MK? Warum?« Jürgen zog sich einen Stuhl heran, setzte sich.

Sabine lachte, es klang bitter. »Ich bin befangen. Ich bin sogar möglicherweise tatverdächtig. Schließlich ist er mit meiner alten Sig Sauer erschossen worden.«

»Die dir gestohlen wurde.«

»Behaupte ich.« Sabine setzte sich auf den Schreibtischrand. Sie sah elend aus.

»Das ist jetzt aber nicht dein Ernst. Er wird das doch nicht anzweifeln? Hat er doch damals nicht.«

»Ach, Jürgen. Damals.« Sie rieb sich über die Augen. »Damals hat niemand irgendetwas angezweifelt. Meine Waffe war weg. Es schien klar, dass Mertens sie genommen hatte. Das passte ins Bild. Er hat mich entführt, eingesperrt, wollte mich töten. Er hatte meine Schlüssel, war in meiner

Wohnung, um nachzuschauen, ob ich Beweismaterial gegen ihn hatte. Dass er die Waffe mitgenommen hat, erschien uns logisch. Damals.«

Fischer nickte.

»Jetzt ist es aber anders. Theoretisch könnte ich damals die Waffe versteckt haben. Um sie irgendwann zu gebrauchen. Bei Klewer.«

»Sagt wer?«

»Sagt Ermter. Und Altmann.«

»Guido hat den Staatsanwalt informiert?« Fischer zog die Augenbrauen hoch.

»Ja.«

Der Hauptkommissar stieß den Atem aus. »Das ist ja ein Ding. Sabine. Ich bin davon überzeugt, dass du nichts mit der Tat zu tun hast. Das sag ich auch gerne dem Chef. Und dem Staatsanwalt.«

Sie nickte. »Nett von dir. Aber lass erst mal. Sieht irgendwie blöd aus, wenn du dich einmischst.«

Fischer rieb sich nachdenklich mit der flachen Hand über das Kinn. »Der Fall, nein, die Fälle sind wirklich kompliziert. Es gibt keine offensichtlichen Spuren, kein hervorstechendes Motiv. Dafür zwei Tote und eine verschwundene Frau. Kein Wunder, dass Ermter auf allen Ebenen Druck macht.«

»Tja, schon komisch. Markus und sein Vater sind in der letzten Zeit nicht wirklich gut miteinander ausgekommen, doch nun teilen sie das gleiche Schicksal.« Sabine Thelen stand auf und zog sich eine dünne Strickjacke an. Es hatte zu regnen begonnen, ein kühler Wind zog durch das geöffnete Fenster.

»Woher weißt du, dass sie nicht miteinander auskamen?«

»Markus hat es mir erzählt. Eigentlich hat er es nur angedeutet. Machtspielchen unter den beiden, Kompetenzgerangel.«

»Nicht ungewöhnlich für Vater und Sohn.«

»Ja, mag sein. Markus sagte, dass er nie im Leben die Firma übernehmen würde. Das hat seinen Vater wohl schwer enttäuscht.«

»Na, diese Entscheidung wurde allen nun abgenommen. Ich fahre jetzt noch mal nach Verberg und hole das Foto. Willst du mitkommen?«

Sabine überlegte. »Eigentlich müsste ich die Akten auf Vordermann bringen.«

»Ach, das kannst du morgen noch machen. Komm mit. Ein bisschen Abwechslung tut dir auch gut.« Der Hauptkommissar stand auf, sah sie auffordernd an.

»Bist du mit dem Auto da?«

Fischer schüttelte den Kopf.

»Ich aber. Ich fahre, dann kann ich dich nachher direkt zu Hause absetzen.«

Nach vielen Tagen mit gutem Wetter bedeckte nun nach dem ersten Regen eine schmierige Schicht aus Pollen und Staub die Straße. Sabine lenkte ihren Polo langsam in den Heidedyk. »Wo ist es?«

»Dahinten. Ein kleiner Stichweg führt zum Haus. Wenn man das nicht weiß, fährt man glatt daran vorbei. Der Mann hatte Geld, viel Geld. Aber er hat sich darum bemüht, es nicht protzig darzustellen. Das Haus ist wie eine kleine Festung.«

»Das passt zu dem, was ich von ihm gehört habe.«

»Was weißt du sonst von der Familie?«

»Nicht viel. Wir haben so gut wie nie über unser Privatleben gesprochen. Er hat ein wenig von den Querelen in der Partei erzählt, und dass er froh war, die Wahl zum Kreisvorsitzenden gewonnen zu haben. Nur die beiden letzten Male, als wir uns getroffen haben, hat er ein paar Worte über seinen Vater fallen lassen. Mag daran gelegen haben, dass er direkt von ihm zu mir gefahren ist und noch voller Wut war. Grundsätzlich war Markus ein sehr diskreter Mensch.«

Musste er sein, dachte Fischer, bei dem Lebensstil. »Er ist zu dir gekommen? Zu dir nach Hause?«

»Nein. Wir haben uns in Düsseldorf in einem Hotel getroffen. Auch sehr diskret. Stell dir vor, sein Wagen hätte nachts vor meiner Haustür gestanden. Er wohnte ja quasi um die Ecke. Weißt du, ich glaube, er hat seine Frau vielleicht nicht mehr geliebt, respektiert hat er sie auf jeden Fall. Er wollte sie nicht verletzen oder vor den Kopf stoßen.«

»Ein echter Traummann.« Fischer konnte den sarkastischen Unterton nicht verbergen. »Lass uns reingehen.«

Durch das kleine, vergitterte Fenster neben der Haustür schien Licht. »Ob die Schikowski wieder aufgetaucht ist? Das wäre mal etwas Positives.« Der Hauptkommissar klingelte, doch niemand öffnete.

»Und wenn der Täter zum Tatort zurückgekehrt ist? Du hast einen Schlüssel, vielleicht hat er auch einen.« Sabine versicherte sich, dass die Walther an ihrem Platz war.

»Ne, komm. Nicht schon wieder. Das hatten wir heute alles schon.« Fischer stöhnte.

KAPITEL 34

»Ist der süß.« Gesa Altmann kniete neben dem Hund nieder. »Aber ganz schön krank, nicht wahr?«

»Es geht ihm schon besser. Heute Morgen konnte er kaum den Kopf heben. Jetzt hat er getrunken.« Sebastian setzte sich im Schneidersitz neben sie auf den Boden.

»Aber der muss auch etwas fressen, sonst verhungert er. Wie heißt er überhaupt?«

»Ich habe ihn Amigo genannt. Seinen richtigen Namen weiß ich natürlich nicht. Die Hunde in Spanien haben keine Halsbänder.« Sebastian spürte, dass er rot wurde und senkte den Kopf. Gesa sah ihn gar nicht an, sie streichelte immer noch den Hund.

»Er kommt aus Spanien? Von so weit her? Der Arme. Amigo. Du bist ein Hübscher.«

Gesa hatte Sebastian überrascht. Als er nach Hause kam, wartete sie schon vor der Tür. Sie wollte ihn küssen, aber er schob sie von sich weg, fand sich selbst ungeduscht zu ekelig. Er zögerte, sie mit in die Wohnung zu nehmen, wusste nicht, wie er die Anwesenheit des Hundes erklären sollte. Aber Gesa fragte gar nicht, sondern stürzte sich sogleich auf das Tier.

Sebastian stand auf, ging zum Bad. »Ich muss duschen.«

»Der hat gar nichts gefressen. Vielleicht mag er ja kein Trockenfutter.« Gesa nahm die Schüssel hoch, roch daran, stellte sie wieder hin. »Kann ich verstehen, das würde ich auch nicht mögen.«

»Das fressen die alle. Sie müssen nur hungrig genug sein.« Sebastian seufzte. »Er ist sicherlich einfach nur zu schwach.«

»Du musst ihm eine Suppe kochen, eine richtig gute Fleischbrühe. Das stärkt die Kräfte.« Gesa drehte sich zu ihm um, lächelte.

»Schau doch mal im Küchenschrank nach, vielleicht sind da noch Brühwürfel.« Er zog sich den Pullover über den Kopf. Natürlich hatte er sich schon des Öfteren vor Gesa ausgezogen, aber diesmal war es ihm peinlich. Die Arbeitsklamotten abzustreifen und duschen zu gehen, gehörte zu seinen Ritualen, um von der Arbeit Abstand zu gewinnen und zu sich selbst zu kommen. Er hatte das Gefühl, dass Gesa ihn dabei störte.

»Brühwürfel?« Sie lachte laut. »Nein, eine richtige Suppe muss das sein. Kocht mein Papa auch immer, wenn ich krank bin. Pass auf, ich geh mal schnell einkaufen und dann koche ich eine gute Brühe für Amigo.« Sie ging an ihm vorbei. »Dann kannst du auch in Ruhe duschen, du stinkst ja erbärmlich.«

Sie schnappte sich den Schlüssel vom Haken und verließ die Wohnung.

Er schaute einen Moment auf die geschlossene Tür, zuckte dann mit den Schultern. Frauen, dachte er genervt.

Die heiße Dusche tat ihm gut, er fühlte, wie die Anspannung, die seit heute Mittag auf ihm lastete, langsam nachließ. Vielleicht würde sich Gesa ja gleich auf ein schönes Verwöhnprogramm einlassen.

Gesa stand am Herd und schnippelte Gemüse in das kochende Wasser. Es duftete verführerisch nach kochendem Rindfleisch und Sellerie. Sebastian stand schnuppernd neben ihr, ein Handtuch um die Hüften geschlungen. Er hatte bis auf die Tütensuppe heute noch nichts Richtiges gegessen und sein Magen knurrte.

»Riecht köstlich, Süße.« Er küsste ihren Nacken.

»Das ist für Amigo und nicht für dich. Das braucht bestimmt noch 'ne Stunde, bis das fertig ist. Das Fleisch muss ganz zerkochen. Den Bon hab ich dir da hingelegt, kannst mir das Geld gleich geben.«

»Wie bitte?«

Gesa drehte sich um, fixierte ihn mit ihrem Blick. »Was, ›wie bitte‹? Es ist doch dein Hund.«

»Es war deine Idee, ihm eine Suppe zu kochen.« Sebastian griff nach dem Bon, verdrehte die Augen. »20 Euro? Sag mal, bist du wahnsinnig?«

»Nein.«

»So viel gebe ich in der ganzen Woche für Lebensmittel aus.«

»Ich sag ja die ganze Zeit, du sparst an der falschen Stelle.«

Sebastian schluckte seinen Ärger hinunter. »Es geht halt im Moment nicht anders. Ich arbeite ja daran, dass es besser wird.«

Er drehte sich um, nahm frische Wäsche aus dem Schrank, zog sich Boxershorts und ein T-Shirt an. »Ich kann den Hund nicht behalten.«

»Wieso denn nicht?«

»Weil ich nicht kann. Hunde sind erstens teuer und zweitens hab ich nicht die Zeit für ihn. Er muss raus, spazieren gehen, sich bewegen. Außerdem ist diese Wohnung nichts für ihn. Dafür ist er zu groß.«

»Du kannst Amigo doch unmöglich wieder abgeben. Schau ihn dir an, er liebt dich.«

Tatsächlich schien der Hund jede von Sebastians Bewegungen genau zu verfolgen. Sobald Sebastian ihn ansah, klopfte der dicke Schwanz des Hundes auf den Boden.

»Ich kann ihn unmöglich behalten.«

Gesa schüttelte den Kopf. »Warum hast du ihn dann mitgenommen?«

»Er tat mir leid.«

»Wieso das denn? Ihr holt die Tiere aus den Tierheimen ab und bringt sie zu neuen Besitzern. Die sich total freuen einen solchen Hund retten zu können.«

»Richtig.« Er ging zum Fenster, blickte nach draußen.

»Dann gibt es doch sicher auch schon ein neues Herrchen oder Frauchen für Amigo.«

Gesa hatte sich umgedreht, lehnte an der Arbeitsplatte, die Arme vor der Brust verschränkt.

»Er ist erst vorgestern reingekommen.« Sebastian sah sie nicht an.

»Ich dachte, die nächste Tour ist am Wochenende?«

»Nicht nur wir holen die Hunde aus Spanien, Italien oder Frankreich ab.«

»Irgendwie klingst du komisch.« Sie rührte wieder in der Suppe. »So als würdest du mir etwas verheimlichen.«

»Erzähl keinen Scheiß. Ich weiß, dass es blöd war, Amigo mitzunehmen. Eine spontane Handlung, die ich jetzt bereue.«

Sebastian starrte aus dem Fenster. Er fühlte sich erschöpft, ausgelaugt. Erschrocken zuckte er zusammen, als Gesa ihn plötzlich umarmte.

»Ich finde klasse, was du machst. Tiere retten, ihnen ein neues Zuhause geben. So eine sinnvolle Aufgabe. Vielleicht war es ja blöd, dass du Amigo mitgenommen hast, aber nun ist er da und wir müssen eine Lösung finden. Ich wünschte, ich könnte den Hund nehmen.«

»Was würde dein Vater dazu sagen?« Er lehnte sich an sie, genoss die Wärme ihres Körpers.

»Keine Ahnung. Im Moment spricht er so gut wie gar nicht mit mir. Er hat Stress. Und außerdem glaube ich, dass er sich verliebt hat. Er ist jedenfalls kaum zu Hause und wenn, dann hockt er ewig über irgendwelchen blöden Akten. Am

Wochenende will er aber für Freunde kochen. Du bist auch eingeladen.«

»Ich bin nicht da.« Sebastian drehte sich um.

»Ich weiß. Schade. Was wird dann mit Amigo?«

»Darüber habe ich noch nicht nachgedacht.« Er seufzte. »Lass uns erst einmal abwarten, ob Amigo wieder gesund wird.«

KAPITEL 35

»Wenn wir Verstärkung anfordern, erfährt Ermter, dass du mich an den Tatort mitgenommen hast. Das gibt Ärger.« Sabine trat neben Fischer, versuchte durch das kleine Fenster neben der Haustür zu schauen. »Kannst du irgendetwas erkennen?«

»Nein.« Fischer hatte seine Waffe gezogen. »Es kann auch sein, dass wir das Licht angelassen haben. Ich weiß es nicht mehr. Der Tag war einfach zu lang. Ich gehe jetzt rein.«

»Famous last words?« Sabine lachte leise, berührte ihn kurz an der Schulter. »Ich sichere dich.« Sie zog die Walther aus dem Holster.

Jürgen Fischer knirschte mit den Zähnen, ein Geräusch, dass ein Beutetier hätte lähmen können. Er spürte die Anspannung, den steigenden Adrenalinspiegel. Von null auf hundert in fünf Sekunden, sein Herz pochte heftig. Er versuchte, seinem Atem einen regelmäßigen Rhythmus zu geben.

»Jetzt.«

Er schloss die Tür auf, stieß sie auf. Die Diele lag verlassen vor ihm, der Steinboden glänzte im Licht einer Tiffanylampe. Die Standuhr tickte laut.

Fischer ging drei Schritte in den Raum hinein, sicherte nach rechts und links, die gezogene Waffe fest in beiden Händen, die Arme ausgestreckt. Sabine folgte dicht hinter ihm.

Die Tür zu dem dunklen Wohnzimmer war halb geöffnet, die anderen Türen, die vom Flur abgingen, waren geschlossen.

Als plötzlich im Wohnzimmer das Licht aufflammte, wich Fischer zurück, stieß gegen Thelen. Beide erstarrten, lauschten angestrengt. Außer dem Ticken der Uhr, war nichts zu hören.

Jürgen Fischer spürte den Schweiß, der an seinem Rücken hinunterlief. Er wartete noch einen Moment, aber nichts rührte sich.

Mit schnellen Schritten ging er durch die Diele, stieß die Tür so heftig auf, dass sie gegen die Wand krachte und zurückschwang.

Es war niemand in dem großen Raum. Außer der Polsterlandschaft gab es keine großen Möbel, hinter denen sich jemand hätte verstecken können.

Hauptkommissar Jürgen Fischer umrundete das Sofa.

»Bist du wahnsinnig?« Sabine Thelen stand in der Tür, ihr Gesicht glänzte vor Angstschweiß.

»Hier ist niemand.«

»Ich hätte sterben können, als das Licht anging.« Sabine strich die Haare zurück.

Jürgen deutete auf einen kleinen Kasten neben dem Lichtschalter. »Ich bin so blöd. Eine Zeitschaltuhr. Natürlich.«

Er sicherte seine Waffe, steckte sie in das Schulterholster, dann setzte er sich auf das Sofa, rieb sich erschöpft das Gesicht. Fischer spürte einen dumpfen Schmerz hinter den Augen.

Sabine kam langsam zu ihm, setzte sich neben ihn. »Mein Gott.«

»Ich weiß nicht, irgendwie habe ich ein ungutes Gefühl bei diesem Fall. Ich werde noch einmal durch das Haus gehen.«

»Muss das sein?«

In der Nachbarschaft schlug ein Hund an.

»Ja. Und sei es einfach nur, damit ich mir später keine Vorwürfe mache.«

Die Räume lagen genauso verlassen da, wie er sie ein paar Stunden zuvor gesehen hatte. Keine Anzeichen davon, dass jemand in der Zwischenzeit das Haus betreten hatte. Das gleiche Bild zeigte sich in der Wohnung der Haushälterin. Fischers Hoffnung zum Trotz, dass wenigstens sie wieder aufgetaucht sei.

Er nahm das Bild von der Kommode, es zeigte Frau Schikowski deutlich genug. Die Kollegen der Presseabteilung würden es vergrößern und weitergeben. Fischer schloss die Tür hinter sich ab, Sabine wartete schon am Wagen auf ihn.

»Und jetzt? Nach Hause?«

»Gleich. Ich versuche noch eben, Mareike Klewer zu erreichen.«

»Meinst du nicht, es reicht für heute?« Sabine umklammerte das Lenkrad.

Jürgen Fischer tippte eine Nummer in das Handy, lauschte.

»Fischer, Kriminalpolizei. Ich hatte schon mehrfach versucht, Sie zu erreichen.«

Nach einigen Minuten beendete er das Gespräch, zog die Zigaretten hervor.

»Sie ist im Haus ihres Bruders an der Jentgesallee. Liegt ja auf dem Weg.«

»Du willst vorbeifahren?«

»Warum nicht? Ich möchte ihr noch ein paar Fragen stellen. Birgit Klewer ist im Krankenhaus, sie steht noch unter Schock. Frau Klewer kümmert sich um die Neffen. Bisher hab ich die Jungs nur zwischen Tür und Angel gesehen. Wäre interessant, sie zu beobachten.«

Sabine startete den Wagen, würgte ihn ab, startete erneut. Sie wendete und fuhr den Heidedyk entlang, bog auf die Moerserstraße.

Schweigend fuhren sie in Richtung Innenstadt. Als sie das ›Schwarze Pferd‹ passiert hatten, fiel Fischer ihre Schweigsamkeit auf. »Es tut mir leid, dich in eine gefährliche Situation gebracht zu haben.«

Sabine schüttelte den Kopf.

»Es wird nicht lange dauern, Sabine.«

Sie antwortete nicht.

Auf der Jentgesallee parkte sie vor Klewers Haus. Fischer stieg aus, ging zwei Schritte, drehte sich um. Sabine war im Wagen sitzen geblieben. Er kehrte zu dem Polo zurück, öffnete die Tür.

»Kommst du?«

»Kannst du nicht alleine gehen?«

»Ungerne. Was ist denn?«

»Ich mag nicht. Ich mag nicht in das Haus. Ich mag seine Familie nicht treffen, seine Schwester, seine Söhne. Ich will nicht sehen, wie es bei ihnen aussieht.«

Fischer stieß die Luft aus. Er stieg wieder in den Wagen, nahm Sabine in den Arm. »Scheiße, ich hab nicht nachgedacht. Es tut mir leid. Ich gehe alleine.« Er zögerte. »Eigentlich kannst du direkt nach Hause fahren, ich laufe dann. Es ist ja nicht weit.«

»Ach Quatsch. Ich bin albern.« Entschlossen drückte sie sich von ihm ab, öffnete die Wagentür.

Diesmal war der Kies in der Einfahrt nicht geharkt. Fischer hatte schon die Hand gehoben, um zu schellen, als seine Handymelodie erklang. Er sah auf das Display, es war seine Frau. Einen Moment zögerte er, dann drückte er auf die grüne Taste.

»Susanne, das ist jetzt wirklich ungünstig.«

»Es ist immer ungünstig, Jürgen.«

»Ich ermittele in zwei Mordfällen, Susanne.«

»Ja, und ich morde bald. Es geht um meine Mutter. Ich muss mit dir reden.«

»Ich rufe dich an, sobald ich hier fertig bin.« Fischer wischte sich mit der Hand übers Gesicht.

»Der übliche Spruch. Für dich waren die Toten schon immer wichtiger als die Lebenden.« Die Stimme seiner Frau klang bissig.

»Zufällig bezahlt mein Job auch dein schönes Leben. Ich ruf dich später an.« Er beendete das Gespräch, schaltete das Handy aus und steckte es in die Jackentasche.

»Ärger?« Sabine legte ihm kurz die Hand auf den Arm.

»Ach, immer das Gleiche. Meine Schwiegermutter ist krank. Ich werde mich nachher darum kümmern.«

»Ja, es ist schon ein Kreuz, wenn die Eltern alt werden.«

KAPITEL 36

Fischer klingelte. Mareike Klewer öffnete nach wenigen Minuten die Tür.

»Bitte, kommen Sie doch herein, Herr Fischer.«

»Dies ist meine Kollegin Sabine Thelen. Danke, dass Sie noch ein wenig Zeit für uns haben. Wie geht es Ihrer Schwägerin?« Jürgen lies Sabine vorgehen. Er sah, dass sie sich verstohlen umschaute. Frau Klewer führte die beiden nicht in das Fischer schon bekannte Wohnzimmer, sondern ging vor ihnen her den Flur entlang bis zur Küche.

»Ich koche gerade für die Jungen, ich hoffe, das stört Sie nicht.« Mit einer Geste wies sie auf die Essecke. »Möchten Sie einen Kaffee? Ich habe frischen da.«

Es überraschte Fischer, wie gelassen sie agierte. »Kaffee wäre prima.« Er setzte sich auf einen der Loomchairs am Tisch. Sabine zögerte nur kurz, zog sich dann auch einen Stuhl heran.

»Sie auch, Frau Thelen?«

Die Kommissarin nickte.

Die Küche war sehr groß, wirkte aber weitaus gemütlicher als das Wohnzimmer in schwarzem Leder, Chrom und Glas.

Ein großer Weichholztisch mit einer passenden Bank und Loomchairs mit bunten Kissen beherrschten den Raum. So eine Küche, dachte Fischer, würde Susanne gefallen. Weiße Schränke im Landhausstil, bunte Farben aber natürlich auch edle Geräte. Es duftete nach Essen, er konnte nur nicht ausmachen, wonach.

Mareike Klewer bewegte sich mit einer verblüffenden Sicherheit in dem Raum. Ohne zu zögern, öffnete sie

Schränke, nahm Tassen heraus, fühlte sie und stellte sie auf den Tisch.

Dann hob sie zwei Topfdeckel, rührte kurz, verstellte die Temperatur. Schließlich wischte sie sich die Hände an einem Geschirrtuch ab, nahm sich auch eine Tasse Kaffee und setzte sich mit an den Tisch. »Womit kann ich Ihnen helfen?«

»Wie geht es Ihrer Schwägerin?«

»Birgit? Nicht gut, sie hatte einen Nervenzusammenbruch. Sie hat sehr an meinem Vater gehangen.«

Offensichtlich, dachte Fischer, und anscheinend mehr als an ihrem Mann.

»Sie wird sicherlich morgen noch im Krankenhaus bleiben müssen. Ich war vorhin da und habe ihr ein paar Sachen gebracht. Sie war noch nicht ansprechbar. Ich vermute, dass man ihr etwas zur Beruhigung geben musste.«

Fischer nickte. »Ist sie hier im Städtischen?«

»Nein, in Kaiserswerth. Dort kennen wir den Chefarzt. Müssen Sie etwas von Birgit wissen? Ich glaube kaum, dass sie von den Firmendingen Ahnung hatte.«

»Eigentlich geht es im Moment um Frau Schikowski.«

»Erna? Was ist mit ihr? Ich wollte sie eigentlich noch einmal anrufen, das habe ich ganz vergessen.« Mareike Klewer nippte am Kaffee.

»Wissen Sie, ob sie Familie hat? Oder enge Freunde?«

»Familie hat sie nicht mehr bis auf ihren Enkel, aber soweit ich weiß, besteht da seit Jahren kein Kontakt. Freunde? Sie spielt mit ein paar Freundinnen Rommé, ab und an.«

Fischer zog sein Notizblock hervor. »Namen?«

»Ach je, ich weiß nur die Vornamen und auch da bin ich mir gar nicht sicher. Gisela, Mechthild … sie hat zwar immer mal davon erzählt, aber ich gestehe, ich habe nicht wirklich zugehört. Bin ich jetzt verhaftet?« Frau Klewer lächelte den Hauptkommissar verschmitzt an.

»Bitte? Nein.« Er schüttelte den Kopf, eine steile Falte erschien auf seiner Stirn. »Mehr als diese vagen Vornamen haben Sie nicht? Anschrift? Irgendetwas?«

»Nein, mehr weiß ich nicht. Erna ist schon ewig in unserer Familie. Nach dem Tod meiner Mutter vor 15 Jahren hat sie quasi das Kommando über das Haus übernommen. Sie ist sehr liebevoll, aber bestimmend. Wir konnten immer mit Freunden zum Schwimmen kommen, – auch die Jungens jetzt –, doch nur, wenn wir uns angemeldet hatten. Kamen wir überraschend, schickte sie uns wieder weg.« Mareike Klewer lachte leise. »Sie gehörte zur Familie. Ob sie ein Privatleben nebenbei hat, weiß ich nicht. Ich habe mir nie Gedanken darüber gemacht. Warum fragen Sie sie nicht selbst? Und wofür müssen Sie das wissen? Sie glauben doch wohl nicht, dass eine von Ernas Freundinnen der Täter war.«

»Frau Schikowski ist verschwunden.«

»Was? Wie bitte? Wohin denn und wann?« Mareike Klewers Stimme wurde lauter. Sie stellte die Kaffeetasse heftig auf den Tisch. Der Kaffee schwappte über.

»Das wissen wir nicht. Sie ist auf jeden Fall nicht da. Weder im Haus Ihres Vaters noch in der kleinen Einliegerwohnung. Ich dachte, vielleicht ist sie ja bei einer Freundin untergekommen. Wäre ja verständlich, wenn sie nicht alleine in einem Haus bleiben wollte, in dem wenige Stunden zuvor ein Mord geschehen ist.« Die letzten Worte sagte Fischer mit der Absicht, Mareike Klewers Reaktion auf den Tod ihres Vaters zu testen.

Die Frau stand auf, holte einen Lappen und wischte die Kaffeepfütze auf.

»Das verstehe ich nicht. Erna ist immer da. Sie geht nie lange weg, höchstens um einzukaufen. Die Rommé-Runde traf sich meistens bei ihr.«

Fischer sah Sabine Thelen an, war ihr etwas aufgefallen? Sie hatte sich sehr genau in der Küche umgeschaut, trank nun ihren Kaffee mit kleinen Schlucken, den Blick fest auf die Tischplatte gerichtet.

»Jetzt ist sie aber verschwunden, Frau Klewer. Sie ist nicht in ihrer Wohnung, nicht in dem Haus. Wir haben Spuren in Frau Schikowskis Wohnung gefunden, die darauf deuten, dass der Täter – derjenige, der Ihren Vater erschossen hat – dort war. Wir befürchten, dass der Täter Frau Schikowski entführt haben könnte.« Fischer wusste, dass er drauf und dran war, die Geduld zu verlieren.

»Entführt? Erna?« Mareike Klewer schüttelte den Kopf. »Warum denn? Sie stand meinem Vater sicherlich nahe, aber nicht so, wie Sie vielleicht denken. Die beiden hatten ein eher geschwisterliches Verhältnis. Sie haben sich geduzt, aber mehr war da nicht. Sie wird nicht viel erben.«

»Erben?« Fischer verstand sie nicht.

»Nun ja, damit es sich für eine Erpressung lohnt. Deshalb entführt man doch jemanden. Um Geld zu erpressen.«

Auf den Gedanken war Jürgen Fischer noch gar nicht gekommen.

»Wissen Sie, ob Frau Schikowski etwas erben wird?«

»Nein, das sagte ich doch schon. Aber so wie ich meinen Vater kenne, wird es nicht viel sein.« Sie lachte, es klang gehässig.

»Was werden Sie erben, Frau Klewer?« Es war das erste Mal, dass sich Sabine an dem Gespräch beteiligte. Sie klang freundlich und interessiert.

Holla, dachte Fischer, du bist auf Zack, Mädel.

»Ich?« Mareike Klewer stand wieder auf. »Möchten Sie noch Kaffee?«

»Ja, was erben Sie?«, fragte Fischer.

»Keine Ahnung.« Sie ging zur Küchenzeile, füllte die Kaffeemaschine erneut, rührte hektisch in den Töpfen. »Das Essen ist gleich fertig. Ich ruf mal die Jungen.«

Mareike Klewer ging zur Küchentür. Sabine erhob sich. Fischer winkte ihr, sich wieder hinzusetzen, er schüttelte beschwichtigend den Kopf.

»Julian! Felix! Essen!«, rief Frau Klewer. Sie kam zurück, lächelte Fischer an. »Möchten Sie mitessen? Chili con Carne und Nudeln. Das richtige Essen, um den Bauch voll zu kriegen.«

Die Frau ist nicht echt, dachte Fischer und stand auf. »Nein, vielen Dank, Frau Klewer. Wenn Ihnen noch etwas zu Erna Schikowski einfällt, und sei es nur ein Hauch der Erinnerung, ein vager Nachname einer der Freundinnen oder wo sie stecken könnte, bitte rufen Sie mich an. Umgehend.« Er reichte ihr seine Visitenkarte.

»Haben Sie auch eine private Nummer? Oder sind Sie die ganze Nacht im Dienst?« Mareike Klewer nahm die Karte, steckte sie in ihre Hosentasche.

»Meine Handynummer steht darauf. Sie können mich jederzeit anrufen. Aber auch im Präsidium. Zur Not die 110.«

»Wunderbar. Ich werde nachdenken, versprochen!«

KAPITEL 37

Die beiden Klewer-Söhne traten in die Küche.
»Das ist Hauptkommissar Fischer von der Kripo«, sagte Mareike Klewer. »Er wollte gerade gehen. Schade, ich hatte gehofft, dass er mit uns isst.«

Felix, der jüngere Sohn, verzog genervt das Gesicht.
»Guten Abend.« Julian Klewer reichte Jürgen und Sabine die Hand.

»Sei so gut, Julian, und bring unsere Gäste zur Tür.« Mareike Klewer nahm Teller aus dem Küchenschrank.

»Es tut mir leid, was Ihrer Familie angetan wurde.« Jürgen Fischer beobachtete den älteren Sohn.

»Ja, furchtbar. Besonders für meine Mutter. Sie hatte … ein besonderes Verhältnis zu meinem Großvater.«

Fischer horchte auf. »Inwiefern?«

Julian Klewer drehte den Kopf zur Seite, Fischer war sich sicher, dass der junge Mann errötete. »Nun, sie standen sich nahe. Die Beziehung meiner Eltern untereinander war ein wenig schwierig.«

Sabine Thelen war ihnen den Flur entlang vorausgegangen. Nun blieb sie stehen und drehte sich um.

»Ich finde es bemerkenswert, wie Ihre Tante mit der Situation umgeht. Dass sie hierher kommt und sich kümmert.« Sabine Thelen lächelte. Ein Lächeln, das ihre Augen nicht erreichte.

»Ähm.« Julian Klewer schüttelte verwirrt den Kopf. »Hierher kommt? Mareike wohnt hier.«

»Ach?«, fragte Jürgen Fischer überrascht. »Sie wohnt hier?«

»Ja, seit der Trennung von ihrem Mann vor anderthalb Jahren.« Julian Klewer schaute über die Schulter zurück in Richtung Küche. Er schien sich innerlich einen Ruck zu geben. »Kommen Sie«, sagte er leise und führte Fischer und Thelen ins Wohnzimmer. Dort brannte eine kleine Tischlampe. Eine Insel aus Licht, ansonsten war der große Raum dunkel. Der junge Klewer machte keine Anstalten die Deckenbeleuchtung anzuschalten. Er schloss die Tür hinter sich, lehnte sich dagegen.

»Ich denke, ich verrate keine großen Geheimnisse. Viele Leute wissen es. Über kurz oder lang wird es Ihnen sowieso jemand sagen.« Er stockte.

Jürgen runzelte die Stirn. »Was?«

»Mareike, meine Tante, sie ist krank. Manisch-depressiv. Daran ist auch ihre Ehe gescheitert. Mein Onkel kam nicht mehr mit den Stimmungswechseln klar.«

»Okay, ich verstehe. Und deshalb wohnt sie hier?«

»Nun ja, nach der Trennung hat sie zweimal versucht, sich das Leben zu nehmen in einer depressiven Phase. Es waren vielleicht eher halbherzige Versuche. Trotzdem hat sich meine Mutter Sorgen gemacht. Sie bot Mareike an, einzuziehen. Wir haben eine kleine Einliegerwohnung, in der früher unsere Au-pair-Mädchen gewohnt haben. Papa war dagegen, aber Mutter hat sich durchgesetzt.«

»Ihre Tante wohnt also hier in einer Einliegerwohnung?«

Julian Klewer nickte.

»Ist sie im Moment in einer manischen Phase?«, fragte Sabine Thelen.

»Ja. Das kann aber jederzeit kippen. Eigentlich rechne ich damit. Eher früher als später. Vielleicht hat sie noch nicht verinnerlicht, was passiert ist. Keine Ahnung. Man weiß nie, wie sie tickt. Eine kleine Zeitbombe, immer am Rande zu explodieren in die eine oder andere Richtung.«

Der junge Mann war Anfang 20, Fischer fand ihn bemerkenswert erwachsen und reflektiert.

»Es ist bestimmt nicht einfach, damit umzugehen.« Fischer wischte sich mit der flachen Hand über das Gesicht. Dies waren persönliche Informationen über die Familie der Opfer. Für fallrelevant hielt er sie nicht.

»Möglicherweise trauert Mareike aber auch gar nicht um meinen Großvater. Die beiden haben sich gehasst wie die Pest. Er war auch dagegen, dass sie hier wohnte, hat meiner Mutter deshalb immer wieder Vorhaltungen gemacht. So sehr sie auch in anderen Bereichen auf ihn hörte, hier blieb sie standhaft.«

»Ihre Tante hat Ihren Großvater gehasst?« Nun wurde Fischer hellhörig.

»Ja. Sobald sie sich sahen, haben sie sich gestritten. Ich studiere in England, bekam das nicht so oft mit. Am schlimmsten waren die Feiertage. Weihnachten war immer die Hölle. Ich habe zugesehen, dass ich so wenig Zeit wie möglich in diesem Haus verbringen musste.«

»Ihre Mutter kommt aber gut mit Ihrer Tante aus?«

»Das würde ich nicht unterschreiben. Ich meine, Mutter hat Mareike nur aus Pflichtgefühl aufgenommen. Vielleicht eine Art Wiedergutmachung.«

Fischer stutzte. »Wiedergutmachung wofür?«

Julian Klewer fuhr sich durch das Haar. »Das ist vielleicht nicht die richtige Wortwahl. Dienst an der Familie? Verstehen Sie, was ich meine? Es lief nicht alles gut in der Familie. Mein Vater hatte Streit mit Großvater, da ging es irgendwie um die Firma. Meine Tante hatte permanent Stress. Mit ihrem Mann, mit ihrem Vater, mit meinem Vater. Meine Eltern hatten eine schwierige Phase. All solche Dinge. Ich denke, Mutter wollte ein Zeichen des Friedens setzen. Ein Zeichen, dass wir doch miteinander auskommen. Vielleicht liege ich aber auch ganz falsch.«

»Ihre Mutter wollte sich also versöhnlich zeigen?«, fragte Sabine Thelen. »Aber miteinander ausgekommen sind die beiden schon? Anderthalb Jahre zusammenwohnen ist ja kein Pappenstiel.«

»Mareike hat im Prinzip ihre eigene Wohnung. Mit eigenem Eingang. Es gibt eine Verbindungstür, aber ansonsten sind die Bereiche abgetrennt.«

»Es machte aber den Eindruck, als ob sich Ihre Tante hier bestens auskennt. In der Küche, meine ich. Jeder Handgriff saß.«

»Wissen Sie, ich habe mir ehrlich gesagt noch keine großen Gedanken darüber gemacht.«

»Wie würden Sie Ihren Großvater einschätzen? War er jemand, der sich schnell Feinde machte?«

»Das kann ich auch nicht so einfach beantworten. Mein Großvater war ein sehr dominanter Mann in der Familie. Zu uns war er jedoch immer liebevoll.«

»Und beruflich?«

»Da hatte ich wenig Einblick. Hin und wieder habe ich in den Ferien in der Firma gejobbt. Er war streng, aber fair.«

»Was können Sie über Erna Schikowski sagen?«

»Tante Erna? Sie werden sie doch nicht verdächtigen? Das ist absolut abwegig. Sie gehört zur Familie.«

»Nein, wir verdächtigen sie nicht. Sie ist verschwunden. Spurlos. Wir befürchten, dass der Täter sie entführt haben könnte.«

»Um Gottes willen.« Julian Klewer schlug die Hand vor den Mund. »Tante Erna?«

»Wir sind uns nicht sicher. Möglicherweise ist sie auch zu einer Freundin gefahren. Können Sie sich das vorstellen?«

»Eine Freundin? Ja, sie hat ihre Rommé-Runde.«

»Kennen Sie die Freundinnen? Namen? Anschrift?«

»Im Kopf hab ich das nicht.« Er überlegte. »Könnte aber

sein, dass meine Mutter die Namen in ihrem Adressbuch notiert hat. Dort stehen alle Nummern, die wichtig sein könnten.« Julian öffnete die Tür, ging in den Flur. Dort standen ein kleiner Sessel und ein Tischchen mit dem Telefon. Neben dem Apparat lag ein dickes in Leder gebundenes Buch.

»Ich weiß allerdings nicht, wie und ob meine Mutter die Namen aufgeschrieben hat.« Er schlug das Buch auf, blätterte eine Weile darin herum. »Sie haben Glück. Unter Ernas Namen steht: Rommé: Gisela Roehren, eine Anschrift und eine Nummer. Und Mechthild, da steht aber nur eine Telefonnummer, keine Anschrift.«

Fischer trat neben ihn und holte seinen Notizblock hervor. »Das könnte uns weiterhelfen. Vielen Dank. Sie sind doch sicher noch länger in der Stadt, ich würde gerne morgen noch einmal mit Ihnen sprechen. Falls Ihnen etwas einfällt, was wichtig sein könnte ...« Er reichte Klewer seine Karte.

Es hatte wieder angefangen zu regnen. Fischer und Thelen liefen zum Wagen.

»Was hältst du davon?« Jürgen zog die Zigaretten hervor.

»Ich weiß nicht. Was machen wir als Nächstes?«

»Ich ruf Schikowskis Freundinnen an.«

KAPITEL 38

Bachs »Toccata« war Guido Ermters Handy Klingelton. Die Nummer, die auf dem Display stand, kam ihm vage bekannt vor.

»Ermter.«

»Altmann. Sind Sie noch im Präsidium?«

Der Polizeichef hatte gerade gehen wollen, er überlegte kurz. »Ja, ich bin in meinem Büro«, antwortete er schließlich.

»Ich komme hoch.«

Es überraschte Ermter, dass der Staatsanwalt noch im Haus war. Kurze Zeit später klopfte es.

»Schön, Sie noch anzutreffen.«

»Ich wollte eigentlich gleich gehen. Gibt es etwas Wichtiges?«

»Ich will Sie gar nicht lange aufhalten.« Altmann zog sich den Stuhl heran, setzte sich. »Zwei Dinge: ich habe die alten Unterlagen durchgeschaut. Alles, was wir über Klewer haben. Es gibt eine Verbindung, die bisher anscheinend in Ihren Ermittlungen noch nicht aufgetaucht ist. Er hat die Entsorgungsgesellschaft EKG anwaltlich vertreten.«

»Ja, und? Hat er da krumme Dinger gedreht?«

»Nein, das nicht. Aber Klewer hat ziemlich viel Geld mit Warentermingeschäften gemacht.«

»Ziemlich clever.« Ermter lachte.

Altmann schüttelte den Kopf. »Es waren Termingeschäfte mit Müllverschiffung. Rechtlich ist es nicht unumstritten, Müll aus Ländern wie Australien und Neuseeland hierher verschiffen zu lassen und ihn hier zu verbrennen. Argumentiert wurde damit, dass die Verbrennungsanlage nicht ausgelastet sei. Umwelttechnisch war das äußerst fragwürdig und einige Leute haben damit eine Menge Geld gemacht. Ungeahnte Chancen für einen Anwalt, der weiß, was hinter den Kulissen vorgeht.«

»Aha. Okay, das mag Betrug sein, was aber hat das mit dem Mord zu tun?«

»Müllverschiffung hat mit viel Geld zu tun. Es sind zum Teil unsaubere Geschäfte. Mafiaähnliche Verhältnisse. Vielleicht kommt der Täter aus dem Milieu.« Altmann legte einen Ordner auf Ermters Schreibtisch. »Einer Ihrer Männer sollte sich dort einarbeiten.«

»Ja.«

»Hoffentlich kommen wir weiter, finden den Täter. Ich hatte heute mindestens zehn Anrufe von der Presse. Die Rheinische Post, die Westdeutsche Zeitung, sogar die Bild Düsseldorf wollten eine Stellungnahme. Mord im Rathaus, fragte mich einer. Fabelhafte Überschrift.«

»Da kann ich mithalten. Bei mir hat sogar der Stadtspiegel angerufen.« Ermter sah müde auf seine Armbanduhr.

»Gut. Die zweite Frage, die ich habe, ist eher privater Natur.« Werner Altmann zögerte.

»Privat?«

»Ja, es geht um meine Tochter. Gesa. Sie ist doch mit Ihrer Tochter befreundet?« Am Ende des Satzes stand ein deutliches Fragezeichen.

»Julia und Gesa waren befreundet.«

»Waren?«

»Soweit ich das mitbekommen habe, haben die beiden Streit. Es geht wohl um einen Jungen.«

»Sebastian?« Altmann holte tief Luft.

»Ich weiß nicht, wie er heißt. Zu meiner Schande muss ich gestehen, dass ich vom Leben meiner Tochter nicht mehr allzu viel mitbekomme. Das, was ich mitkriege, versteh ich zum Teil nicht. Ich bin mir nicht sicher, ob das an mir oder meiner Tochter liegt oder ob das in dem Alter normal ist.«

»Ich gehe von Letzterem aus. Mir geht es nämlich genauso. Gesa hört stundenlang grässliche Musik, hängt vor dem Computer oder ist überhaupt nicht zu Hause. Sie malt sich ihre Fingernägel schwarz an, färbt sich die Haare. Wenn ich sie etwas frage, bekomme ich entweder gar keine Antwort oder eine sehr kurze.«

»Grässliche Musik, ja. Ich war der Meinung, dass das nach einiger Zeit nachlassen würde. Offensichtlich habe ich mich getäuscht. Was die Mädels an den Boygroups so toll finden, entzieht sich ebenfalls meiner Kenntnis.«

»Aber Sie sagten, die beiden hätten Streit? Dann gehen sie nicht zusammen zu dem Konzert?«

»Konzert?« Ermter sah überrascht auf.

»Gesa hat mir erzählt, dass sie zusammen mit Julia nach Oberhausen fährt. Mir ist natürlich bewusst, dass ich meine Tochter weder anketten noch einsperren kann. Doch dieser Hype um die Gruppe Tokio Hotel macht mir ein wenig Angst. Man hört und liest ja doch immer ziemlich grauenvolle Berichte über Mädchen, die umkippen, oder Rangeleien. Mir wäre einfach wohler, wenn ich wüsste, dass sie nicht alleine dort hingeht.«

»Ich weiß von keinem Konzert. Um solche Sachen kümmert sich meine Frau. Ich werde aber gleich nachfragen und Ihnen Bescheid geben.«

»Das ist nett. Seit Inges Tod versuche ich guten Kontakt zu Gesa zu haben. Offensichtlich gelingt mir das nicht immer.«

»Was halten Sie denn von der Naturschutzgruppe?« Ermter lehnte sich zurück, verschränkte die Arme vor der Brust.

»Ich habe Gesa immer darin unterstützt, sich aktiv zu engagieren. Ich finde es gut, was die dort machen. Die Pflege der Streuobstwiesen und so weiter. Sie halten sich viel draußen an der frischen Luft auf, bewegen sich und tun etwas für die Umwelt. Wieso fragen Sie?«

»Julia hat mir erzählt, dass sie eine eigene Gruppe gegründet haben, nicht mehr beim NABU sind.«

»Ach? Das ist mir neu.« Altmann schüttelte den Kopf. »Aber es ist doch eine Naturschutzgruppe?«

»Julia will nicht mehr mitmachen, wegen des Streites mit Gesa. Aber wie ich schon sagte, ich weiß nichts Genaueres. Ich werde meine Frau fragen.«

Der Staatsanwalt erhob sich, reichte Ermter die Hand. »Vielen Dank und einen schönen Abend noch.«

Kaum hatte Altmann das Büro verlassen, erklang wieder die »Toccata« von Bach.

»Sigrid. Ich bin schon auf dem Weg nach Hause.«

»Dein Vater hat angerufen. Er hat Probleme mit dem Strom, klang ganz aufgelöst. Es wäre wohl besser, wenn du sofort zu ihm fahren könntest.«

Guido Ermter stöhnte. Er hatte sich auf den verdienten Feierabend gefreut, sein Vater war der letzte Mensch, den er jetzt sehen wollte.

»Ja«, sagte er und unterdrückte die Wut. »Mache ich.«

Der Feierabendverkehr hielt ihn auf. Am Dießemer Bruch hatte es einen Unfall gegeben und der Verkehr staute sich zurück bis fast zum Sprödentalplatz. Ermter schaffte es gerade noch, auf das Gelände am Großmarkt abzubiegen. Von dort fuhr er fluchend in Richtung Oppum.

Auf der Straße war weit und breit kein Parkplatz zu finden, und er wollte schon aufgeben und umdrehen. Im letzten Moment sah er eine Parklücke.

Erst nach dreimaligem Schellen öffnete ihm sein Vater.

»Was willst du denn hier?«

»Hallo, Vater. Ich freue mich auch, dich zu sehen. Sigrid sagte, du hättest Probleme?« Steif blieb Ermter in der Tür stehen. Ihr Umgang miteinander war nie herzlich gewesen.

Seinem Vater die Hand zu reichen, erschien Ermter jedoch zu distanziert, ihn in den Arm zu nehmen, kam aber nicht in Frage. Beide Männer hätten sich nicht wohl dabei gefühlt.

Ermter musterte seinen Vater. In der letzten Zeit hatte er den Eindruck, dass der alte Mann schrumpfte. Theo Ermter war unrasiert und roch nach Schweiß. Er trug wie meistens eine ausgefranste Strickjacke, die inzwischen jede Farbe verloren hatte und graubeige war. Seine wenigen Haare hingen ihm bis in den Nacken.

Schließlich drehte Ermters Vater sich um und ging langsam vor ins Wohnzimmer. Guido Ermter meinte zu bemerken, dass Theo ein Bein nachzog.

»Geht es dir gut, Vater?«

»Was ist das für eine dumme Frage. Ich kann nicht besser klagen.« Theo nahm auf dem alten Ohrensessel Platz. Unschlüssig blieb der Polizeichef stehen.

»Sigrid sagte, du habest Probleme mit der Elektrik?«

»Deine Frau kann auch nicht richtig zuhören. So seid ihr alle, ihr jungen Leute. Immer nur in Hektik. Alles zu einem Ohr rein, zum anderen raus. Mit der Elektrik ist alles in Ordnung.«

Guido seufzte. Er hatte gehofft, den Termin schnell abhandeln zu können.

»Was ist es denn dann?«

»Der Durchlauferhitzer in der Küche ist kaputt.« Theo Ermter klang beleidigt, so als wäre sein Sohn daran schuld, dass das Gerät nicht funktionierte.

Wortlos drehte Guido Ermter sich um und ging in die Küche.

KAPITEL 39

»Ja, ich habe Ernas Handynummer.« Gisela Roehren sah Hauptkommissar Jürgen Fischer an.

Die Freundin der Haushälterin Erna Schikowski hatte zuerst sehr skeptisch reagiert, als Fischer sie anrief. Er musste ihr die Nummer des Präsidiums geben, damit sie sich versichern konnte, dass er tatsächlich von der Kripo war.

Nachdem das Präsidium Fischers Existenz bestätigte, fuhren Fischer und Thelen nach Bockum. Frau Roehren wohnte in einem Mehrfamilienhaus unweit des Bockumer Platzes.

Die Frau führte Fischer und Thelen in ihr Wohnzimmer. Es roch süßlich. Auf der Fensterbank standen mindestens 20 Orchideen. »Es tut mir leid, dass ich Ihnen Umstände gemacht habe und mich rückversichern musste, ob Sie wirklich bei der Polizei sind.«

»Das geht schon in Ordnung, Frau Roehren. Es sind ja genug Trickbetrüger unterwegs.«

»Ich habe natürlich Ernas Telefonnummer, aber wozu wollen Sie das wissen?«

»Wir ermitteln in einem Mordfall, Frau Roehren.« Fischer setzte sich nicht. Er hoffte, endlich ein vernünftiges Ergebnis zu erzielen.

»Mord? Erna ist doch nicht …« Die Frau wurde blass.

»Keine Sorge, Frau Roehren. Wir brauchen Frau Schikowski nur als Zeugin.« Sabine klang beruhigend.

»Ist sie denn nicht zu Hause?«

Dann wären wir ja wohl nicht hier, dachte Fischer und spürte seine Ungeduld.

»Nein. Sie ist nicht zu Hause und niemand weiß, wo sie ist. Deshalb suchen wir sie ja.«

»Ich weiß aber nicht, ob ich Ihnen die Nummer einfach so geben darf. So ohne Ernas Erlaubnis. Ich habe schon versucht sie anzurufen, gleich nachdem Sie sich gemeldet hatten.«

»Und?« Fischer rieb sich über das Kinn.

»Sie ist nicht drangegangen.«

»Frau Roehren, Ihre Vorsicht in Ehren, aber wir ermitteln in einem Mordfall. Frau Schikowski ist eine wichtige Zeugin. Sie könnte in Gefahr sein. Es ist sehr wichtig, dass Sie uns ihre Nummer geben.«

Frau Roehren sah von Fischer zu Thelen, dann nahm sie einen Zettel aus der Tasche. »Ich hab Ihnen die Nummer schon aufgeschrieben.«

Warum nicht gleich so, dachte Fischer. »Haben Sie eine Ahnung, wo sich Frau Schikowski aufhalten könnte? Hat sie noch andere Freundinnen, Bekannte, vielleicht Verwandtschaft?«

»Bei den anderen aus unserer Rommé-Runde ist sie nicht, das hab ich schon überprüft. Keiner hat etwas von ihr gehört. Jetzt mache ich mir auch Sorgen um Erna. Ihr wird doch nichts zugestoßen sein?«

»Können Sie uns die Namen und Adressen der anderen Damen geben? Wir würden das gerne selbst überprüfen.« Fischer massierte seinen Nasenrücken. Er war müde, hungrig und durstig.

»Also, ich weiß nicht, ob ich das so kann. So ohne alle gefragt zu haben.«

Sabine Thelen sah Jürgen Fischer an und verdrehte die Augen. »Doch, das können und das müssen Sie sogar.«

»Na ja, Sie sind ja von der Polizei.« Sie nahm einen Notizblock aus dem Schrank, schrieb zwei Namen und Adressen auf das Papier.

»Haben Sie sonst noch eine Idee, wo Ihre Freundin sein könnte?«

»Viel mehr Bekannte hat sie eigentlich nicht, soviel ich weiß. Wir treffen uns mindestens einmal in der Woche alle zusammen und spielen Rommé. Zwischendurch trifft die eine die andere auch mal zum Kaffee oder in der Stadt. Erna hat mit dem Haushalt von Herrn Klewer jedoch immer genug zu tun, sie hat selten Zeit über Tag.«

»Das heißt, Frau Schikowski hat außer der Rommé-Runde Ihres Wissens nach keine weiteren Bekannten?« Fischer wollte ganz sichergehen.

»Das sagte ich doch.«

»Gut, vielen Dank, Sie haben uns sehr geholfen.«

»Sie sprach neulich aber von jemandem, den sie auf einem Spaziergang getroffen hätte. Mit dem war sie auch mal Kaffee trinken. Mehr hat Erna nicht erzählt, dabei waren wir alle doch recht neugierig.«

»Einen Mann?« Fischer horchte auf.

»Ja, einen Mann. Erna hatte schon mal etwas mit einem anderen. Das ist aber sicherlich schon ein paar Jahre her.«

»Und wer ist dieser Mann jetzt?«

»Wie gesagt, sie hat nicht viel erzählt. Sie ist sowieso sehr verschlossen, was ihr Privatleben angeht. Tut manchmal richtig geheimnisvoll.«

»Frau Roehren, es ist wirklich sehr, sehr wichtig. Alles, was Sie uns erzählen können, ist wichtig, jede Kleinigkeit.« Fischer versuchte seiner Stimme die nötige Dringlichkeit zu verleihen, aber nicht zu viel Druck auszuüben.

»Es muss ein paar Wochen her sein, vielleicht auch noch länger, da hat sie jemanden getroffen. Hin und wieder ging sie gerne spazieren. Ist ja auch schön dort in Verberg. Nur sehr teuer. Ich könnte mir das gar nicht leisten.« Frau Roehren stockte und schien nachzudenken.

Hoffentlich bleibt sie beim Thema, dachte Fischer. »Frau Schikowski hat den Mann also in Verberg kennen gelernt? Beim Spazierengehen?«

»Ja. Ob das nun in Verberg war oder im Stadtwald oder sonst wo, das weiß ich allerdings nicht.«

»Sie hat sich dann mit dem Mann getroffen? Mehrfach?«

»Das nehme ich an. Sie tat so geheimnisvoll. Aber man merkte, dass etwas anders war. Sie trug plötzlich neue Kleider in bunten Farben, experimentierte in der Küche. Lauter kleine Anzeichen. Wir waren uns aber sicher über die Bedeutung.«

Fischer runzelte die Stirn. Anzeichen?

»Sie meinen also, dass es mehr als eine flüchtige Bekanntschaft war?«, warf Sabine Thelen ein.

»Ja. Das haben wir anderen auf jeden Fall angenommen. Aber Erna will ja nichts erzählen.«

»Sie wissen also keinen Namen? Keinen Wohnort? Gesehen haben Sie ihn auch nicht?«

Frau Roehren nickte.

»Und nun?«, fragte Sabine, als sie wieder im Auto saßen.

Fischer seufzte. »Nun haben wir einen weiteren vagen Anhaltspunkt. Eine Männerbekanntschaft. Theoretisch ist es möglich, dass die Schikowski bei dem Mann ist.« Er stockte, fügte dann leiser hinzu: »Und er könnte der Täter sein.«

KAPITEL 40

Guido Ermter verzog voller Ekel das Gesicht. In der Spüle türmte sich gebrauchtes Geschirr. Eingetrocknete Tomatensoße und verschimmelte Fleischreste mit einer stabilen Oberflächenstruktur. Es stank nach saurer Milch und vergammeltem Kohl.

»Ach du Scheiße«, murmelte Ermter.

»Sieht schlimmer aus, als es ist, Guido.« Sein Vater war hinter ihn getreten. »Das ist in zehn Minuten erledigt, wenn ich heißes Wasser hätte.«

Und das glaubst du, dachte Ermter. Er drehte den Heißwasserhahn auf. Das Wasser tröpfelte nur. Auch nach fünf Minuten wurde es noch nicht mal lauwarm. Guido Ermter öffnete die Schranktür unter der Spüle. Dort stand der überquellende Mülleimer. Beißender Gestank kam ihm entgegen samt drei dicker Schmeißfliegen. Mit spitzen Fingern nahm Ermter den Müll heraus. Maden tummelten sich im Abfall.

»Wann hast du das letzte Mal den Müll runtergebracht, Vater?«

»Gestern.«

»Dieser Müll ist nur von heute? Das glaubst du doch selbst nicht.«

»Ich weiß nicht, von wann der Müll ist. In den letzten Tagen habe ich immer Einkaufstüten genommen und den Müll da rein getan. So.« Er deutete zur Küchentür. Am Türgriff hing die blau-gelbe Tüte eines Discounters. Sie schien halb voll zu sein.

Ermter stöhnte. »Bring du den Müll runter, ich schau nach dem Heißwasser-Gerät.«

»Du kannst den Müll doch mitnehmen, wenn du gleich gehst.« Theo Ermter klang beleidigt.

Guido hatte keine Lust, sich auf eine Grundsatzdiskussion einzulassen. Er kniete nieder, kroch halb in den Schrank. Das Kabel war verschmort.

»Ist dir in der letzten Zeit eine Sicherung rausgeflogen?«

»Wie redest du mit mir?«

»Ich meine das ganz praktisch.« Ermter richtete sich halb auf, stieß sich den Kopf am Schrank, fluchte. »Im Sicherungskasten. Ist dort eine Sicherung raus?«

»Ich glaube, das ist schon eine Weile her. Mindestens zwei Wochen.«

Aha, dachte Ermter. Und so lange hast du nicht gespült. So ging das nicht weiter. »Tja, das Gerät ist durchgeschmort. Das ist hin. Endgültig. Du wirst morgen einen Handwerker rufen müssen.«

»Morgen? Das geht nicht. Es muss heute gespült werden. Jetzt.«

»Anscheinend hat es dich zwei Wochen lang nicht gestört, da wirst du ja wohl noch einen weiteren Tag warten können.«

»Nein, kann ich nicht. Ich erwarte Besuch.«

»Wen?«

»Das geht dich einen feuchten Kehricht an.«

»Weißt du was?« Guido Ermter stand auf, klopfte sich den Dreck von der Hose. »Wenn das so ist, kann ich ja auch gehen.«

Er ging zur Tür, blieb stehen und kehrte noch einmal um, nahm den Müllsack. »Ich wünsch dir noch einen schönen Abend, Vater. Wenn es Probleme mit dem Handwerker gibt, kannst du dich ja melden.«

»Du kannst mich doch jetzt nicht einfach so im Stich lassen.«

»Doch, kann ich, Vater. Ich bin erwachsen, auch wenn dir das noch nicht aufgefallen ist. Trotzdem behandelst du mich wie ein kleines Kind. Wenn etwas ist, dann soll ich springen.

Aber ich darf mich um Himmels willen nicht in dein Leben einmischen. Umgekehrt gilt das allerdings nicht. Du darfst uns zu jedem Scheiß die Meinung geigen.« Ermter holte tief Luft.

»Hast du noch nie einen schlechten Tag gehabt?«, brummte Theo. Es klang versöhnlich.

Hart bleiben, dachte Ermter, nicht nachgeben.

»Doch habe ich. Heute zum Beispiel. Wir haben eine schwierige Mordkommission.«

»Jaja, hab ich gehört. Der Klewer.«

»Du hast davon gehört?«

»Na, seit zwei Tagen geht das doch durch die Presse. Das wirst du doch mitbekommen haben.«

Guido Ermter schloss die Augen, nickte. Sein Vater meinte Markus Klewer. Von Heinz Klewer konnte er noch nichts wissen.

»Ich kenne den Heinz«, sagte Theo.

Der Polizeichef riss die Augen auf. »Was?«

»Ja, Heinz Klewer. Den kenne ich. Muss bitter für ihn sein, seinen Sohn verloren zu haben.«

»Woher kennst du ihn, Vater?«

»Von früher. Wie man sich so kennt. Über Bekannte oder Freunde. Ich hab ihn schon ewig nicht mehr gesehen. Kurz nach dem Tod seiner Frau muss das gewesen sein. Er ist damals richtig aufgelebt. War schon immer ein Schwerenöter.«

»Ist das so? Ja, wir haben mit den Mordfällen eine Menge zu tun. Ich gehe dann jetzt.«

»Was mache ich denn dann mit dem Geschirr? Das kann nicht so bleiben. Das muss heute noch weg.«

Ermter stöhnte. »Du rufst morgen einen Installateur, der wird es richten. Morgen.«

»Ich bekomme Besuch. Damenbesuch.«

»Damen ... besuch? Du?« Ermter schüttelte verblüfft den Kopf.

»Ja, ich. Warum auch nicht? Dafür ist man doch nie zu alt. Ich habe eine nette Frau kennen gelernt.«

»Wo?«

»Das erzähl ich dir, wenn du mir mit dem Geschirr hilfst.«

Guido Ermter zog die Jacke aus und krempelte die Hemdsärmel hoch. Er nahm einen großen Topf aus dem Schrank, füllte ihn mit Wasser, setzte den Topf auf den Herd.

»Auf die Idee bin ich gar nicht gekommen.« Sein Vater setzte sich an den kleinen Küchentisch.

»Kannst du mal sehen. Vater, was ist das für eine Frau? Wo hast du sie kennen gelernt?«

»Ich habe sie im Stadtwald getroffen. Wir haben uns unterhalten und gut verstanden. Danach sind wir ein paar Mal Kaffee trinken gewesen. Und heute rief sie an, sie hätte einen Notfall, ob sie vorbeikommen könnte. Da ist etwas mit ihrer Wohnung.«

»Sie wird hier schlafen? Wie alt ist sie denn?«

»Sie ist ein wenig jünger als ich.«

Ermter überlegte, sein Vater war Mitte 70. »Das kann doch nicht dein Ernst sein. Du willst dich noch einmal auf eine Frau einlassen?«

»Das geht dich verdammt noch mal nichts an. Es ist mein Leben.«

»Stimmt, hatte ich vergessen. Und dein Abwasch. Das Wasser kocht gleich, du kannst es dann in die Spüle gießen. Ich wünsch dir noch viel Spaß.« Ermter nahm seine Jacke, den Müllsack und ging.

KAPITEL 41

»Was machen wir nun?« Sabine Thelen umklammerte das Lenkrad, schaute durch die Windschutzscheibe auf die regennasse Straße. Es war inzwischen nach acht Uhr, sie sah müde aus.

»Bring mich zurück ins Präsidium. Ich werde die anderen Freundinnen noch anrufen. Vielleicht erfahre ich etwas von ihnen. Du kannst nach Hause fahren.«

»Ruf sie doch direkt an. Wenn eine etwas weiß, dann können wir noch hinfahren. Wenn ihre Aussagen so nichtssagend sind wie die der Roehren, können wir sie uns morgen in Ruhe vornehmen. Bis dahin wird die Meldung auch durch die Presse gegangen sein. Vielleicht gibt es ja einen Hinweis aus der Bevölkerung.«

»Oder ein Hundebesitzer hat was gefunden.« Jürgen Fischer grinste. Dann dachte er an Josef Schink, und dass er es noch nicht einmal geschafft hatte, beim Tierheim anzurufen. Er zog das Handy aus der Tasche.

»Everybody needs somebody«, sangen die Blues Brothers. Fischer zuckte zusammen. Susanne. Er fluchte laut. Dann drückte er die grüne Taste.

»Susanne, ich habe gesagt, dass ich dich zurückrufe.«

»Das ist zwei Stunden her.«

»Ich habe jetzt keine Zeit.«

»Du kannst dir den Protest sparen, Jürgen. Das, was ich mit dir besprechen muss, wird nicht lange dauern. Es geht um meine Mutter. Ihr geht es nicht gut. Noch ist sie im Krankenhaus, wird aber bald entlassen. Doch ich bezweifle, dass sie anschließend weiterhin alleine wohnen können wird.«

»Das tut mir leid.«

»Ja, mir erst. In ein Heim kann ich sie nicht abschieben. Ich könnte mir vorstellen, dass ich sie zu mir nehme. Platz genug ist ja da.« Susanne stockte, schien auf etwas zu warten.

»Aha.« Jürgen wusste nicht, was er antworten sollte.

»Ich brauche dafür aber von dir eine feste Aussage, Jürgen.«

»Worüber?«

»Mutter kann ich nur hierher holen, wenn ich einiges am Haus umändere. Eine Dusche unten im Bad, sie würde auch unten das Zimmer bekommen. Das kostet Geld.«

»Ich verstehe. Da müssen wir uns mal zusammensetzen und das durchrechnen.« Jürgen rieb sich über den Nacken. Er hasste diese Gespräche um Geld.

»Ich muss das schnell wissen. Mutter würde einen Anteil bezahlen, sie hat noch Erspartes.«

»Was willst du dann?«

»Jürgen, ich muss ganz sicher wissen, dass das in Ordnung geht. Nicht, dass du auf einmal ankommst, die Scheidung willst und das Haus verkaufst.«

Daher wehte der Wind. Es war das erste Mal, dass das Wort ›Scheidung‹ fiel. Es überraschte Fischer.

»Ich habe noch nicht darüber nachgedacht, Susanne. Das kommt jetzt auch ein wenig plötzlich.«

Seine Frau antwortete nicht. Einen Augenblick glaubte Jürgen, dass die Verbindung unterbrochen sei. Dann hörte er ihren Atem.

»Ich denke drüber nach und melde mich wieder. Okay, Susanne?«

»Vergiss es nicht.«

Sie legte auf. Fischer starrte nach draußen. Er hatte das Gefühl plötzlich den Boden unter den Füßen zu verlieren, wusste aber nicht, wieso.

»Deine Frau?« Sabine legte ihm die Hand auf die Schulter. Fischer nickte.

»Gib mir mal den Zettel mit den Telefonnummern. Du hast genug telefoniert, Jürgen.«

Sabine Thelen nahm ihr Diensthandy und wählte die Nummern. Die Gespräche waren die Gleichen, nur die Namen änderten sich. Keiner hatte etwas von Erna Schikowski gehört, keiner wusste, wo sie sein könnte. Alle vermuteten, dass sie etwas mit diesem unbekannten Mann hatte. Niemand kannte ihn oder konnte genauere Aussagen machen.

»Das bringt uns nicht weiter. Was nun?«

»Lauter Spuren, die ins Nichts führen.« Jürgen seufzte. Nachdenklich zupfte er an seinem Ohr. »Sie ist weg. Verschwunden. Aus heiterem Himmel.« Er warf einen Blick auf seine Uhr. Es war fast neun.

»Wie kann sie eigentlich verschwinden? Hat die Schikowski ein Auto?«

Fischer starrte seine Kollegin an, als ob er sie noch nie zuvor gesehen hätte. »Mensch, Sabine. Da haben wir ja noch gar nicht dran gedacht. Wie konnte uns das entgehen?«

»Was meinst du?«

»Sie hat einen Wagen. Einen Smart. Auf jeden Fall ist sie damit heute Morgen gefahren. Ich kann mich nicht daran erinnern, ob wir überprüft haben, wo er geblieben ist. Ein auffälliges Auto mit dem Firmenlogo.«

»Dann fahren wir noch mal nach Verberg.«

»Sie kam und parkte in der Einfahrt. Später war der Wagen weg. Vielleicht in der Garage? Ich habe überhaupt nicht mehr daran gedacht.«

Sabine Thelen grinste. »Auch du bist eben nicht unfehlbar.«

Sie startete den Wagen.

Als sie die Nordtangente entlangfuhren, erklang wieder die Melodie von Jürgens Handy. Entnervt zog er es aus der Tasche. Die Nummer auf dem Display war ihm unbekannt. Er hatte schon befürchtet, dass Susanne wieder anrufen würde.

»Fischer.«

»Herr Kommissar.«

Eine Frauenstimme, Fischer hatte sie schon gehört, konnte sie aber nicht einordnen. »Ja?«

»Ich wollte nur hören, ob Sie Erna gefunden haben.«

»Mit wem spreche ich denn?«

»Oh, Entschuldigung. Klewer. Ich mache mir jetzt doch große Sorgen um Erna.« Sie lachte leise.

Es konnte nur Mareike Klewer sein. Sie klang nicht besorgt, eher aufreizend. Fischer schüttelte den Kopf.

»Wir haben im Moment keine neuen Erkenntnisse. Ist Ihnen noch etwas eingefallen?«

»Nein. Ich wollte Sie nicht stören. Sind Sie noch im Dienst?«

»Ja.«

»Schade. Na gut, bis dann.« Mareike Klewer beendete die Verbindung.

Fischer überlegte, ob er sein Handy ausschalten sollte. Er tat es nicht.

KAPITEL 42

Sabine Thelen fuhr die Einfahrt entlang und blieb kurz vor dem Haus stehen. Die Scheinwerfer des Wagens beleuchteten die Doppelgarage neben dem Haus.

Wie zwei große Katzenaugen, dachte Fischer. Wieso hatte er das Auto vergessen?

Es lag sicher daran, dass er im ersten Moment ganz fest davon ausgegangen war, dass der Täter sie mitgenommen hat. Erst durch die neuen Informationen zweifelte er an der Version. Viel wahrscheinlicher erschien ihm nun, dass sie freiwillig den Tatort verlassen hatte.

War das wirklich plausibel? Es war ihr Zuhause. Sie hatte nach Aussage der Familie Klewer eine gewisse Verantwortung übernommen, und nicht nur über den Haushalt, sie war die Perle, mehr noch, die gute Fee der Familie gewesen.

Würde so jemand einfach gehen? Es gab doch sicherlich eine Menge zu tun. Birgit Klewer war zusammengebrochen, konnte im Moment nichts erledigen, keine Maßnahmen ergreifen. Mareike Klewer war krank, labil.

Würde Erna tatsächlich wegfahren und keine Hilfe anbieten?

Fischer wusste keine Antwort auf die Frage. Er hoffte zutiefst, dass die Frau noch lebte und nicht auch einem Verbrechen zum Opfer gefallen war.

Über die Suche nach Frau Schikowski hatte Fischer die Mordfälle zum Nachteil von Heinz Klewer und seinem Sohn Markus verdrängt. Waren beide tatsächlich von ein und demselben Täter erschossen worden? Mit dem gleichen Motiv? Dann musste es etwas sein, was die beiden verband. Ein Rechtsfall der Firma erschien Fischer am wahrscheinlichsten. Doch obwohl sie einiges entdeckt hatten, war irgendetwas davon ein ausreichendes Motiv, um zwei Männer zu ermorden?

Eine Tat im Affekt bei zwei fast identischen Fällen war ausgeschlossen. Höchstens ein Irrer drehte zweimal hintereinander so durch, dass er tötete. Rache, Geldgier, Eifersucht das waren Motive für einen Mord.

Welcher davon mochte hier zutreffen? Organisiertes Verbrechen? So manches deutete darauf hin, dass die Klewers Verbindungen dazu gehabt haben könnten.

Vielleicht waren sie in Besitz von belastenden Unterlagen oder hatten das Wissen über Verbindungen, die nicht an die Öffentlichkeit kommen sollten.

Falls Markus Klewer im Affekt umgebracht worden war, und Heinz Klewer wusste, wer der Täter war, diesem gedroht hätte – ja, dann wäre der zweite Mord zu erklären.

Fischer schüttelte den Kopf, zu viele offene Enden, zu viele ungeklärte Fragen.

Erpressung? Was, wenn die Klewers erpresst worden wären? Oder nur Markus? Oder Vater Klewer und weil er nicht zahlte, erschoss man seinen Sohn, als Warnung. Dann drohte der Vater mit Enthüllungen und musste mit dem Leben bezahlen.

Alles Spekulation.

»Willst du sitzen bleiben, bis der Morgen graut?« Sabine Thelen riss Fischer aus den Gedanken.

Wie lange hatte er hier gesessen und auf das Garagentor gestarrt?

»Hast du die Schlüssel? Hier ist nirgendwo ein Smart zu sehen und auf der Straße war auch keiner. Bleibt noch die Garage.« Sabine hielt ihm ihre Hand hin. Fischer zog den Schlüssel aus der Jackentasche.

»Ich mache das schon.« Er stieg aus dem Wagen. Die Garage hatte kein Schloss. »Wird wohl so ein funkgesteuertes Teil sein, mit Motor und Schnickschnack.«

»Den Sender hast du nicht?«

Fischer schüttelte den Kopf.

»Dann müssen wir drinnen nachschauen, ob er da liegt.«

Fischer drehte sich um, sah zu der massiven Haustür. Wieder dort hineingehen? Alles in ihm sträubte sich dagegen. Welche Überraschung mochte dort noch lauern? Eine Warnanlage? Aber die hätte schon vorher eingeschaltet sein müssen. Er holte tief Luft, ging zur Tür, schloss sie auf. Das Ticken der großen Standuhr erschien Fischer zu laut in der Stille. Auf der kleinen Kommode neben der Uhr lag der Sender. Fischer nahm ihn.

Mit leisem Quietschen öffnete sich das Tor der Garage. Drinnen stand ein schwarzer Mercedes 600 SEL, Klewers Wagen. Daneben, fast wie eine Miniatur, ein schwarz-weißer Smart.

»Da ist er.« Fischer drückte den zweiten Knopf, das Tor schloss sich wieder. Er überlegte kurz, steckte den Sender dann ein.

»Jetzt ist wirklich Schicht für heute.«

»Ab nach Hause?«

»Nein, setz mich am Präsidium ab, ich möchte noch eine Sache abklären.«

»Auch das fleißigste Arbeitsbienchen muss irgendwann mal Pause machen.« Sabine lachte leise. »Na, komm, Jürgen. Was willst du heute noch erreichen?«

»Es sind garantiert noch Kollegen da. Vielleicht hat jemand etwas herausgefunden. Eine neue Spur.«

»Mag sein. Die sind nachher auch noch da. Du kannst nicht immer alles alleine machen.«

Schweigend fuhren sie durch den Vorort, der um diese Uhrzeit wie ausgestorben wirkte.

Sabine Thelen setzte Hauptkommissar Fischer vor seiner Wohnung an der Rheinstraße ab. »Bis nachher. Und versuch mal den Fall zu vergessen.«

Fischer nickte. Er kramte in seiner Hosentasche nach dem Haustürschlüssel, fand ihn nicht, tastete erfolglos die Jackentaschen ab. Verdammt, dachte er, jetzt hab ich doch glatt meinen Schlüssel verloren oder im Büro liegen gelassen. Dann fiel ihm Martina ein. Er hatte ihr die Schlüssel gegeben.

Einen Moment zögerte er. Es kam ihm seltsam vor, bei sich selbst schellen zu müssen. Schließlich drückte er den Klingelknopf.

Der Türöffner summte und Jürgen stieß die Tür auf.

KAPITEL 43

»Ich schrei in die Nacht …«, ertönte es in Überlautstärke.

Sebastian fuhr aus ruhelosem Schlaf hoch, er war schweißgebadet. »Was ist das?«

Gesa stand auf, griff in ihren Rucksack, zog das Handy hervor, drückte einen Knopf. »Ja?«

Sebastian stöhnte, wischte sich den Schweiß von der Stirn. Es hatte angefangen zu regnen und durch das geöffnete Fenster zog eine Brise durch das Zimmer. Er zitterte, nahm sich die Decke. Es war noch nicht richtig dunkel. Das Display seines Weckers zeigte 21:17.

Nachdem sie erfolglos versucht hatten den Hund mit Brühe zu füttern, legten sie sich auf Sebastians Bett. Er hatte Gesa in den Arm genommen und war eingeschlafen. Trotz seiner Erschöpfung fiel er nicht in Tiefschlaf, sondern jagte durch erschreckende Träume.

Nun fühlte er sich gerädert, alle Muskeln taten weh.

Gesa war zum Telefonieren in den kleinen Flur gegangen. Er hörte ihre aufgeregte Stimme, sie klang nicht freundlich.

Sebastian schloss die Augen. Die schrecklichen Traumbilder erschienen wieder. Er versuchte an etwas Schönes zu denken, es gelang ihm nicht.

Der Hund winselte leise. Sebastian stand auf, ihn fröstelte. Er zog die Schultern hoch. Einen Moment überlegte er, ob er das Fenster schließen sollte, doch der intensive Geruch des Hundes hielt ihn davon ab.

»Na, Amigo. Was ist denn?«

Der Hund hob den Kopf. Seine Augen schienen etwas klarer zu sein als vorhin. Sebastian schob die Schüssel mit der Brühe näher an den Hund. Amigo richtete sich ein wenig höher auf und schleckte vorsichtig am Schüsselrand. Zufrieden sah Sebastian zu, dass der Hund endlich etwas von der Brühe trank.

Gesa kam zurück in den Raum.

»Hey. Was hast du denn für einen seltsamen Handyton? Das ist ein Lied, oder?« Sebastian grinste. »Schau mal, Amigo frisst.«

»Das ist ›Spring nicht‹.« Sie kniete neben dem Hund nieder und kraulte ihn zwischen den Ohren.

»Lass mich raten. Tokio Hotel?«

Gesa nickte und biss sich auf die Unterlippe.

»Ist was, Süße?«

»Ne, nicht wirklich. Ich muss jetzt nach Hause.« Sie stand auf, schlang sich die Haare im Nacken zusammen.

»Ich dachte, du bleibst? Bist du sauer, weil ich eingeschlafen bin?«

»Quatsch. Ich muss nur noch etwas klären. Mit Julia.«

»Ihr habt doch Streit?«

»Woher weißt du das?« Gesa sah ihn erstaunt an.

»Sie hat es mir gesagt.«

»Wann?«

»Weiß nicht. Gestern oder vorgestern. Wir haben telefoniert.«

»Aha. Na dann. Julia ist eine blöde Kuh. Aber wenn du dich mit ihr abgeben willst ... das musst du selbst wissen.« Gesa nahm ihre Jacke.

»Hast du nicht gerade gesagt, dass du dich mit ihr treffen willst?«

»Das ist etwas anderes. Wir müssen einen Vertrag machen.«

»Einen Vertrag? Worüber?« Sebastian lehnte sich zurück.

»Das ist kompliziert. Gut, wenn du das wirklich wissen willst: wir haben beide Karten für die Konzerte von Tokio Hotel in Oberhausen und Köln. Da wollten wir zusammen hin. Mein Vater will auch nicht, dass ich alleine hinfahre. Das ist albern, aber ich kann es nicht ändern. Ich bin ja nicht alleine, es sind Tausende andere Mädchen da. Egal. Ich soll also nicht alleine dorthin. Und Julia auch nicht.«

»Okay. Und was ist das für ein Vertrag?«

»Wir haben vereinbart, dass wir uns für die Zeit vertragen, zusammen zu den Konzerten gehen. Und danach ist die Vereinbarung hinfällig.«

Sebastian lachte schallend.

»Was ist daran lustig?«

»Nix. Entschuldige.«

Sie nickte ihm zu und ging zur Tür.

»Hey, bekomm ich keinen Abschiedskuss?« Doch die Tür fiel schon hinter ihr ins Schloss.

Seufzend stand Sebastian auf, ging ans Fenster. Er sah sie die Straße entlang radeln. Die Haare hatten sich aus dem Knoten gelöst und flatterten im Wind. Der Regen hatte nachgelassen, es tröpfelte nur noch. Der Wind roch nach nasser Erde und grünem Laub.

Ihm fiel ein, dass in seinem Rucksack noch die Flasche Whiskey war. Es war gerade der richtige Augenblick, um einen Schluck zu nehmen.

Hin und wieder schenkte Andreas ihnen beiden ein Glas ein. Er bekam häufig Alkoholika von dankbaren Kunden geschenkt. Besonders vor Weihnachten kamen viele Pakete und Dankesschreiben von glücklichen Hundebesitzern.

Scharfer Alkohol war eigentlich nicht Sebastians Ding, aber bei dieser Flasche hatte er nicht widerstehen können. Es war eine Art Trophäe, ein Verdienst.

Er schraubte die Flasche auf, goss sich zwei fingerbreit in ein Glas, trank bedächtig, musste husten.

»Verflucht!«

Sebastian trat wieder ans Fenster, trank einen weiteren Schluck. Diesmal brannte der ungewohnte Alkohol schon nicht mehr so im Rachen. Langsam breitete sich eine angenehme Wärme in seinem Magen aus.

Er war sich nicht sicher, ob ihn Gesas Sprunghaftigkeit entzückte oder abstieß. Auf jeden Fall verunsicherte sie ihn immer wieder. Er hatte ihr angeboten zu den Konzerten mitzugehen, auch wenn er die Musik der Gruppe Tokio Hotel nicht besonders mochte. Sie hatte es abgelehnt, dass er mitkam.

Warum war ihm nicht klar. Er dachte an den Duft, den ihre Haut und ihr Haar ausströmten, an die Weichheit ihrer Haut. Wie schön es war, sie neben sich unter der Decke zu fühlen, ihre Wärme zu spüren.

Bei ihr erfuhr er die Geborgenheit, nach der er sich immer gesehnt hatte. Er glaubte fest daran, auch wenn Julia ihm etwas anderes erzählt hatte. Sebastian schloss die Augen, wollte an Gesas Gesicht denken. Die Bilder, die in seinem Kopf erschienen, waren anders. Gewalttätiger. Er riss die Augen auf, nahm noch einen Schluck. Diesmal direkt aus der Flasche.

KAPITEL 44

Jonas Ingenpass saß alleine im düsteren Besprechungszimmer. Es war inzwischen dunkel geworden. Er kam sich verloren und überflüssig vor. Nach der Abschlussprüfung der Polizeischule mussten sie verschiedene Bereiche des Polizeidienstes durchlaufen, daher der Name »Durchläufer«.

Er war gestern dem KK 11 in Krefeld zugeteilt worden. Dass er mitten in eine Mordkommission platzte, war sein Pech. Er war wütend. Niemand kümmerte sich um ihn. Seine Aufgaben waren bisher Kaffee kochen und etwas zu Essen zu besorgen. Da hätte er auch Sekretärin werden können oder Kellner.

Hauptkommissar Oliver Brackhausen, dem Jonas zugeteilt worden war, saß seit zwei Stunden in seinem Büro und telefonierte. Jonas überlegte, ob er einfach gehen sollte. Vermissen würde ihn vermutlich niemand. Er könnte morgen in aller Frühe mit frischen Brötchen wieder auftauchen.

Möglicherweise hätte dann ja mal jemand Zeit für ihn, würde ihm erklären, was ablief.

Als die drei großen Röhrenlampen an der Decke eingeschaltet wurden, fuhr Jonas erschrocken aus seinen trüben Gedanken.

»Nanu? Was machst du denn hier im Dunkeln?« Die Frau mit den schulterlangen, blonden Haaren lächelte ihn an. Sie stellte ein Tablett mit belegten Brötchen in die Mitte des Tisches.

Jonas fuhr sich über den Kopf. Nicht mal mehr die Aufgabe des Brötchenholens war ihm geblieben. Er stand auf, ging zum Fenster.

»Gute Idee«, sagte die Kollegin, von der er noch nicht einmal den Namen wusste. »Mach doch mal ein paar Fenster mehr weit auf. Es stinkt nach Rauch und Turnschuhen. Ein bisschen frische Luft und eine ordentliche Fuhre Sauerstoff können nicht schaden.«

»Jetzt noch? Ist doch sowieso Feierabend. Ist doch fast halb elf.« Er wusste, dass er herablassend klang. Es war ihm egal.

»Jo, halb elf. Zeit für ein paar Kannen Kaffee, Nahrung und frische Luft. Du bist der Durchläufer, nicht wahr?«

Jonas nickte.

Die Frau kam auf ihn zu und reichte ihm die Hand. »Sabine. Sabine Thelen. Da hast du ja richtig Glück gehabt.«

»Glück?«

»Na sicher. Du kommst mitten in einer MK zu uns. Das ist doch bestimmt spannend.«

»Vielleicht. Wenn ich verstehen würde, was vor sich geht. Tu ich aber nicht, ich hänge hier rum und habe nichts zu tun. Ich weiß nicht, was passiert. Ich weiß nicht, was ich machen kann. Ich wollte schon gehen.«

»Gehen? Nein, hier geht im Moment niemand. Es gibt keinen Feierabend. Selbst der Chef wird gleich zurückkommen. Ich habe eine Idee. Ich muss die Akten sortieren, die neuen Spurenbögen kopieren und sehen, was wichtig ist. Da wir zwei MKs haben, die parallel laufen, ist das gar nicht so einfach. Du könntest mir helfen. Das ist zwar im Grunde blöde Büroarbeit, aber es ist wichtig.«

Jonas Ingenpass nickte. »Das ist das beste Angebot, das ich bisher hier bekommen habe.«

»Gut, schön wäre es, wenn ich wüsste, wie ich dich ansprechen soll.« Sabine zwinkerte ihm zu. Röte schoss heiß in sein Gesicht.

»Jonas. Jonas Ingenpass.«

»Dann mal los, Jonas. Nett wäre, wenn du bei allen Kollegen anklopfst und fragst, ob sie etwas für die Spurenkörbchen haben. Und sag ihnen, dass in einer halben Stunde eine Besprechung ansteht.«

Sie ging aus dem Raum, er schaute ihr hinterher. Was für eine Frau. Und sie war freundlich zu ihm, endlich jemand.

Jonas hüpfte fast zur Tür, ihn hatte die Begeisterung für die Arbeit wieder erfasst. Er hatte die Aufgabe, etwas Sinnvolles zu tun. Das erste Mal, seit er hier war, beschäftigte er sich in Gedanken mit dem Fall.

Zwei tote Männer aus einer Familie. Zwei Morde innerhalb von drei Tagen. Bei den Besprechungen hatte er aufmerksam zugehört, wirklich schlau war er daraus nicht geworden. Er verstand nicht, warum die Kollegen so vielen Spuren nachgingen. Der Täter musste doch im konkreten Umfeld der beiden Männer zu finden sein. Jonas beschloss, seine Gedanken der netten Kollegin mitzuteilen. Wie hieß sie gleich noch? Sabine? Vielleicht konnte er Sabine zugeteilt werden. Bei ihr würde er sicherlich mehr lernen, als bei diesem Brackhausen, der ihn noch nicht einmal richtig wahrgenommen hatte.

Jonas klopfte an eine Bürotür. Durch den Spalt unter der Tür quoll Zigarettenqualm. War Rauchen in öffentlichen Gebäuden nicht inzwischen verboten?

Er öffnete die Tür, lugte in das Zimmer.

»Ja?« Der Kollege saß an seinem Schreibtisch über Akten gebeugt. Im überquellenden Aschenbecher verglomm eine weitere Zigarette.

»Hi, ich soll die Spurenkörbe einsammeln für die Aktenlage und Bescheid sagen, dass in einer halben Stunde Besprechung ist.«

»Du bist der Durchläufer?«

Jonas nickte. »Jonas Ingenpass.«

»Schön, schön. Sag Sabine, dass ich erst noch sortieren muss. Bring ihr das Zeug gleich selbst vorbei. Ist Ermter im Haus?«

»Weiß nicht.« Wer zum Teufel war noch mal Ermter? Er konnte sich Namen nur schwer merken.

Im nächsten Raum war keiner. Die folgende Zimmertür stand auf. Auch hier wurde geraucht und anscheinend diskutiert.

»Wenn ich es dir doch sage! Der Typ hat Dreck am Stecken.«

»Klar hat er. Er ist Politiker. Und enttäuscht. Schließlich ist er nur zweiter Kreisvorsitzender. Das macht ihn aber noch nicht zum Mörder.«

»Ich halte ihn für verdächtig. Er widerspricht sich ständig.«

»Sag ich doch: Politiker. Das gehört zu deren Jobbeschreibung. Vor der Wahl hü nach der Wahl hott.« Der Mann lachte.

»Hallo?« Der Durchläufer betrat den Raum. »Schönen Gruß von Sabine. Habt ihr noch Spuren? In einer halben Stunde ist Besprechung.«

»Hi, Jonas, nicht wahr?« Einer der Männer stand auf, drückte Ingenpass einen Stapel Zeugenvernehmungen in die Hand. »Halbe Stunde? Dann kann ich ja noch in Ruhe pinkeln gehen.«

Der andere lachte. »Ja, verpiss dich mal.«

Jonas zuckte zusammen. Schon in der Polizeischule hatte ihn der raue Umgangston gestört.

Er ging zurück zu Sabines Büro. Eine der Neonröhren an der Decke flackerte und summte laut. Sie würde in Kürze kaputtgehen.

»Hier, das ist alles, was ich bekommen habe.« Er legte die Papiere auf einen Stapel.

KAPITEL 45

Wie immer reichte die Zeitschaltung der Flurbeleuchtung kaum aus, um bis in den ersten Stock zu gelangen. Hauptkommissar Jürgen Fischer fluchte, ging die letzten Treppenstufen im Dunklen hoch. Darin hatte er inzwischen Übung. Zuerst hatte er sich mehrfach den Kopf an einem Vorsprung gestoßen, inzwischen duckte er sich automatisch, sobald er den zweiten Absatz erreichte.

Die Tür zu seiner Wohnung stand auf und warmes Licht ergoss sich in den Flur. Er trat ein, Martina Becker kam ihm entgegen. Sie nahm ihn in die Arme und küsste ihn fest auf den Mund.

»He!«, sagte Fischer und lachte. »Ich freu mich auch, dich zu sehen.«

»Wie viel Zeit hast du?«

»Nicht viel. Ich nehme an, dass wir um elf oder halb zwölf noch eine Besprechung haben.«

»Hunger?«

»Wie ein Bär.«

»Ich hab was Leichtes vorbereitet.« Die Staatsanwältin lächelte. »Aber du möchtest sicher erst einmal duschen.«

Fischer nickte. So hatte er sich nach Hause kommen immer vorgestellt. Wollte Martina ihm damit ein Zeichen geben? Er war sich nicht sicher.

Jürgen ging ins Badezimmer, zog sich aus. Er rasierte sich sorgfältig, denn er wusste nicht, wann er wieder Zeit dafür haben würde. Unter der Dusche beugte er den Kopf nach vorne und ließ das heiße Wasser auf seinen Nacken prasseln. Er brauchte nur eine kurze Pause, eine Auszeit. Da er nur wenige Minuten vom Präsidium entfernt wohnte, war das möglich. Kollegen, die aus den Randbezirken kamen oder gar außerhalb wohnten, blieben bei einer MK manchmal tagelang im Präsidium, schliefen dort wenige Stunden auf Liegen oder Luftmatratzen.

Fischer stellte das Wasser ab, rubbelte sich mit einem harten Handtuch trocken. Er griff nach seinem Bademantel, aber dieser hing nicht an dem Haken an der Tür. Suchend schaute er sich um, dann fiel ihm ein, dass er den Bademantel am Morgen auf dem Bett hatte liegen lassen.

Was sollte er nun tun? Natürlich hatte Martina ihn schon nackt gesehen, aber da waren sie auch zusammen im Bett gewesen, hatten sich geliebt. Diese Nähe empfand er im Moment nicht, eher eine Unsicherheit. Er schlang sich das Handtuch um die Hüften und öffnete die Badezimmertür. Martina war in der Küchenzeile beschäftigt, den Rücken ihm zugewandt. Mit drei schnellen Schritten gelangte Fischer in sein Schlafzimmer. Er schloss die Tür hinter sich und kam sich gleichzeitig albern vor.

Nachdem er sich frische Sachen angezogen hatte, kehrte er in den Wohnraum des kleinen Appartements zurück.

Die Staatsanwältin hatte den alten Tisch liebevoll gedeckt. So liebevoll es eben ging mit dem billigen und zusammengewürfelten Geschirr, das Fischer besaß.

Er setzte sich. »Das ist wirklich toll, vielen Dank.«

»Ich habe nach einer Tischdecke und nach Kerzen gesucht, aber so etwas scheinst du nicht zu besitzen.« Sie lächelte.

»Nein.«

»Ich dachte, du wolltest dich nach einer neuen Wohnung umsehen? Das wäre ja dann auch ein guter Anlass deine Habseligkeiten aufzustocken.«

»Susanne hat heute angerufen. Sie will mit mir über das Haus sprechen.«

»Ach?«

»Ja, ihrer Mutter geht es nicht gut. Sie ist zunehmend verwirrt. Susanne will sie zu sich nehmen.«

»Ob das gut geht?« Martina füllte seinen Teller. Spaghetti Carbonara.

»Das kann ich nicht beurteilen. Letztendlich muss sie es selbst wissen. Aber wir müssen natürlich über das Haus reden und die Zukunft.«

»Zukunft?« Martina legte die Gabel wieder auf den Tisch.

»Nun, sie kann ihre Mutter nur zu sich nehmen, wenn sie das Haus ein wenig umbaut. Du weißt schon, ein barrierefreies Bad, eine flache Dusche und so etwas.«

»Sitzt deine Schwiegermutter im Rollstuhl?«

»Nein, aber sie hat eine Gehhilfe. Es ist abzusehen, dass sie in Zukunft nicht mehr alleine duschen kann.«

»Ja, alt werden ist nicht schön. Ich sehe das ja an meiner Schwiegermutter. Obwohl ich sie sehr mag, würde ich nie mit ihr zusammenziehen.«

Fischer nickte, starrte auf seinen Teller. »Ich könnte das wohl auch nicht. Meine Mutter lebt bei meiner Schwester. Es scheint das Schicksal der Töchter zu sein, sich um die Eltern zu kümmern.«

»Da haben wir beide dann Pech. Ich habe keine Kinder und du hast nur Söhne, Jürgen.«

Jürgen Fischer rollte die Nudel auf seiner Gabel zusammen, aß genussvoll. »Das ist köstlich. Welche Marke ist das?«

»Marke?«

»Von welcher Firma, meine ich. Mirácoli?«

Martina Becker lachte schallend. »Das ist selbst gemacht. War nicht so einfach, deine Küche ist nicht wirklich gut ausgestattet. Eine Reibe besitzt du zum Beispiel nicht. Ich musste eine bei der Nachbarin leihen.«

»Es tut mir leid. Du hast Recht, ich kann besonders gut

Dosen öffnen und dazu braucht man keine Reibe sondern einen Dosenöffner. Das Essen ist fabelhaft.«

Martina Becker schien zu stutzen. »Wieso sagst du das?«

»Weil es die Wahrheit ist, es ist fabelhaft, köstlich, gigantisch. Ich hab noch nie so leckere Nudeln gegessen.«

»Nein, ich mein das Wort. Fabelhaft. Altmann sagt das auch immer.«

Fischer überlegte. »Stimmt, jetzt wo du es sagst. Ich werde es mir abgeguckt haben.« Er warf einen raschen Blick auf die Uhr. Ein wenig Zeit blieb ihm noch.

»Was werdet ihr denn mit dem Haus machen, Jürgen?«

»Ich habe keine Ahnung. Kommt darauf an, wie Susanne sich das vorstellt. Auch finanziell. Es ist noch eine kleine Hypothek auf dem Haus, die ich natürlich abbezahle.« Er sah sich flüchtig um. Die Wohnung war winzig und verwohnt. Sie war mehr ein Aufenthaltsort als ein Zuhause. Doch sein Haus war ihm auch fremd geworden. Susanne hatte alles verändert.

»Kann sie dich auszahlen?«

»Hahaha. Wovon denn? Sie hat doch kein eigenes Einkommen.«

»Wovon lebt sie dann?«

Bisher hatten sie noch nicht über diese Themen gesprochen. Jürgen nahm eine weitere Portion Nudeln. »Isst du gar nichts?«

»Doch, doch.« Martina nahm die Gabel wieder hoch, stocherte im Essen.

»Susanne hat früher mal gearbeitet, dann kamen die Kinder. Dann hatte sie einen Halbtagsjob, aber als Florian Probleme in der Schule bekam, hörte sie wieder auf zu arbeiten. Ich fand es in Ordnung. Wirklich regelmäßige Arbeitszeiten habe ich ja nicht. Bei einer MK kann man nie sagen, wann man nach Hause kommt. Das belastet natürlich die Partnerschaft.

Sie hat sich zu Hause um alles gekümmert, den Haushalt, die Jungs, Haus und Garten, Handwerker, Versicherungen ...«

»Verstehe ich. Aber was macht sie jetzt?«

»Keine Ahnung.« Jürgen sah Martina an, zwischen ihren Brauen stand eine steile Falte. »Ich weiß es wirklich nicht, woher auch? Und es ist mir egal.«

»Wirst du für immer hier wohnen bleiben?« Sie machte eine weite Geste, die zu groß für die kleine Wohnung erschien.

»Nein. Nein, natürlich nicht. Ich werde mir etwas Besseres suchen. Aber um ehrlich zu sein, fehlt mir im Moment das Geld für eine größere Investition.«

»Das war mir schon bewusst.«

»Darum muss ich ja auch mit Susanne darüber reden.«

»Du hängst an deinem Haus, nicht wahr?«

Nun legte Fischer das Besteck zur Seite. Er überlegte. »Ich habe sehr an dem Haus gehangen. Ich habe dort viel selbst gemacht. Den Dachboden ausgebaut, den Keller trockengelegt, hier eine Wand eingerissen, dort eine gezogen.«

Martina nickte.

»Aber das Haus ist in Münster. Und ich bin hier. In den letzten Jahren ist es mehr und mehr zu Susannes Haus geworden. Sie hat es verändert für sich und die Jungen. Ich hänge nicht mehr daran. Mir ist klar, dass ich dort nie mehr wohnen werde.«

»Du könntest dich nach Münster zurückversetzen lassen.«

Fischer schüttelte den Kopf. Er legte seine Hand auf ihre, drückte sie. »Hast du davor Angst? Dass ich wieder gehe? Das brauchst du nicht.«

Martina Becker nickte und biss sich auf die Unterlippe. Fischer wusste, dass »Verlust« und »Abschied« für sie eine besondere, eine schmerzhafte Bedeutung hatten.

KAPITEL 46

Hauptkommissar Jürgen Fischer stand auf und ging die drei Schritte vom Tisch zum Kühlschrank. Er nahm eine Flasche Bier heraus, öffnete sie mit seinem Feuerzeug.

»Möchtest du auch?« Er hielt die Flasche hoch.

Martina verneinte. »Mir ist nicht nach Bier. Aber ich hab vorhin eine Flasche Weißwein aufgemacht. An der Spüle müsste mein Glas noch stehen. Wenn du mir noch mal einschenken würdest?«

Fischer füllte ihr Glas, stellte es auf die schrundige Holzfläche des Tisches, setzte sich. Er nahm einen großen Schluck Bier, holte dann seine Zigaretten hervor. »Darf ich?«

Martina lachte. »Es ist deine Wohnung. Was macht der Fall? Stimmt es, dass Klewers Vater auch erschossen wurde?«

»Ja, wir haben ihn heute Mittag in seinem Wohnzimmer gefunden. Schade, ich dachte, er könne mir noch ein paar Fragen beantworten.«

»Was haben die beiden denn wohl angestellt, dass man sie ermordet?«

»Ich habe keinen blassen Schimmer. Es gibt etliche Vermutungen. Politische Motive, irgendetwas mit der Baufirma, mafiöse Leiharbeitergeschichten, Geld, Rache? Keine Ahnung. Mich interessiert jetzt erst mal nur, wo die Haushälterin ist.«

»Haushälterin?«

»Ja, Erna Schikowski, Anfang 60. Sie ist wohl schon ewig bei der Familie. Ich war noch dort im Haus zusammen mit Oliver und plötzlich war sie verschwunden.«

»Kann sie nicht weggefahren sein? Ich würde auch nicht freiwillig am Tatort bleiben.«

»Das könnte sein, aber ihr Wagen steht in der Garage. Keine ihrer Freundinnen hat was von ihr gehört.«

»Verrückt. Und Hinweise auf den Täter?«

»Das weiß ich noch nicht. Vorhin lief die Befragung in der Nachbarschaft noch. Und ob die Spurensicherung etwas Brauchbares gefunden hat, weiß ich auch nicht.«

»Habt ihr denn einen Anhaltspunkt bei Markus Klewer?«

Es fiel ihm auf, wie sie den Namen aussprach, ein persönlicher Klang, eine gewisse Vertrautheit. Jürgen schluckte hart.

»Nein, bisher auch noch nichts. Die Spurensicherung hat in der Umgebung der Burg viele, zu viele, Fremdspuren gefunden, wahrscheinlich noch vom Flachsmarkt. Ob eine Täterspur dabei ist, kann keiner sagen.«

»Das Ganze klingt kompliziert. Zu viele Spuren und Hinweise in alle möglichen Richtungen, aber nichts Konkretes. Ich hoffe, ihr findet bald eine brauchbare Spur.«

»Das hoff ich auch.« Jürgen streckte sich, gähnte, sah aus den Augenwinkeln ihren amüsierten Blick und schlug die Hand vor den Mund. »Entschuldige. Ich muss dann mal wieder los. Fährst du nach Hause?«

»Ich räum die Küche auf und schau dann mal. Vielleicht, vielleicht nicht. Du weißt nicht, wann du nach Hause kommst? Ein paar Stunden Schlaf?«

»Kommt darauf an, ob es etwas Neues gibt, ob wir noch etwas tun können.«

Die Staatsanwältin nickte. Sie kannte das Prozedere.

Hauptkommissar Jürgen Fischer ging langsam die Treppe hinunter. Er war müde und fühlte sich träge. Vielleicht war das Bier keine so gute Idee gewesen. Sollte er mit dem Wagen fahren oder doch lieber zu Fuß gehen? Er entschied sich dafür zu laufen. Frische Luft würde seinen Kopf klarer machen.

Als er auf den Ostwall einbog, begann es heftig zu regnen. Fischer lief bis zum Präsidium, schüttelte sich. Der Wachmann im Foyer nickte ihm zu. »Die sind schon alle oben.«

Fischer wartete nicht auf den Aufzug, er lief die Treppe, zwei Stufen auf einmal nehmend, hoch. Stimmengewirr kam ihm entgegen.

Das Besprechungszimmer war bis zum letzten Platz besetzt. Fischer setzte sich auf die Fensterbank. Oliver kam auf ihn zu, setzte sich neben ihn.

»Ich wusste nicht, ob du kommen würdest«, flüsterte er.

»Wieso?«

»Na, du hast die letzte Nacht schon so gut wie durchgemacht. Irgendwann ist Schluss. Warst du zu Hause?«

»Ja, rasieren, duschen, umziehen, essen. Ein wenig Luft holen.«

»Da hat jemand für dich angerufen.«

»Hier? Wann? Wer?«

Oliver Brackhausen grinste. »Klar hier, wo sonst? Dreimal hat sie angerufen.«

»Sie?« Fischer zog die Stirn kraus.

»Ja. Mareike Klewer. Hast du was mit ihr? Ich meine, kennt ihr euch schon länger?«

»Nein, wieso?«

»Es machte den Anschein. ›Ist Jürgen da?‹«

»Was wollte sie?« Fischer rieb sich über das Kinn.

»Keine Ahnung. Es klang so, als ob ihr verabredet gewesen wäret. Als wenn du sie versetzt hättest. Hast du?«

»Die Frau ist psychisch krank. Ihr Neffe. Der ältere der Klewer Söhne. Wir hatten ein recht interessantes Gespräch.«

»Wann warst du denn bei denen?« Oliver strich sich eine Haarsträhne hinter das Ohr.

»Ich bin mit Sabine los, um das Foto von der Schikowski zu holen. Und dann waren wir bei Klewers. Verworrene Familienverhältnisse. Da ist etwas faul, ich weiß nur nicht was. Der alte Mann hat die Familie beherrscht, mehr als beherrscht. Ich bin mir sicher, es war nicht alles eitel Sonnenschein zwischen ihm und seinem Sohn, auch wenn die Familie das nach außen hin so transportiert hat.«

Polizeichef Guido Ermter betrat den Raum. Er sah so müde aus, wie Fischer sich fühlte.

»'n Abend. Lasst uns zügig schauen, ob wir weitergekommen sind. Ich habe die Spuren gerade überflogen. Danke, Sabine, gute Arbeit.« Er nickte ihr zu. »Also, feststeht: der Mandant, den Klewer vertreten hat und bei dem nicht alles korrekt gelaufen ist, kann es nicht gewesen sein. Er sitzt in Brasilien in U-Haft wegen Betrugsverdacht. Klewer hat Informationen bei der Klage verschleppt, deshalb hat er Ärger mit der Anwaltskammer gehabt. Die Exfrau hat dadurch eine Menge Geld verloren. Das wäre ein Motiv, aber sie hat ein wasserdichtes Alibi. Sie war beim Düsseldorfer Polizeichef zum Geburtstag eingeladen. Ich habe mit ihm gesprochen, er ist glaubhaft.«

Alle lachten. Ermter wartete, bis wieder Ruhe eingekehrt war.

»Noch offen ist die Spur der Zeitarbeitsfirma. Leiharbeit ist auf dem Bau verboten, diese Firma mit Sitz in Holland und Schweden unterläuft das Gesetz geschickt und aggressiv. Ein paar der Bautrupps sind auffällig geworden. Da scheint tatsächlich einiges im Busch zu sein. Leider haben wir den Chef der Firma Schmitt noch nicht ausfindig gemacht. Da müssen wir dranbleiben. Günther hat das übernommen.« Er nickte dem Kollegen zu.

»Markus Klewer hat die Firma Schmitt in mehreren Fällen erfolgreich vertreten. Heinz Klewer hat sie immer wieder mal beauftragt. Beide hatten also mit Schmitt zu tun. Ich denke sowieso …« Günther Volkers stand auf. »Ich denke sowieso, dass die beiden Herren Klewer im Hintergrund einiges am Laufen hatten. Möglicherweise haben wir hier ein Motiv. Das ist aber noch zu vage. Immerhin geht es um Summen in Millionenhöhe.« Volkers nahm wieder Platz.

»Die Spurensicherung ist mit Klewers Wagen durch. Noch sind nicht alle Spuren ausgewertet. Es wurden etliche lange Haare gefunden. Frauenhaare. Ansonsten gibt es keine Blutspuren. Nichts weist darauf hin, dass in dem Wagen eine Leiche transportiert wurde. Bisher müssen wir davon ausgehen, dass Markus Klewer tatsächlich an der Burg Linn erschossen wurde. Aber dort gibt es auch keine brauchbaren Spuren. Bisher.« Ermter holte tief Luft. »Die Befragung der Anlieger ist noch nicht abgeschlossen. Aber auch da gibt es aktuell keinen wirklichen Hinweis. Zwei Anwohner wollen eine große, dunkle Limousine gesehen haben, etwa zur Tatzeit. Das Pärchen, das Klewer fand, meint, dass ihnen ein Mann entgegengekommen sei. Keine brauchbare Beschreibung.«

»Gibt es irgendwas aus der Bevölkerung?«

»Tja, die üblichen Spinner. Den Spuren müssen wir natürlich auch nachgehen. Zwei wollen Klewer gestern getroffen haben. Der eine Verrückte, der sich immer meldet, dieser komische Kauz mit den langen weißen Haaren und dem Rauschebart, der meint es wären Außerirdische im Spiel.«

»Ach, der Spinner.« Die meisten nickten und seufzten. Es verging kaum eine Woche, in der der ungepflegte Mann mit dem langen Mantel nicht zur Wache kam und Außerirdische oder andere seltsame Vorkommnisse meldete.

»Wir haben aber tatsächlich über die Sondernummer einige Anrufe zu Markus Klewer gehabt.« Uta Klemenz setzte sich gerade hin, streckte den Busen vor und warf einen kontrollierenden Blick auf ihre roten Fingernägel.

Ihre Waffen, dachte Fischer.

»Es hat mehrere Anrufe gegeben, in denen uns glaubhaft versichert wurde, dass Klewer außereheliche Beziehungen pflegte.« Sie blickte triumphierend in die Runde. »Ein Hans Dampf in allen Gassen. Er hat jede erwischt, die nicht bei drei auf den Bäumen war.«

Es wurde gelacht. Fischer sah zu Sabine. Sie hatte den Kopf gesenkt, er war sicher, dass sie rot geworden war.

»Bringt uns das irgendwie weiter?«, fragte Fischer.

»Wir werden den Anrufen nachgehen. Eventuell steckt ein eifersüchtiger Ehemann dahinter.«

»Okay, ein Motiv für den Mord an Markus Klewer. Aber warum anschließend noch den Vater? Waren sie gemeinsam aktiv?« Fischer zog die Augenbrauen hoch, sah Klemenz neugierig an.

»Die Sümpfe der Verbrechen sind tief, Herr Kollege. Rache ist ein weites Feld. Über den Vater habe ich diesbezüglich noch nichts gehört. Kann ja noch kommen.«

»Gut.« Ermter reckte sich. »Gehen wir den Hinweisen nach. Du hattest doch mit der Familie gesprochen. War dir da etwas aufgefallen, Jürgen? War die Ehe zerrüttet?«

»Das kann ich nicht so genau beurteilen, noch nicht. Frau Klewer hat nicht überdurchschnittlich schockiert reagiert, als wir ihr den Tod ihres Mannes mitteilten. Sie brach jedoch zusammen, als ihr Schwiegervater gefunden wurde. Es mag aber alles etwas viel für sie gewesen sein. Im Moment ist sie im Krankenhaus, sie hat einen Nervenzusammenbruch. Ich kann frühestens morgen mit ihr sprechen.« Er warf Oliver einen Blick zu. Dieser nickte zustimmend. »Auch die Söhne der Familie möchte ich weiter befragen.«

»Gut.« Ermter kramte in der Jackentasche, zog die obligatorische Tüte Gummibärchen hervor. »Gibt es irgendetwas über den Verbleib von Frau Schikowski?«

Keiner meldete sich zu Wort.

KAPITEL 47

»Wir werden abwarten müssen«, sagte Hauptkommissar Jürgen Fischer nach einigem Zögern, »ob sich jemand aus der Bevölkerung meldet. Oder ob sich Frau Schikowski selbst meldet, wenn sie den Aufruf hört. Ich habe mit ihren Freundinnen gesprochen, aber die wussten nichts über ihren Verbleib. Der nächste Hinweis ist ein Mann, den sie kennen gelernt hat. Aber keiner kennt ihn, niemand wusste einen Namen. Trotzdem besteht die Chance, dass sie bei ihm ist.«

»Morgen früh wird ihr Bild in der Zeitung stehen. Ich hoffe nur, dass wir nicht zu viel Wind um nichts machen. Die Sache wird ganz schön kompliziert.« Ermter seufzte. »Zwei Morde und eine Vermisste.«

»Die Spurensicherung hat noch keine Funde aus der Wohnung der Schikowski untersuchen können. Sie fangen gerade erst mit denen aus Heinz Klewers Haus an. Allerdings haben sie in Düsseldorf und Duisburg um Amtshilfe gebeten.« Sabine Thelen ging noch mal ihre Unterlagen durch. »Die Kollegen schieben genauso wie wir Nachtschichten.«

»Ich habe mit dem Geschäftsführer einer konkurrierenden Baufirma gesprochen, Manfred Löwe«, meldete Hauptkommissar Roland Kaiser sich zu Wort. »Er sagte mir, dass etliches nicht mit rechten Dingen zugegangen wäre, was Klewer-Bau angeht.«

»Zum Beispiel?«

»Zum Beispiel ist letztes Jahr die Erweiterung der Müllverbrennungsanlage beschlossen worden. An sich ein unsinniger Beschluss, denn die Anlage sei jetzt schon mit den Abfällen der Region nicht ausgelastet. Deshalb wird Müll importiert.

Aus so gigantischen Entfernungen wie Australien. Und darüber gibt es auch jetzt schon, bevor mit dem Bau begonnen wurde, Verträge. Die werden allerdings von der Opposition angefochten. Das ist aber ein anderes Thema. Fakt ist: es gab eine Ausschreibung. Baulöwe hat sich beworben, Klewer-Bau auch. Klewer hat den Zuschlag bekommen, obwohl sein Angebot 25 Prozent über den der anderen gelegen haben soll. Nachtigall ick hör dir trapsen.«

»Wer hat denn darüber entschieden?«

»Zum Teil die Stadt, zum Teil der Vorstand der Verbrennungsanlage. Klewer war im Vorstand.«

Alle schwiegen für einen Moment.

»Roland, wäre das ein Grund für den Baulöwen die beiden umzubringen?«

»Theoretisch ist alles möglich. Ich bezweifle aber, dass er mir dann so bereitwillig über alles Auskunft gegeben hätte. Er hat heute Abend einen wichtigen Termin, wollte mir jedoch gleich Mal zur Verfügung stehen.«

»Kommt er hierher?«

Roland Kaiser nickte. »Ich werde auf jeden Fall das Gespräch aufzeichnen. Sobald mir etwas spanisch vorkommt ...«

»Das ist ja schon mal etwas.« Ermter steckte sich ein Gummibärchen in den Mund.

»Es gibt noch eine Spur«, sagte Walther Schrammer, einer der Kollegen von der Wache West. »Und zwar der Konditormeister Heiniken. Klewers Konkurrent um den Kreisvorsitz. Der Verlierer. Er unterstellt Klewer, die Wahl manipuliert zu haben durch gezielte Negativ-Propaganda gegen ihn.«

»Welcher Art?«

»Zum Beispiel üble Nachrede. Hier mal etwas fallen lassen, dort einen Halbsatz erwähnen und schon ist Heiniken schwul oder insolvent.«

»Ach herrje. Die Barschel-Affäre in Krefeld? Hältst du Heiniken für verdächtig?« Ermter schob sich ein weiteres Gummibärchen in den Mund, lutschte.

»Einen Grund hätte er schon. Ein Alibi hat er für die Tatzeit von Klewers Mord nicht, beziehungsweise, da hat er sich in Widersprüche verwickelt. Allerdings kann er auf keinen Fall den Vater ermordet haben. Zu der Zeit waren wir bei ihm. Ich habe ihn für morgen um acht zur Vernehmung geladen. Mal sehen, ob er eine eindeutige Aussage macht.«

»Ich werde mir die Akten von Vater Klewer vornehmen. Die aus seinem Arbeitszimmer habe ich schon hier, in sein Büro muss ich noch.« Jürgen Fischer unterdrückte ein Gähnen. »Möglicherweise finden wir auch dort Anhaltspunkte.«

»Gut, gut, gut.« Ermter nickte. »Alle, die jetzt noch Ordnung in die Akten bringen müssen, sollten das tun. Ansonsten werden wir den Bericht der Gerichtsmedizin abwarten und schauen, was die Kollegen der Spurensicherung für uns haben. Wer jetzt nichts Konkretes zu tun hat, sollte zusehen, dass er eine Mütze Schlaf bekommt. Morgen früh um sechs sehen wir uns hier wieder.«

Fischer trug die Spurenkörbe in sein Büro. Es gab nun drei Fälle, in denen sie gleichzeitig ermittelten. Der Hauptkommissar hoffte, dass sich der Fall Schikowski möglichst schnell in Wohlgefallen auflösen würde. Er stellte die Körbe nebeneinander auf seinen schon überfüllten Schreibtisch und kratzte sich am Hinterkopf.

Was war am Wichtigsten? Was sollte er zuerst tun? Fischer spürte, dass sein Nacken verspannt war, Kopfschmerzen meldeten sich an.

»Jürgen?« Ermter trat ein. »Hast du mal einen Moment?«
»Klar.«

»Du hast da was von der Schikowski gesagt. Von einem Mann.«

»Ja. Und?«

»Erzähl mal.«

Fischer lachte rau. »Da gibt es nicht viel zu erzählen. Sie hat diese Rommé-Runde. Einige Frauen, die sich regelmäßig treffen und Karten spielen. Hin und wieder auch zu einem Kaffee. Die Schikowski eher seltener, sie musste ja arbeiten. Nun hat sie wohl den Frauen erzählt, dass sie jemanden kennen gelernt hätte. Beim Spazierengehen. Einen Mann. Und das war es auch schon. Sie hat keinen Namen genannt, auch nicht, wo genau sie ihn getroffen hat. Wo er wohnt, weiß auch keine der Freundinnen. Also, eine Art Phantom, dem wir nachjagen.«

»Nachjagen?«

»Immerhin könnte sie theoretisch bei ihm sein. Sie ging in ihre Wohnung, ängstigte sich. Ihr Chef war gerade in dem Haus ermordet worden und die Nacht würde sie dort alleine verbringen müssen. Also beschließt sie, zu ihrem Bekannten zu fahren. Bei den Freundinnen hat sie sich nicht gemeldet. Familie hat sie nicht, bleibt nur der Mann.«

»Ich dachte, du meinst, der Mörder hätte sich bei ihr versteckt und sie entführt.«

»Ich weiß zu wenig, um etwas zu meinen. Solange wir keine DNA-Spuren aus der Wohnung haben, wissen wir nicht, ob jemand außer ihr dort war. Es deutet natürlich einiges darauf hin, aber sicher können wir nicht sein. Das weißt du aber. Dir geht es um etwas anderes. Um was?«

Ermter räusperte sich. »Sie hat einen Mann kennen gelernt. Weißt du, wie alt er sein könnte?«

»Ich habe dir alle Informationen gegeben, die ich habe. Mehr weiß ich nicht. Warum willst du das wissen, Guido?«

»Mein Vater. Er hat eine Frau kennen gelernt. Beim Spazieren gehen.«

»Dein Vater?«

»Meine Eltern haben sich vor einigen Jahren getrennt und seitdem lebt mein Vater alleine. In der letzten Zeit hat er zunehmend Schwierigkeiten, wird vergesslich, ist ungepflegt. Ich war heute kurz bei ihm, weil er Probleme mit dem Wasserboiler hatte. Da habe ich erfahren, dass er Besuch erwartete. Damenbesuch. Mehr wollte er nicht sagen. Ich war zwar überrascht, aber im Grunde geht es mich nichts an. Nur jetzt, als du das erzählt hast, da dachte ich … es wäre natürlich ein saudummer Zufall, was?«

»In der Tat. Würde aber einiges erleichtern, dann hätten wir den Fall Schikowski von der Backe. Ruf ihn an.«

»Jetzt?« Ermter schaute auf seine Uhr. Es war Viertel nach zwölf.

»Ja. Jetzt.«

Ermter nahm sein Handy hervor, wählte, wartete, lauschte. Dann schüttelte er den Kopf. »Er geht nicht dran.«

»Dann fahren wir hin.«

»Vielleicht hat er es nicht gehört. Oder … braucht Zeit, um wach zu werden. Ich probier es noch mal.«

Wieder meldete sich Theo Ermter nicht.

»Gib mir mal eine Zigarette, Jürgen.«

»Ich dachte, du hast aufgehört?« Fischer zog die Packung aus der Jackentasche.

»Ich höre morgen wieder auf. Fährst du mit mir hin? Ich möchte keine Streife schicken.«

Jürgen Fischer nickte verständnisvoll.

KAPITEL 48

»Das ist schon komisch.« Polizeichef Guido Ermter zog an der Zigarette, hustete, starrte auf die nächtlichen Straßen Krefelds. »Eine komische Vorstellung, dass mein alter Herr etwas mit einer Frau hat. Irgendwie hab ich gedacht, in dem Alter wäre der Fisch geputzt.«

»Das wollen wir mal nicht hoffen.« Jürgen Fischer lachte. »Hat er dir irgendetwas über die Frau erzählt?«

»Nein, nur dass er sie kennen gelernt hat. Ich verstehe allerdings nicht, dass sich jemand mit ihm treffen möchte. Nun, das muss ich vielleicht auch nicht verstehen.«

Fischer fuhr langsam am Botanischen Garten vorbei. Sein Vater war schon vor Jahren verstorben. Manchmal bedauerte Jürgen Fischer, dass er seinem Vater nie gesagt hatte, wie sehr er ihn liebte. Ihn nie in den Arm genommen hatte. Seine Gedanken wanderten zu Florian, seinem Sohn. Was würde er denken, wenn er von Martina erfuhr? Wäre er entsetzt? Enttäuscht? Fischer hatte sich schon lange vorgenommen, in Ruhe mit seinen Söhnen über die Trennung zu sprechen. Über alles zu reden. Sie waren beide fast erwachsen, lebten bald ihr eigenes Leben. Würden sie ihn verstehen? Verstanden sie Susanne?

Was war mit Susanne? Hatte sie womöglich auch einen neuen Partner? Der Gedanke drang in ihn ein und tat überraschenderweise weh.

Wenn es jemand Neuen gäbe, würde er dann bei Susanne einziehen? In sein Haus? Das er sich mühsam erarbeitet hatte, in dem viel Schweiß und Kraft von ihm steckten? Er holte tief Luft, sein Magen schmerzte. Plötzlich wurde das Gespräch mit Susanne wichtig. Er musste die Fronten klären. Fast sein ganzes Gehalt ging für das Haus drauf. Außerdem zahlte er den Lebensunterhalt für Susanne und die beiden Söhne. Für ihn blieb kaum etwas übrig. Es reichte gerade für die winzige Wohnung. Am Ende des Monats war kaum genug Geld übrig, um mit Martina essen zu gehen.

Bisher hatte er diese Gedanken verdrängt, wollte sich nicht damit auseinandersetzen. Es hatte eine Endgültigkeit, die er schwer zu akzeptieren fand.

»Da vorne ist es.« Ermter zeigte auf ein Mehrfamilienhaus. »Er wohnt im zweiten Stock. Es brennt kein Licht.«

»Es ist nach Mitternacht, was hast du erwartet?«

»Er wird doch nicht mit dieser Frau ins Bett gegangen sein?«

»Guido, du weißt doch noch nicht mal, ob sie überhaupt da war. Ich würde vorschlagen, wir schellen erst mal.«

Jürgen Fischer parkte den Wagen, stieg aus. Guido Ermter folgte ihm.

»Ich komme mir komplett blöd vor. Was, wenn das gar nicht die Schikowski ist?« Ermter blieb stehen.

»Die Chance besteht. Genauso könnte sie es aber sein. Es ist eine Spur, wir müssen ihr nachgehen. Mir wäre es recht, wenn die Schikowski dort oben bei deinem Vater ist. Dann hätten wir ein Problem weniger.«

»Das stimmt.« Er schellte. »Mann, was bin ich müde. Lass uns das hier schnell erledigen und dann nach Hause fahren. Eine Mütze Schlaf.«

»Ich wollte noch die Unterlagen von Vater Klewer durchsehen. Dort werden wir eher was finden als in der Anwaltskanzlei.«

Ermter nickte, schellte wieder. Nichts rührte sich. Er trat drei Schritte zurück, sah nach oben. »Immer noch dunkel.«

»Hört dein Vater schlecht?«

»Ja. Dem Alter entsprechend. Er hört schlecht, kann nicht

mehr gut laufen, vergisst viel. Eigentlich bin ich der Meinung, dass er eine Hilfe braucht.«

»Wenn er nicht gut zu Fuß ist, dauert es, bis er an der Tür ist.«

»Dann würde er aber wenigstens das Licht einschalten.« Ermter kniff die Augen zusammen, seufzte.

»Hast du einen Schlüssel?«

Guido Ermter klopfte seine Jackentaschen ab, zog einen Schlüsselbund heraus. Er schloss die Haustür auf. Die Wohnungstür der Erdgeschosswohnung öffnete sich einen Spalt.

»Wer sind Sie? Was wollen Sie hier um diese Zeit? Ich ruf gleich die Polizei!«, erscholl es laut durch den Hausflur.

»Immer mit der Ruhe. Ich möchte nur zu meinem Vater, Theo Ermter.«

Die Tür wurde ein wenig weiter geöffnet. Eine Frau im Morgenmantel und einem Küchenmesser in der Hand schaute sie an. »Ach, Herr Ermter. Dann ist ja gut. Ich wusste ja nicht ...«

»Schön, dass hier so aufgepasst wird.« Ermter grinste. »Aber geben Sie bloß auf das Messer acht.«

»Ihr Vater ist nicht da.«

»Was?«

»Er ist gegen halb zehn gegangen und noch nicht wieder zurückgekommen.«

»Wissen Sie wohin?« Ermter sah auf das Schild über der Klingel. »Wissen Sie, wo er hingegangen ist, Frau Schmidt?«

»Nein. Ich fand es ungewöhnlich. Er verlässt das Haus nicht mehr so oft.«

Ermter nickte. »War er alleine oder in Begleitung?«

»Alleine. Wer sollte ihn denn begleiten?« Die Frau schüttelte den Kopf.

Ermter wechselte einen Blick mit Fischer. Jürgen zog die Augenbrauen hoch und zuckte mit den Schultern.

»Tja, und jetzt?«

»Mach dir keine Gedanken, Guido. Willst du noch hoch? Nachsehen?«

In der Wohnung roch es nach scharfem Reinigungsmittel. Ermter schaltete das Deckenlicht an und sah sich um. Sein Vater hatte ganze Arbeit geleistet. Die Wohnung war aufgeräumt.

Der Polizeichef ging in die Küche. Auch hier war es sauber und ordentlich. Ein Wasserglas stand in der Spüle.

»Sieht nicht so aus, als hätte er Besuch gehabt.« Fischer gähnte.

»Nein. Lass uns fahren.« Ermter löschte das Licht, warf noch einen kurzen Blick zurück in die Wohnung, schloss dann die Tür hinter sich.

»Hast du eine Ahnung, wo er sein könnte? Stammkneipe?«

»Ich habe keinen blassen Schimmer. Er ist Mitte 70 und noch nicht dement. Im Grunde kann er tun, was er will und gehen, wohin er will. Seine Pläne scheinen sich geändert zu haben. Was geht es mich an.«

»Du machst dir Sorgen, Guido. Das ist völlig normal und verständlich.« Fischer schloss den Wagen auf.

KAPITEL 49

Jürgen Fischer fuhr Guido Ermter nach Hause. Sie hatten im Präsidium angerufen, doch dort gab es keine neuen Erkenntnisse. Da es schon nach ein Uhr war, beschlossen sie, eine kurze Schlafpause einzulegen.

Fischer fand keinen Parkplatz in der Nähe seiner Wohnung. Da er aber in spätestens vier Stunden wieder im Präsidium sein musste, stellte er den Wagen kurzerhand in einer Einfahrt ab.

Er tastete sich durch das dunkle Treppenhaus zu seiner Wohnungstür. Ob es hier auch so aufmerksame Nachbarn gab, wie bei Theo Ermter? Er kannte seine Mitbewohner noch nicht einmal alle.

Er schloss die Tür auf und schaltete das Licht an. Es roch immer noch nach geschmolzenem Käse und ausgelassenem Speck. Der Tisch war abgeräumt, die Teller und Töpfe gespült.

Martina, dachte Fischer, sie ist eine tolle Frau.

Er streifte sich die Schuhe von den Füßen und ging ins Bad.

Als er sich schwer ins Bett fallen ließ, spürte er einen warmen Körper neben sich. Erschrocken zuckte er zusammen. Das Licht hatte er nicht eingeschaltet. Er war fest davon ausgegangen, dass Martina schon längst die Wohnung verlassen hatte.

»Na du Schwerstarbeiter.« Sie kuschelte sich an ihn, schob eine Hand unter sein T-Shirt.

»Du bist noch hier?«

Martina Becker lachte leise. »Ja, das merkst du doch.«

Er legte seinen Arm um sie, spürte ihre Wärme.

»Ja«, murmelte er.

»Wann musst du wieder raus?«

»Spätestens Viertel vor fünf.«

»Dann sieh mal zu, dass du ein wenig schläfst. Ich hoffe, ich störe dich nicht.«

Er wollte antworten, aber seine Augen fielen zu und er sank in den Schlaf.

Er war es gewöhnt, mehrere Nächte hintereinander nur wenig zu schlafen. Die wenigen Stunden, die er hatte, nutzte er meist ergiebig. Es war, als ob er einen Schalter umlegen konnte: von wach auf Schlaf und umgekehrt in wenigen Sekunden.

Die Blues-Brothers-Melodie weckte ihn. Rasch griff er nach dem Handy, stellte es ab. In der Dunkelheit nahm er einen heftigen Atemzug von Martina wahr.

»Tut mir leid, dass ich dich geweckt habe.«

»Macht nichts«, sagte sie zu schnell. Fischer stutzte. Sie lag mit dem Rücken zu ihm, in die Decke eingerollt. Er strich ihr über den Rücken. Sie trug ein T-Shirt von ihm, es war schweißgetränkt.

»Was ist mit dir?«

»Nichts.«

Jürgen glaubte ihr nicht. Er nahm sie zärtlich in den Arm, küsste ihren Nacken. »Hey, du.«

»Ich hab nur schlecht geträumt. Ist schon wieder gut.«

Einen Augenblick lang hielt er sie fest, genoss das Gefühl ihrer Haut und ihres Herzschlages. Dann löste er sich widerstrebend.

»Ich muss los.«

»Ich weiß.« Sie drehte sich um, küsste ihn. »Wir sehen uns sicher nachher. Seid ihr weitergekommen?«

»Nein.«

Jürgen Fischer duschte. Er sehnte sich danach, ins Bett zurückzukehren und Martina zu lieben. Er drehte den Kaltwasserhahn auf.

Eine Viertelstunde später parkte er den Dienstwagen auf dem Parkplatz hinter dem Präsidium. Es war Wind aufgekommen, die Bäume rauschten wie Wasser.

Trotz der wenigen Stunden Schlaf, fühlte Fischer sich frisch. Noch war kaum einer der Kollegen zu sehen. Die erste Besprechung würde in einer halben Stunde beginnen. Irgendwo dudelte leise ein Radio. In der kleinen Küche gluckerte die Kaffeemaschine.

Die Tür zu Sabines Büro stand offen.

»Guten Morgen, Sabine.«

Sie schaute von den Unterlagen auf. Unter ihren Augen waren Ringe. »Jürgen. Schon da?«

»Ich wollte noch ein paar Akten durchgehen. Das wollte ich eigentlich schon gestern, aber ich musste mit Ermter noch mal raus. Und danach war ich kurz zu Hause. Bist du hier geblieben?«

Sabine schüttelte den Kopf. »Ich war auch zu Hause. Nur ein paar Stunden. Matratzenhorchdienst. Bin seit 20 Minuten wieder hier.«

»Gibt es etwas Neues?«

»Nicht, dass ich wüsste.«

Fischer nickte. »Na, dann wollen wir mal.«

»Ich muss gleich schnell noch mal zurück zu mir nach Hause. Jonas abholen.«

»Jonas?«

Sie lachte. »Der Durchläufer. Er war hier am Tisch eingeschlafen. Da hab ich ihn kurzerhand eingepackt und auf mein Sofa verfrachtet. Ich habe ihn vorhin ums Verrecken nicht wecken können.«

»Der ist noch ziemlich jung. Pass bloß auf, dass du keinen Ärger wegen Verführung Minderjähriger bekommst.« Jürgen Fischer zwinkerte ihr zu. »Wenn du gleich noch mal fährst, kannst du bitte Brötchen mitbringen.«

»Hatte ich vor. Verführung Minderjähriger? Tickst du noch ganz richtig? Ich hatte nur Mitleid. Der Kerl steht doch noch unter Welpenschutz.«

»Welpenschutz? Interessante Auffassung.«

»Mal im Ernst, Jürgen. Der Junge kommt von der Polizeischule. Als Erstes zum KK 11, mitten in eine Mordermittlung. Er hat von Tuten und Blasen keine Ahnung. Gestern hat er nur Kaffee gekocht und Pommes geholt.«

»Ja, aber was soll man denn mit ihm machen? Wir haben nicht genug Leute, um auch noch einen Babysitter für den Durchläufer zu stellen.«

»Ich habe ihn mir an Land gezogen. Er durfte mir helfen, die Vernehmungsbögen zu kopieren und die Spuren zu sortieren. Er war so dankbar, endlich wurde er eingebunden und hatte etwas Vernünftiges zu tun.«

»Nobel von dir.«

»Du darfst mich Mutter Theresa nennen.« Sabine lachte. »Ne, wirklich, er brauchte eine Aufgabe. So sehr er mir geholfen hat heute Nacht, auf Dauer kann ich ihn nicht beschäftigen. Die Spuren sind mein Job, schaff ich sie nicht alleine, ersetzt mich Ermter durch Uta. Oder noch schlimmer. Er stellt sie mir zur Seite.«

»Du hast keinen Draht zu Uta?«

»Du etwa?«

Jürgen schwieg. Er mochte Uta Klemenz nicht, war sich aber nicht sicher, warum das so war.

»Ist egal.« Sabine beugte sich wieder über die Akten. Sie klang resigniert. »Ist schon scheiße. Ich habe Jonas eine Aufgabe gegeben. Wenn du nun etwas für ihn hättest, wäre das toll.«

Fischer klopfte die Taschen seines Jacketts ab. Er fand die Zigarettenschachtel, nahm eine heraus, zündete sie an. Mit zwei Schritten war er an ihrem Schreibtisch und zog sich den Stuhl heran, setzte sich.

»Sabine, was ist los?«

»Ach, was soll los sein? Ermter sitzt mir im Nacken. Spuren und Arbeit ohne Ende. Nichts führt zu etwas. Zu wenig Schlaf. Du kennst das doch.«

»Das ist es doch nicht.« Fischer inhalierte, blies den Qualm in die Zimmerecke.

»Nein, du hast Recht.« Sie schluckte hart. »Es ist ... ich wollte nie in das Haus. Ich wollte nie sehen, wie er wirklich gelebt hat, wer er wirklich war. Und seine Söhne, die wollte ich erst recht nicht erleben. Nicht sehen. Nicht sprechen.«

Fischer rieb sich über das Gesicht. »Er war dir gar nicht so egal.«

»Ach, ich weiß auch nicht. Ich wollte mich nicht gefühlsmäßig auf eine Beziehung einlassen. Trotzdem war da natürlich etwas.«

»Verdrängen ist nicht immer eine Lösung.«

»Aber das kann ich hervorragend.« Sie fasste ihre Haare im Nacken zusammen, schlang ein Gummiband darum. »Außerdem, meinst du, ich bin mit einem Fluch behaftet?«

»Was?«

»Na ja. Jeder, auf den ich mich einlasse, stirbt. Wird erschossen. Martin, Markus.«

»Hattest du mit Heinz Klewer auch etwas?«

»Bist du wahnsinnig? Nein.«

»Er wurde aber auch erschossen.«

Sabine lachte leise. »Stimmt. Es hat mich irgendwie berührt. Der Besuch dort gestern. Ich konnte einen Blick auf einen Teil seines Lebens werfen, der vorher für mich ausgeschlossen war. Wie eine Tür, die sich plötzlich öffnet.«

»Und? Irgendwelche Erkenntnisse?«

»Das Haus wirkte auf mich steril. Zu aufgeräumt.«

»Ich denke, das hat Frau Klewer in der Hand. Die beiden hatten kein herzliches Verhältnis. Er hat dort gewohnt, nicht gelebt.«

»Da ist etwas dran.«

»Mit den Söhnen möchte ich heute unbedingt noch einmal sprechen. Wenn überhaupt, erfahren wir etwas durch sie.«

Er stand auf, nickte Sabine zu und verließ den Raum. Im Flur war inzwischen mehr Betrieb. Nach und nach tauchten alle Kollegen mit müden Gesichtern auf.

Kaffee, dachte Fischer. Ein Kaffee wäre gut.

KAPITEL 50

Es lag Frühnebel über den Feldern. Die Sonne würde ihn im Laufe des Tages auflösen. Von den hohen Grasstängeln tropfte es. Es roch nach feuchter Erde.

Sebastian fröstelte. Lustlos trat er in die Pedale. In der Nacht hatte er kaum ein Auge zugemacht und nun taten ihm alle Knochen weh. Der einzige Lichtblick war, dass es Amigo besser zu gehen schien.

Das Hoftor stand offen und es war ungewöhnlich still, als Sebastian sein Fahrrad hineinschob. War Andreas schon da? Er konnte nirgendwo das protzige Auto seines Chefs sehen.

Durch den Regen schien auch der Gestank weggespült worden zu sein. Sebastian atmete tief ein. Dann erstarrte er. Die Zwinger waren geöffnet, kein Tier war zu sehen.

War eingebrochen worden? Waren die Tiere gestohlen worden? Bei dem Gedanken musste er laut lachen. Das Lachen klang verzerrt.

»Andreas?« Panik stieg in ihm hoch. Er hatte gestern das Tor abgeschlossen. Ganz sicher hatte er das Tor abgeschlossen. Er achtete immer sorgfältig darauf.

50 Hunde konnten doch nicht auf einmal verschwinden. Er musste träumen. Ein Albtraum. Er stellte das Fahrrad ab und ging über den Hof zum Büro. Die Tür war nicht abgeschlossen.

Sein Schreibtisch stand immer noch am Fenster. Der Computer war verschwunden, ebenso das Telefon, die Aktenschränke waren ausgeräumt. Zitternd ging er zu seinem Schreibtisch, nahm den Schlüssel hervor. Eine Schublade ließ sich abschließen. Dort verwahrte er private Unterlagen. Er schaffte es kaum, den kleinen Schlüssel in das Schloss zu stecken. Zweimal musste er neu ansetzen, dann ließ sich der Schlüssel endlich drehen.

Erleichtert stieß er die Luft heraus. Seine Sachen waren noch da. Er hob die Unterlagen an. Es lag alles so da, wie er es gestern hingelegt hatte.

Er verschloss die Schublade wieder. Die Tür zu Andreas' privatem Büro stand auf. Sebastian brauchte gar nicht hineingehen, der Raum würde genauso leer und verlassen sein wie der Rest des Hauses.

Er ging trotzdem hinein, öffnete auch hier alle Schubladen. Alles leer. Alles weg.

Wohin und wieso? Er ließ sich schwer in den abgewetzten Ledersessel fallen. Was hatte das zu bedeuten? Waren sie ausgeraubt worden? Sollte er die Polizei informieren? Die Polizei, ein guter Witz, das ging natürlich nicht.

Er nahm das Handy aus der Hosentasche, wählte Andreas' Nummer.

Nur die Mailbox sprang an.

»Andreas, hier ist Sebastian. Bitte ruf mich zurück, es ist dringend.«

Er wusste nicht, wo ihm der Kopf stand. Plötzlich hatte er das Gefühl von nassem Sand im Magen. Er schaffte es gerade noch ins Badezimmer und erbrach eine wässrige, fädenziehende Flüssigkeit in die hellgrüne Kloschüssel. Anschließend hing er keuchend am Waschbecken der gleichen Farbe, ließ das kalte Wasser über seine Handgelenke rauschen. Seltsame Bilder tauchten auf der Innenseite seiner geschlossenen Augenlider auf. Horrorfilme liefen dort ab. Ihm war schwindelig.

Nach einer Weile schleppte er sich zurück ins Büro. Niemand hatte angerufen. Andreas, wo bist du, dachte Sebastian. Und wie bring ich dir bei, was hier passiert ist und was mach ich jetzt?

Der Tierarzt fiel ihm ein. Dr. Klein. Er suchte, fand die Nummer jedoch nicht in seinem Handy. Das Telefonverzeichnis auf seinem Schreibtisch war genauso verschwunden wie alles andere auch.

»Scheiße! Verdammte Scheiße!«, schrie er laut.

Die Auskunft, er würde die Auskunft anrufen.

»Ich hätte gerne die Nummer des Tierarztes Doktor Hannes Klein. Sie können mich direkt weiterverbinden? Ja, vielen Dank.« Seine Stimme klang jämmerlich.

Es klingelte zweimal, dann schaltete sich der Anrufbeantworter ein: »Die Tierarztpraxis Dr. Klein ist bis auf Weiteres aus betrieblichen Gründen geschlossen. Vertretung übernimmt …«

Sebastian drückte auf die Taste, ließ die Hand mit dem Handy sinken. Er konnte sich das alles nicht erklären. Panik und Angst packten ihn. Wussten Andreas und Hannes etwas, was er nicht wusste, aber hätte wissen sollen?

Es kribbelte unangenehm in seinen Händen, so als würden sie einschlafen. Er öffnete und schloss die Fäuste, das Gefühl veränderte sich nicht.

Ich werd verrückt, dachte er. Ich werd verrückt, verrückt, verrückt.

Er sperrte die Schublade seines Schreibtisches wieder auf, nahm die Lade heraus, leerte den Inhalt auf den Schreibtisch. Es schepperte, als Metall auf Metall stieß.

Die Waffe. Was sollte er mit ihr machen? Er wünschte, Andreas wäre hier und könnte es ihm sagen. Andreas war nicht hier und meldete sich auch nicht. Hier lassen konnte er sie nicht. Mitnehmen?

Er nahm die Pistole in die Hand. Sie war schwerer als er sie in Erinnerung hatte. Sie war ihm unheimlich.

Wohin damit? Er schaute sich um. Er erinnerte sich daran, dass in der kleinen Küche Plastiktüten sein mussten. Im Schrank unter der Spüle fand er eine. Sie klebte und roch muffig, aber das war ihm egal.

Er stopfte seine privaten Unterlagen in die Tüte, die Pistole steckte er in die Jackentasche. Ihm war flau. Was sollte er tun?

Unsicher ging er zu seinem Fahrrad. Dann dachte er an das Futter. Es wurde in der Scheune gelagert. Er schob das Tor auf. Dort lagen noch mindestens 20 Säcke Hundefutter. Er stand eine Weile da und starrte das Hundefutter an. Einen Sack würde er auf sein Fahrrad bekommen, mehr nicht. Einen Wagen hatte er nicht. Er wuchtete einen 25-Kilo-Sack auf die Schulter, legte ihn über den Gepäckträger.

Das Gewicht würde sich selbst halten, einen Gurt brauchte er nicht, solange er keine scharfen Kurven fahren würde.

Sebastian stieg auf das Fahrrad. Vielleicht, überlegte er, könnte er später noch mehr Futter holen. Mit der Menge könnte er Amigo ein Jahr lang versorgen.

Statt wie sonst nach links, fuhr er diesmal rechtsherum, Richtung Rhein. Ein Feldweg schien zum Ufer zu führen, leitete ihn aber nur in eine Sackgasse. Sebastian kehrte um.

Die Sonne brannte inzwischen erbarmungslos vom Himmel, der Boden schien zu dampfen. Er fuhr und fuhr. Trat in die Pedale, vergaß alles um sich herum. Der Weg war das Ziel. Er fuhr an versumpften Gräben entlang, die bedeckt waren mit Entengrütze. Dann machte der Pfad einen Knick und endete am Ufer des Rheins.

Hier war die Luft kühler, ein leichter Wind blies. Sebastian stieg vom Rad und lehnte es an einen Zaunpfahl.

Er ging über die Kieselsteine bis zur Wasserkante, blieb dort stehen, starrte in den Fluss.

Ein Schiff fuhr in der Fahrrinne an ihm vorbei. Wellen schwappten über seine Füße. Sebastian sprang zurück. Langsam zog er die Waffe aus der Jackentasche. Sie wog schwer in seiner Hand. Er holte aus, schmiss sie in den Rhein. Mit einem Klatschen verschwand sie im Wasser. Er hatte sich verschätzt, sie war nicht weit vom Ufer gelandet.

Er zuckte die Schultern. Die Strömung würde die Pistole mitnehmen.

Sebastian stieg auf sein Rad und machte sich auf den Weg nach Hause.

KAPITEL 51

Werner Altmann wischte mehrfach über den Spiegel. Seine Tochter hatte das Badezimmer eine Stunde lang in Beschlag gehalten. Immer wieder trommelte er gegen die verschlossene Tür, ihm rannte die Zeit davon. Jetzt würde er zu spät im Büro sein.

»Das ist die Höhe, Gesa! Wir haben oft genug darüber gesprochen. Wenn du unbedingt lustduschen willst, dann nicht morgens, wenn ich auch das Bad benutzen muss. Ich habe Termine, die ich einhalten muss.«

»Sorry. Musste mich fertig machen.« Sie rauschte an ihm vorbei. Dampfschwaden waberten durch das Badezimmer. Sie bewegten sich, als Altmann durch den Raum ging und das Fenster öffnete.

»Darüber reden wir nachher, Fräulein. Und über ein paar andere Dinge auch.«

»Ich bin heute Nachmittag nicht da. Wir treffen uns beim NABU.«

»Moment.« Werner Altmann zog den Gürtel seines Bademantels straff. Er ging hinter ihr her, hielt sie an der Haustür auf.

»Ich muss zur Schule, Papa.« Gesa sah ihn ärgerlich an. Eine kleine Person voller Wut.

»Fünf Minuten wirst du noch haben. Wohin gehst du genau nach der Schule?«

»Wir treffen uns. An der Burg Linn. Wir wollen nach den Nistkästen schauen und Müll wegräumen und so.«

»Wer ist ›wir‹?«

»Na, der NABU.«

»Ich habe gehört, dass du nicht mehr beim NABU bist, sondern eine eigene Gruppe gegründet hast.«

»Ach, das hast du gehört? Von wem?«

»Das spielt jetzt keine Rolle. Ich will wissen, ob das stimmt.«

»Und wenn?«

»Gesa, du brauchst nicht so patzig zu sein. Ich möchte nur ein paar Antworten.«

»Ich muss zur Schule.« Sie öffnete die Haustür.

Altmann hielt seine Tochter am Arm fest. »Ihr bewegt euch am Rande der Legalität. Damit ist nicht zu spaßen, Fräulein.«

»Wir verfolgen die gleichen Ziele wie der NABU auch. Wir gehen nur andere Wege.«

»Ja. Aber was ihr tut, ist verboten. Geschützten Froschlaich klauen. Und so.«

»Woher willst du wissen, ob wir das getan haben?« Sie riss sich los und verließ das Haus.

»Hier ist das letzte Wort noch nicht gesprochen!«, rief er ihr hinterher. Er fühlte sich machtlos und alleine gelassen. Die Erziehung seiner Tochter entglitt ihm zunehmend.

»Ach verdammt, Inge, ich schaff das nicht alleine. Warum hast du mich nur allein gelassen?« Er schüttelte verzweifelt den Kopf.

Er rasierte sich flüchtig, duschte schnell und zog sich an. Erst als er im Wagen saß und auf dem Weg zur Staatsanwaltschaft war, spürte er, dass sein Magen knurrte. Gestern hatte er frisches Brot gebacken. Das lag nun auf der Arbeitsplatte seiner Küche. Altmann fluchte wieder.

Der Staatsanwalt lief die Treppe zur vierten Etage hoch. Im Besprechungsraum saßen zwei Kollegen der Kripo und füllten Ermittlungsbögen aus.

»Guten Morgen. Ist Ermter im Haus?«

»In seinem Büro?« Es war mehr eine Frage als eine Antwort.

Altmann nickte trotzdem. »Danke.«

Ermters Sekretärin Christiane Suttrop telefonierte.

»Ist er da?« Sie nickte Altmann zu und winkte mit der Hand zur Bürotür. Altmann klopfte und trat ein.

»Es tut mir leid, dass ich erst jetzt komme. Gibt es etwas Neues?«

»Guten Morgen, Herr Staatsanwalt. Nehmen Sie doch Platz.«

Ermter sah müde aus.

»Wir haben eine relativ konkrete Spur. Sie führt zu einem Bauunternehmen, mit dem Klewer häufiger zusammengearbeitet hat. Einen wichtigen Hinweis darauf haben wir von einem seiner Konkurrenten erhalten. Dieser ist jedoch so auskunftswillig, dass er nicht verdächtig ist.«

»Eine konkrete Spur?«

»Ja, es ist eine Baufirma mit Sitz in Holland und Schweden. Sie beschäftigt Leiharbeiter, die überwiegend aus dem Osten kommen. Durch Drohungen und Lohndumping schlagen sie die Konkurrenz. Ein Teil dieser Bautrupps ist auch kriminell. Von Raub über Erpressung, Körperverletzung, Prostitution, es ist alles dabei. Klewer Junior hat einige verteidigt, Klewer Senior immer wieder mit ihnen gearbeitet. Der Chef der Firma ist abgängig. Wir haben bei Europol die Fahndung gemeldet.«

»Fabelhaft. Dann muss ich das nur richterlich absegnen lassen. Kein Problem. Sonst noch etwas?«

»Eine weitere Spur führt ins Ausland, weiter weg, nach Australien. Da geht es um Müllverschiebung. Hohe Summen sind im Spiel, es ist Sondermüll. Wir versuchen gerade den Kontakt zu den Kollegen in Down Under herzustellen und herauszufinden, was es damit auf sich hat.«

»Klingt schwierig. Wenn das Motiv in dem Bereich liegt, werden wir den Täter wahrscheinlich nie fassen.«

»Ach, Wunder geschehen immer wieder. Die Spurensicherung hat bestätigt, dass beide Männer mit derselben Waffe erschossen wurden. Sig Sauer.«

»Fabelhaft. Also stimmte unser Verdacht, dass nur ein Täter in Frage kommt. Immerhin.« Altmann nickte.

»Solange wir nicht wissen, wer es war, hilft das nicht wesentlich.« Ermter zog eine Packung Zigaretten aus der Tasche.

»Ich dachte, Sie hätten aufgehört?«

»Hab ich auch.« Ermter räusperte sich. »Um zehn treffen wir uns mit der Presse.«

Altmann schaute auf die Uhr, nickte. »Dann geh ich mal die Akten durch und spreche mit dem Richter.«

»Volkers möchte Frank Heiniken vorladen. Fischer Klewers Söhne.«

»Die Söhne vorladen? Muss das sein?«

Guido Ermter zuckte mit den Schultern. »War nicht meine Idee. Sprechen Sie mit Fischer, er wird seine Gründe haben.«

Altmann verzog das Gesicht. Er fand es nicht richtig, die betroffene Familie derart zu belasten. »Und die Haushälterin?«

»Ist immer noch verschwunden. Soweit ich weiß, gibt es auch noch keinen Hinweis aus der Bevölkerung. Um halb zehn machen wir eine Kurzbesprechung.«

»Ich bin dabei.«

KAPITEL 52

»Na, schmeckt dir das?« Sebastian streichelte dem großen Hund über den Kopf, kraulte ihn hinter den Ohren. Der Hund hatte sich aufgerichtet, fraß von dem Trockenfutter. »Dir geht es ja schon wieder richtig gut.«

Er saß im Schneidersitz neben dem Hund auf dem Boden. Vor ihm lag sein Handy. Dreimal hatte er überprüft, ob der Akku noch geladen war. Zwei weitere Male hatte er auf Andreas' Mailbox gesprochen. Eine Rückmeldung war bis jetzt nicht gekommen.

Sebastians Hände waren schweißnass, trotzdem fröstelte er.

Als das Handy klingelte, zuckte er zusammen. Fahrig griff er danach, ließ es beinahe fallen. Seine Finger zitterten und es gelang ihm kaum, die grüne Taste zu drücken.

»Ja?«

»Sebastian?«

»Ja.« Es war Andreas. Sebastian hatte einen dicken Kloß im Hals, was sollte er sagen? Wie sollte er seinem Chef beibringen, dass alle Hunde verschwunden waren?

»Hör zu. Es hat sich da was ergeben. Bist du auf dem Hof?«

Sebastian schüttelte den Kopf. Er schluckte, öffnete den Mund, aber es kamen keine Worte.

»Sebastian?« Andreas wurde lauter. Er hörte sich ungeduldig an.

»Ich war da. Jetzt bin ich zu Hause ... die Hunde ... es ...«, stammelte er.

»Ja, ja. Die Hunde sind weg. Wir haben sie heute Nacht weggebracht.«

»Was? Weshalb?«

»Ich habe mitbekommen, dass uns jemand auf der Spur ist.

Wir mussten verschwinden, so schnell es ging. Tut mir leid, dass ich dich nicht informieren konnte. Ich schicke dir noch das Gehalt für diesen Monat.«

»Und dann? Wie geht es weiter?«

Andreas schwieg. Dann räusperte er sich. »Für dich ist es vorbei.«

»Wie vorbei? Wie meinst du das?«

»Ich kann dich nicht weiter beschäftigen.«

Sebastian schüttelte wieder den Kopf. Er verstand das Ganze nicht.

»Du darfst natürlich mit niemandem darüber reden. Du weißt schon. Über unsere Geschäfte. Wenn dich jemand fragt, weißt du einfach nichts.«

»Fragen? Wer soll mich fragen?«

»Bist du betrunken oder so? Falls die Polizei auftaucht, meine ich. Wenn sie dir Fragen stellen. Dann weißt du von nichts. Du weißt nicht, was wir gemacht haben und wie. Und über die Gelder weißt du natürlich auch nichts. Du bleibst am besten bei der Geschichte, die wir allen erzählt haben.«

»Polizei?«

»Ja. Mensch. Nun tu doch nicht so blöd. Klewer ist tot. Er ist ermordet worden.«

»Ich weiß. Aber das löst doch eher unsere Probleme.«

»Was? Hast du einen Schaden? Nein, es löst durchaus nicht unsere Probleme. Und woher weißt du, dass Klewer tot ist?«

Sebastian ging nicht auf die Frage ein. »Aber ich dachte, er wäre gefährlich für unser Geschäft. Wegen des Bauvorhabens.«

»Du hast einen Knall. Wieso sollte das für uns gefährlich werden?«

»Weil … na, wenn die bauen würden, dann würde der Hof doch sicher auffliegen. Er liegt ja in dem Baugebiet.«

»Das ist richtig. Das wäre aber kein Problem gewesen. Jedenfalls nicht, solange Klewer den Bau geleitet hätte. Nun ist er aber

tot und jemand anderes wird das Projekt übernehmen. Und dann würden wir auffliegen. Klewer war keine Gefahr, er war ja unser Geldgeber, er wusste, was wir tun.« Andreas lachte höhnisch. »Aber das ist nun auch egal. In deinem Schreibtisch …«
»Ja?«
»Die Waffe …«
»Ich habe sie entsorgt.«
»Gut!« Andreas legte auf, ohne ein weiteres Wort.

Einen Moment lauschte Sebastian dem atmosphärischen Rauschen des Telefons, dann wurde ihm schwindelig. Langsam ließ er das Handy sinken. Klewer war ihr Geldgeber? Das konnte nicht sein, das konnte einfach nicht sein.

»Aber … aber …« Wie lange er so dagesessen hatte, konnte er nicht sagen. Alles verschwamm um ihn herum, schien sich aufzulösen. All seine Pläne, seine Hoffnungen. Er hatte seinen Job verloren. Andreas war verschwunden. In einem schwindelerregenden Tempo drehte sich alles und verwischte.

Er kam zu sich, als der Hund ihm über das Gesicht leckte.

»Lass das!«, sagte er schnaubend mit einem bitteren, kleinen Auflachen. »Was machen wir jetzt, Amigo? Was sollen wir bloß tun?«

Der Hund winselte leise. Er stand vor Sebastian, sah ihn mit den großen braunen Augen an, drehte sich dann langsam um und humpelte zur Wohnungstür.

»Du musst raus?« Sebastian stand auf. Ihm war immer noch schwindelig. Vielleicht würden ihm frische Luft und Bewegung guttun. Da er keine Leine hatte, nahm er einen Gürtel und schlang in lose um Amigos Hals. Er bemühte sich, nicht an die Wunde zu kommen.

Langsam stiegen sie die Treppen hinunter. Auf dem Absatz legte sich der Hund erschöpft auf den Boden, hechelte. Dann stand er wieder auf, ging die nächsten Stufen hinab. Auf der Straße erleichterte sich das Tier sofort.

»Braver Kerl. Hast so lange angehalten, bis wir draußen waren.« Sebastian versuchte, den Hund dazu zu bewegen, ein paar Schritte zu gehen. Nach wenigen Metern blieb Amigo stehen. Seine Flanken zitterten. Er legte sich auf den Boden.

»Und nun? Wir können doch nicht hierbleiben.« Sebastian zog sanft an dem Gürtel, es half nichts, der Hund blieb liegen.

Mutlos sah Sebastian die Straße entlang. Ein Streifenwagen bog um die Ecke. Sebastian zog heftiger an dem Gürtel. »Komm schon. Los steh auf! Komm jetzt!«

Er zog das Tier zurück zum Haus, schloss die Tür hinter sich und lehnte sich dagegen. Sein Herz pochte bis zum Hals und rote Nebel schienen durch das Treppenhaus zu ziehen.

Ob sie angehalten hatten? Waren sie jetzt schon auf dem Weg zu ihm? Was sollte er erzählen? Die Wahrheit? Er hatte sich mitschuldig gemacht. Er hatte alles versaut.

KAPITEL 53

»Hast du etwas von deinem Vater gehört, Guido?«

Fischer setzte sich auf die Schreibtischkante, reichte seinem Chef eine Tasse Kaffee. »Hier, so schlecht wie immer, dafür aber heiß.«

»Nein. Ich habe meinen Vater nicht erreichen können. Ich habe aber keine Zeit jetzt noch mal dort hinzufahren. Ich werde gleich eine Streife bitten, bei ihm nachzusehen.« Ermter nahm den Becher, blies hinein. »Danke.«

»Das ist ja verrückt. Er kann doch nicht einfach so verschwunden sein.«

»Die Schikowski ist es ja auch. Kein einziger Hinweis aus der Bevölkerung. Noch nicht mal von Außerirdischen ist sie entführt worden.«

»Wie vom Erdboden verschluckt.« Fischer nippte an der schwarzen Brühe, verzog das Gesicht. »Ich möchte mal wissen, warum der Kaffee immer so grausig schmeckt. An der Marke kann es nicht liegen, wir haben schon alle durchprobiert.«

»Es liegt am Wasser, Jürgen. Das Wasser hier in der Innenstadt ist unglaublich hart. Ich hoffe, du nimmst regelmäßig Entkalker für deine Waschmaschine, sonst ist die bald hin.«

Fischer überlegte. Hatte er überhaupt Entkalker? Er musste auf jeden Fall dringend waschen.

»Was mich ganz besonders wundert, ist, dass noch nicht *ein* Hundehalter sich gemeldet hat. Bei dem Fall zum Nachteil von Markus Klewer habe ich fest damit gerechnet. An der Burg gehen doch Heerscharen mit ihren Kötern spazieren.« Ermter schnaubte. »Und zu Hause macht meine Tochter einen riesigen Aufstand. Sie will einen Hund.«

»Einen Hund? Bei euch?« Hauptkommissar Jürgen Fischer lachte. »Ausgerechnet. Wie kommt sie denn auf die Idee?«

»Freunde von ihr arbeiten bei einem gemeinnützigen Verein oder so. Sie hat zwar versucht es zu erklären, aber ich gestehe, ich habe nicht richtig zugehört.«

»Du hast nicht zugehört? Deiner Tochter nicht zugehört, das ist ein Schwerverbrechen, du bist verhaftet. Was ist das denn für ein Verein?«

Fischer dachte an Jakob Schink. Er hatte sich noch nicht um ihn kümmern können. Vielleicht war das die passende Aufgabe für den Durchläufer.

»Ich sag doch, ich hab nicht genau zugehört. Die retten irgendwelche Hunde aus Tierheimen in Spanien. Oder sammeln Straßenhunde auf. Julia hat ihr Taschengeld dafür gespendet. Offensichtlich finanzieren die sich über Spendengelder.«

»Ich finde es gut, wenn junge Leute motiviert sind und sich engagieren.«

»Dagegen sage ich doch auch nichts. Ich möchte nur im Leben keinen Hund haben. Hunde stinken, sabbern, beißen. Man muss mit ihnen rausgehen und sie besetzen den besten Platz auf dem Sofa.«

Fischer lachte. »Klingt, als hättest du Erfahrung damit.«

»Meine Mutter hat Hunde. Immer schon.«

»Sag mal, könnte es sein, dass deine Mutter weiß, wo dein Vater ist?«

»Nein. Im Leben nicht. Sie sind seit Jahren geschieden und reden kein Wort mehr miteinander. Außerdem ist sie sowieso die meiste Zeit des Jahres in Spanien. Da hat ihr Lebensgefährte ein Haus.«

»War nur so eine Idee. Willst du deinen Vater als vermisst melden?«

»Quatsch. Er wird schon wieder auftauchen. Um halb zehn machen wir eine Kurzbesprechung. Dann ist die Meldung einige Male im Radio gelaufen und vielleicht gibt es endlich neue Spuren. Ansonsten tappen wir ganz schön im Dunkeln.«

»Stimmt. Schwierig. Ich wollte nach der Besprechung ins Krankenhaus fahren und sehen, ob Birgit Klewer ansprechbar ist.«

»Warum?«

»Keine Ahnung, Chef. Nur so ein Gefühl. Ich bin mir sicher, sie weiß mehr, als sie zugibt.«

»Du und deine Ahnungen, Jürgen.«

Im Besprechungszimmer sortierte Jonas Ingenpass Vernehmungsbogen. Sabine stand neben ihm. »Prima, du hast das Prinzip begriffen. Klappt ja gut.«

»Okay, aber jetzt sind wir fertig. Was kann ich jetzt tun?«

»Jetzt müssen wir abwarten, ob die Kollegen etwas Neues haben. Wahrscheinlich kommt gleich ein ganzer Stapel Telefonnotizen an.«

»Brauchst du deinen Kollegen gerade?« Jürgen Fischer trat zu ihnen.

»Wen? Jonas?« Sabine schüttelte den Kopf. »Im Moment nicht.«

»Gut. Ich hätte da nämlich etwas, was du für mich tun kannst.« Fischer sprach den jungen Kollegen direkt an.

»Ja? Was?«

»Jemandem ist der Hund abhandengekommen. Hört sich vielleicht lustig an, aber mir liegt etwas an dem Mann. Er ist schon älter und dieser Hund bedeutet ihm viel.«

»Etwa der alte Herr Schink?«, fragte Sabine.

»Genau der. Ben ist seit ein paar Tagen weg. Herr Schink kann sich nicht vorstellen, dass er weggelaufen ist. Und eigentlich glaube ich das auch nicht. Aber man weiß ja nie.«

»Ich soll einen Hund suchen?« Jonas verzog das Gesicht.

»Nein. Schink hat schon alles abgesucht. Aber vielleicht kannst du dich mit ihm in Verbindung setzen und noch mal genau nachfragen, seit wann und wo Ben verschwunden ist. Und dich dann an die Tierheime und Tierpensionen in der Umgebung wenden. Möglicherweise ist er gefunden und abgegeben worden.«

Jonas nickte verstehend. »Ich könnte auch nachfragen, ob in der letzten Zeit häufiger Tiere verschwunden sind. Manchmal ziehen so Trupps durch die Gegend, sie sammeln alles auf vier Pfoten ein und verkaufen sie dann als Versuchstiere. Die haben ein ausgeklügeltes System.«

»So etwas befürchte ich auch. Es wäre schrecklich für den Mann.« Fischer zündete sich eine Zigarette an.

»Meine Tante hat dann einen Hund aus Spanien adoptiert. Da gibt es Organisationen, die dort Straßenhunde retten. So eine Tiervermittlung kostet eine Stange Geld, aber das war es ihr wert.«

»Hunde zu retten scheint ja der Trend zu sein. Ermter hat auch gerade davon erzählt.«

»Ermter will einen Hund?« Sabine sah Fischer ungläubig an.

»Nein, er nicht. Seine Tochter.«

»Hast du die Nummer von dem Mann, wie hieß er noch? Schink?« Jonas sah ihn fragend an.

»Ja, die hab ich in der Kartei. Aber wir warten erst mal die Besprechung ab, vielleicht ergibt sich ja noch eine andere Aufgabe für dich. Die MKs gehen natürlich vor.« Fischer grinste. Ihm gefiel der Eifer des jungen Kollegen.

Es war noch eine Viertelstunde bis zur Besprechung. Hauptkommissar Fischer beschloss, vorher noch mal durch seine Unterlagen zu gehen. In Heinz Klewers Akten war ein Name aufgetaucht, der ihm vage bekannt vorkam. Die Zeit würde reichen, um den Namen zu überprüfen.

KAPITEL 54

Im Flur begegnete Fischer der Staatsanwältin Martina Becker.

Sie grüßte knapp und ging an ihm vorbei. Erstaunt blieb er stehen.

»Martina? Guten Morgen.«

»Morgen.« Sie sah ihn nicht an.

Fischer ging ihr nach, hielt sie an der Schulter fest. »Was ist los?«

»Was soll los sein? Ich habe zu tun.« Ihre Stimme klang frostig.

»Irgendetwas ist doch passiert.«

»Wie kommst du darauf?« Sie schüttelte seine Hand ab.

»Martina …« Wie kam es, dass sie sich innerhalb von wenigen Stunden derart veränderte? Heute Nacht hatte sie sich an ihn gekuschelt und nun sah sie ihn mit einem eiskalten Blick an. Er schüttelte verwirrt den Kopf. »Was ist los?«

»Nichts ist los. Gar nichts. Ich bin heute Morgen aufgestanden und habe mir Kaffee gekocht. Das Telefon klingelte. Ich bin drangegangen. Es tut mir leid. War ein reiner Impuls.«

»Das macht nichts.«

»Doch, das macht was.«

»Weil?«

»Weil deine Frau am Apparat war.«

»Susanne?«

»Ja, genau die. Sie war sprachlos, dass ich mich meldete. Zuerst war sie sprachlos. Dann nicht mehr. Sie hat mich regelrecht beschimpft. Mich gefragt, ob mir bewusst sei, dass du verheiratet bist.«

»Was?«

»Ja, ganz genau: was? Was soll das, Jürgen? Bist du nun getrennt oder nicht? Ich meine, wenn wir hier eine Art Affäre führen, dann hätte ich das gerne vorher gewusst.« Ihre Stimme wurde immer lauter.

»Martina ...« Jürgen Fischer sah sich betreten um. Einige Kollegen waren stehen geblieben, lauschten offensichtlich dem Streit. Ihm stieg die Röte ins Gesicht. »Darüber sollten wir reden, aber nicht hier und nicht jetzt.«

»Ach? Soll ich einen Termin ausmachen?« Sie drehte sich um und ließ ihn stehen.

»Ärger?« Ermter schlug Fischer freundschaftlich auf die Schulter.

»Ich weiß auch nicht, ich glaube, ich hatte gerade eine Art Erscheinung.«

»War eine laute Erscheinung. Vielleicht bekommt sie ihre Tage. Meine ist dann auch zickig. Das gibt sich wieder.«

»Hoffentlich.«

Fischer ging in sein Büro. Er schaltete den Computer ein, nahm die Akten von Klewer hervor. Da war eine private Rechnung. Die Summe war hoch, einige 1.000 Euro. Datiert auf den letzten Herbst. Ausgezahlt an Stephan Mertens.

Die Rechnung war eine unter vielen. Nur zufällig hatte er sie entdeckt. Konnte das sein? Konnte es wirklich sein, dass Heinz Klewer Kontakt zu Stephan Mertens gehabt hatte? Wie viele Männer mit diesem Namen mochte es geben? Er gab den Namen ein, klickte die Suchfunktion an. 746 Ergebnisse. Davon aber nur vier in der Region.

Eine Adresse stand nicht auf Klewers Rechnung. Fischer überlegte. Er müsste an die Kontoauszüge kommen. Dafür bräuchte er eine richterliche Verfügung.

Im Moment war Fischer wirklich froh, dass nicht Martina Becker den Fall staatsanwaltschaftlich betreute.

Was mochte wohl in Susanne gefahren sein, dachte er. Die Trennung war von ihr ausgegangen. Natürlich hatte er mit ihr nicht über Martina gesprochen, warum auch? Was ging sie das noch an? Natürlich waren sie noch verheiratet, aber sie lebten seit fast zehn Monaten getrennt. Wusste er denn, ob es andere Männer in ihrem Leben gab? Sein Sohn hatte mal eine Bemerkung gemacht, die Fischer vermuten ließ, dass sie sich mit jemandem traf.

Er seufzte, packte die Unterlagen zusammen und ging zum Besprechungsraum.

Staatsanwalt Werner Altmann stand im Flur vor der Tür und sprach leise mit Guido Ermter. Fischer blieb zögernd vor ihnen stehen. »Störe ich?«

»Fischer. Nein, nein. Gibt es irgendwas?« Altmann stopfte die Hände in die Hosentaschen. Er sah mürrisch aus.

»Ich brauche eine richterliche Verfügung, die Bankdaten von Heinz Klewer einsehen zu dürfen.«

»Das ist kein Problem. Wieso brauchen Sie die? Haben Sie eine neue Spur?«

»Klewer hat letzten Herbst einem Stephan Mertens eine relativ hohe Summe gezahlt.« Fischer reichte Altmann die Rechnung.

»Stephan Mertens?« Guido Ermter zog hörbar die Luft ein. »Das ist nicht dein Ernst. *Unser* Stephan Mertens?«

»Das weiß ich nicht, Guido. Auf der Rechnung steht nur der Name, keine Adresse. Vom Zeitpunkt her würde es hinkommen.«

»Wer ist Stephan Mertens? Ein Name, den ich mir hätte merken müssen?« Altmann sah von einem zum anderen.

»Stephan Mertens war ein Kollege bei uns im KK 11. Er hatte sich auf Bestechungen eingelassen. Letztes Jahr im Herbst hat er Sabine Thelen entführt und beinahe getötet. Wir sind ihm noch gerade rechtzeitig auf die Spur gekommen.«

»Ach, ich erinnere mich. Der Schaufensterpuppen-Fall. Ja, Mertens. Und der hat Geschäfte mit Klewer gemacht?« Altmann nickte nachdenklich. »Ging es bei der Bestechung um Bauwesen?«

»Nein, das war Schutzgelderpressung.« Fischer rieb sich über das Kinn. »Es gibt allerdings hier in der Region vier weitere Männer dieses Namens. Und die Rechnung deutet nicht wirklich auf ein Verbrechen hin. Trotzdem …«

»Fischer, warum können wir das nicht gleich in der Besprechung diskutieren? Ich verstehe im Moment nur Bahnhof und die anderen warten.« Altmann wurde ungeduldig.

Hauptkommissar Jürgen Fischer und Polizeichef Guido Ermter wechselten einen Blick.

»Wegen Sabine. Sabine Thelen.« Fischer wühlte in seiner Jackentasche, als ob er dort die passenden Worte suchte, zog aber nur die Zigaretten hervor, nahm sich eine und reichte die Packung an Ermter weiter.

»Mertens hat damals den Lebensgefährten von Sabine liquidieren lassen, einen unserer besten Kollegen. Dann hat er sie entführt und wollte sie töten. Sie verlor ihr Kind.«

»Das wusste ich nicht. Das ist furchtbar!« Altmann holte tief Luft und sah sich um. »Lassen Sie uns in eines der Büros gehen und die Sache in Ruhe klären.«

»Gut.« Fischer kehrte um und führte die beiden Männer in sein Büro.

»Es geht um Sabines Waffe. Mertens entführte sie damals und seitdem war ihre Dienstwaffe verschwunden. Wir nahmen damals an, dass Mertens sie genommen hatte, konnten die Waffe aber nicht finden.« Fischer zog an seiner Zigarette, warf Ermter einen Blick zu. Ermter sah ihn jedoch nicht an.

»Heikel ist, dass beide Klewers mit einer Sig Sauer erschossen wurden. Sabines Sig Sauer.«

»Ich verstehe, verstehe. Das ist doch im Prinzip gut.« Altmann kratzte sich am Hinterkopf. »Nein, ist es nicht, denn Mertens fällt als Täter aus. Er wurde bei der Festnahme erschossen, richtig?«

»Richtig.«

»Und wie passt das dann? Was hat das mit der Rechnung auf sich? Was vermuten Sie, meine Herren?«

»Nun ja. Ein weiteres Problem ist, dass Sabine Thelen ein Verhältnis mit Markus Klewer hatte.« Ermter räusperte sich. Fischer verdrehte die Augen. Musste das sein? Musste der Chef das erwähnen? Er konnte doch unmöglich Sabine verdächtigen.

»Sie hatte bitte WAS?« Altmann schrie fast. »Und Sie haben sie noch nicht von dem Fall zurückgezogen? Sind Sie des Wahnsinns?«

»Immer mit der Ruhe, Herr Staatsanwalt«, versuchte Fischer zu beschwichtigen. »Sabine ist nicht verdächtig.«

»Oh doch!«

»Nein. Sie hat von Anfang an mit offenen Karten gespielt.«

»Ja.« Ermter nickte bedächtig. »Dir gegenüber. Ihr seid ... befreundet ...?« Er ließ es wie eine Frage klingen.

»Ja, wir sind ... befreundet. Mensch, Guido, wie das klingt. Glaubst du, ich geh mit ihr ins Bett und lass mich bezirzen oder was?« Nun wurde Fischer laut. »Sabine hat NICHTS mit dem Mord zu tun. Sie hat freiwillig die Spuren übernommen, um nicht aktiv an der Ermittlung tätig zu sein.«

»Wer weiß, wie sie die Spuren filtert.« Altmann zog die Augenbrauen hoch.

»Das ist mehr als lächerlich. Das würde Sabine nie tun.«

KAPITEL 55

»Bist du zu Hause oder auf dem Hof?« Gesas Stimme am Telefon klang, als wäre sie weit weg.

»Ich bin zu Hause, Süße. Ist was passiert? Wo bist du?« Sebastian rieb sich über die Augen. Er hatte den Hund in die Wohnung geschafft. Die letzten Stufen musste er ihn tragen. Obwohl er Amigo schon einmal getragen hatte, erschien der Hund ihm heute viel schwerer als vorgestern. Nachdem Amigo wieder auf seiner Decke lag, trank Sebastian zwei Whiskey, dann schlief er ein. Das Handy weckte ihn.

»Ich stehe vor der Haustür.« Gesa zog die Nase hoch.

»Ich mach dir auf.« Als er aufstand, schwankte alles um ihn herum. Er ging langsam zur Tür, stützte sich an der Kommode, am Tisch, am Türrahmen ab. Schließlich erreichte er die Tür, drückte auf den Knopf, hörte den Summer, öffnete die Wohnungstür und schleppte sich zurück zu dem Bettsofa. Sein Kopf brummte. Seit gestern hatte er nichts mehr gegessen. Der Whiskey machte sich mehr als unangenehm bemerkbar.

Gesa schloss die Wohnungstür hinter sich, blieb in dem kleinen Flur stehen, sah Sebastian an.

»Ist was mit dir?«

»Nää, wieso?« Er verschliff die Silben, zog die Worte lang.

»Du siehst komisch aus. Hier stinkt es.« Gesa rümpfte die Nase, ging zum Fenster, öffnete es weit. »Warum bist du nicht auf der Arbeit?«

»Nix Arbeit. Ist vorbei.«

»Vorbei?«

»Japp.«

»Was meinst du damit, Sebastian?«

»Ich habe keine Arbeit mehr. Andreas hat mich gefeuert.«

»Oh. Und jetzt?«

»Weiß ich doch nicht.«

»Warst du schon beim Arbeitsamt?« Gesa verschränkte die Arme vor der Brust. Auf einmal erinnerte sie ihn an seine Mutter.

»Arbeitsamt? Hast du einen Knall?« Er hörte, dass seine Stimme lauter wurde, es war ihm egal. »Was soll ich denn dort?«

»Dich arbeitslos melden?« Gesa lächelte, es sah nicht freundlich aus. »Du hast getrunken.«

»Mich arbeitslos melden? Ja, klar. Weißt du, du hast doch einen Knall. Einen überirdischen Knall. Du hast einfach keine Ahnung. Ja, ich habe getrunken. Stört es dich?«

»Ja, es stört mich. Es ist noch nicht mal Mittag.«

»Ist mir egal. Komm, trink auch einen. Ist ein superguter Whisky. Der wäre sogar gut genug für deinen Vater.«

»Was hat mein Vater damit zu tun?«

»Ach, du und dein Vater. Etepetete, alles vom Feinsten. Kein Wunder, ihr habt Geld, ihr könnt euch alles leisten, braucht nicht darüber nachzudenken. Du kannst sogar Vergehen begehen, dein Vater wird dich immer schützen.«

»Vergehen?«

»Ja, Froschlaich klauen und so. Das kannst du machen. Aber wenn es um die wirklich schlimmen Dinge geht, was ist dann? Wo ist dann dein Vater?«

»Wovon sprichst du, Sebastian?«

»Ach egal.« Er winkte ab.

»Nein, das ist nicht egal. Ich will darüber reden. Jetzt.« Gesa kam zu ihm, setzte sich neben ihn. Sebastian griff nach ihrer Hand, sie entzog sie ihm wieder. »Was meinst du damit?«

»Na, die Sache mit Klewer.«

»Klewer?«

»Gesa, tu nicht so blöd. Du hast mir erzählt, dass du ihn getroffen hast. Mit ihm geredet hast. Aber irgendetwas war komisch. Du warst komisch danach. Ich weiß, wovon ich spreche. Ich kenne dich.«

»Ich war komisch?«

»Hör auf! Hör doch auf. Tu doch nicht so. Natürlich warst du komisch. Du hast dich mit Klewer getroffen, wolltest mit ihm über das Naturschutzgebiet sprechen. Ja. Und danach? Danach warst du anders. Weshalb hast du nie gesagt. Nie. Du hast seitdem nicht einmal mehr mit mir geschlafen.«

»Natürlich hab ich hier geschlafen. Red keinen Scheiß!« Sie sah ihn nicht an. Ihre Stimme wurde leise.

»Hier ja, aber nicht mit mir. Nicht mit mir.« Sebastian nahm die Whiskeyflasche, tastete nach dem Glas, fand es nicht. Er setzte die Flasche an den Mund und nahm einen großen Schluck.

»Ich rede von Sex. Liebe machen.« Er wischte sich den Mund mit dem Handrücken ab, verschloss die Flasche wieder. »Das gab es nicht mehr. Nicht mehr, seitdem du mit Klewer gesprochen hattest. Stattdessen hattest du Albträume. Ich bin zwar arm, aber blöd bin ich nicht.«

Gesa schwieg.

»Ich bin nicht blöd«, murmelte Sebastian. Er nahm das Kissen, ballte es vor seinem Bauch zusammen, so als müsse er sich schützen.

»Nein, weiß ich.« Gesa klang verloren.

»Aber …« Sebastian richtete sich auf. »Aber das ist jetzt vorbei.«

»Was ist vorbei?« Sie sah ihn immer noch nicht an.

»Das mit Klewer. Du brauchst keine Angst mehr haben. Egal, was er dir getan hat.«

»Ich weiß.« Sie zog wieder die Nase hoch.

»Du weißt? Woher weißt du das? Ich meine, du brauchst wirklich keine Angst mehr haben. Er ist tot.«

»Sicher, ja, klar. Weiß ich. Seit Montag.«

»Was?«

Gesa stand auf, ging zu dem Hund, der in der Nische auf der Decke lag. Amigo wedelte mit dem Schwanz, als sie zu ihm trat, ein leises Klopfen war zu hören. Der Hund richtete sich auf, leckte ihr über die Hand, die sie ihm entgegenstreckte.

»Ihm geht es besser.« Ihre Stimme klang tonlos.

»Ja. Ja, es geht ihm besser. Er hat gefressen und wir waren sogar kurz vor dem Haus. Er musste.«

»Echt?« Es lag keine wirkliche Freude in ihrer Stimme. Sie hockte neben dem Hund nieder und streichelte ihn. »Ich würde ihn so gerne behalten.«

Sebastian griff wieder zu der Flasche, trank einen weiteren Schluck. Er hatte das Gefühl, nicht mehr alles zu verstehen, was sie sagte. Nicht mehr den Sinn mitzubekommen, ihren Tonfall nicht einschätzen zu können.

»Wir können ihn behalten. Wird schon gehen irgendwie.« Er nuschelte, es fiel ihm selbst auf. Sie hatte etwas gesagt. Etwas gesagt, was ihn verstörte. Was war das? »Wieso ist er Montag gestorben? Gestern war Mittwoch. Wenn du Mittwoch überlebst, ist Donnerstag.« Sebastian kicherte. Der Spruch war von den Missfits. Seine Mutter hatte die beiden Kabarettistinnen geliebt.

»Klewer wurde Montag ermordet. Montag. Er war der Tote an der Burg. Erinnerst du dich an die Polizisten? An den Aufruhr? Das war Klewer. Er ist erschossen worden.«

»An der Burg? Montag?« Sebastian konnte ihr nicht folgen. »Was? Heinz Klewer ist gestern gestorben. Gestern. Bei sich zu Hause. Er ist tot. Du musst ihn nicht mehr fürchten. Er kann dir nichts mehr tun. Und irgendwann erzählst du mir, was er dir angetan hat. Irgendwann.«

»Heinz? Wieso Heinz? Ich spreche von Markus Klewer. Markus Klewer dem Kreisparteivorsitzenden, dem Anwalt.

Dem ... Arschloch der mir gedroht hat. Der mich unter Druck setzen wollte wegen des Froschlaichs. Diesem Widerling. Er wurde Montag erschossen. Montagnacht. Erinnerst du dich? Da habe ich hier bei dir geschlafen. Heinz ist sein Vater, der hat nichts damit zu tun.«

Sebastian sah sie an. Ihre Stimme klang flach und fremd. Dann lachte er. Ein kurzes Schnauben ohne Heiterkeit.

KAPITEL 56

»Sabine ist niemals verdächtig. Alle weiteren Kommentare von Ihnen und dir auch, Guido, sind überflüssig. Mehr als das.« Fischer schnaubte vor Wut. »Wie kannst du das auch nur in Erwägung ziehen?«

»Jürgen, bleib auf dem Teppich! Wir besprechen nur Fakten. Seit Mertens sie entführt hat, ist ihre Waffe *angeblich* verschwunden. Angeblich. Nach ihrer Aussage. Keiner war in ihrer Wohnung. Dort wurden keine Spuren genommen. Wir sind einfach davon ausgegangen, dass Mertens die Waffe hatte. Dann war Mertens tot. Die Sig Sauer wurde weder bei ihm noch in seinem Haus gefunden. Sabine hatte ein Verhältnis mit Klewer.«

»Und? *Und?* Was willst du damit sagen?« Fischer spürte, dass die Adern in seinem Hals gefährlich anschwollen. »Sie hat die Waffe zurückgehalten? Um sie ein halbes Jahr später bei dem neuen Lover einzusetzen? Für wie blöd hältst du Sabine?«

Ermter massierte sich den Nacken, dann streckte er wortlos die Hand aus. Ebenso wortlos reichte Fischer ihm die Zigarettenpackung. Ermter nahm eine, steckte sie an; inhalierte, als ob es die letzte wäre vor dem elektrischen Stuhl.

»Wir wissen eine ganze Menge nicht. Wir wissen nicht wirklich, ob Sabines Sig Sauer gestohlen wurde.«

»Sie hat es angegeben, Guido.«

»Sie hat es Monate später angegeben.«

»Sie lag im Krankenhaus, war verletzt, hat ihr Kind verloren, wurde entführt, stand unter Schock. Ein Trauma.«

»Ja. Genau. Traumata können zu seltsamem Verhalten führen. Nimm doch mal an, nimm nur mal an, Jürgen, dass sie die Waffe noch hatte. Den Verlust angab, um eine Waffe im Haus zu haben. Da war sie nicht im Dienst, sie war beurlaubt. Vielleicht wollte sie eine Waffe haben, um sich sicherer zu fühlen. Schließlich war sie entführt worden.«

Fischer nahm nun auch eine Zigarette. Sein Feuerzeug versagte. Er suchte in den Jackentaschen nach dem Zippo von Martina, fand es nicht. Ermter reichte ihm schweigend eine Streichholzschachtel. Jürgen Fischer tat so, als würde er sie nicht sehen, fand schließlich doch das Benzinfeuerzeug, zündete die Zigarette an.

»Sie war entführt worden. Sie behält die Waffe, um sich selbst zu schützen. Das entbehrt nicht einer gewissen Logik. Das könnte tatsächlich so gewesen sein. Sie geht hin und ermordet jemanden mit der Waffe, die auf sie gemeldet ist. Einen Hinrichtungsmord.«

Fischer holte tief Luft. »Das ist mehr als unwahrscheinlich.«

»Aber es könnte so sein.«

»Nein, Guido, Sabine hat es nicht getan. Sie ist nicht so abgebrüht. Sie ist nicht so kalt. Ihr ist einfach schon zu viel passiert. Das ... nein, das macht sie nicht. Und wenn, dann macht sie das anders. Geschickter.«

»Warum nimmst du sie so bedingungslos in Schutz, Jürgen?«

»Nun komm mal wieder auf den Boden der Tatsachen!« Fischer schrie. »Sabine einen Mord anzuhängen. Du machst dich lächerlich!«

»Du brauchst hier nicht rumzuschreien!«, brüllte Ermter.

»Ich schrei nicht. Das bist du!«

»Können wir mal wieder sachlich werden, meine Herren?« Altmann mischte sich ein. Er sah verwundert von einem zum anderen. »Um was geht es hier? Haben Sie persönliche Differenzen? Was diese Frau angeht? Mir erscheint das fast so.«

Fischer und Ermter sahen sich an. Wut lag im Blick von beiden. »Sachlich. Genau. Sabine hat ihre Waffe als verloren gemeldet, als sie wieder aus dem Krankenhaus entlassen worden war. Vorher konnte sie es wohl kaum. Ihre Wohnung war nicht forensisch untersucht worden, weil es keinen Anlass dazu gab. Das ist auch nachher, also nachdem sie den Verlust ihrer Waffe gemeldet hatte, nicht passiert. Weil keiner es für nötig hielt. Weil man ihr glaubte.«

»Da war auch noch kein Mord geschehen.« Ermters Stimme war kaum zu verstehen.

»Guido! Und wenn? Und wenn damals die Spurensicherung in ihrer Wohnung gewesen wäre? Was dann? Mertens war mit ihnen befreundet. Mit ihr und mit ihrem Partner. Er war da. Mehr als einmal. Es ist tatsächlich so: wenn ich jetzt verdächtig wäre, dann würde man meine Spuren auch in Sabines Wohnung finden. Willst du das nachprüfen? Bin ich verdächtig?«

»Würde man deine Spuren auch in ihrem Schlafzimmer finden?«

Fischer schluckte. Dann holte er tief Luft, überlegte. Atmete aus. »Du bist armselig, Guido. Armselig. Ich beende das Gespräch hiermit. Wir können es im Besprechungsraum weiterführen. Vorher möchte ich aber Kollegin Sabine Thelen einen Anwalt empfehlen. Das ist mein gutes Recht und ihres auch. Ich wünsche noch einen schönen Tag.«

Krachend fiel die Tür hinter Fischer ins Schloss. Ermter fluchte, drückte die Zigarette im überquellenden Aschenbecher aus, eilte seinem Kollegen nach.

Altmann schüttelte den Kopf. Er hatte schon manche Mordkommission begleitet, aber noch nie erlebt, dass die persönlichen Gefühle so hoch kochten. Er wollte den beiden gerade folgen, als sein Handy klingelte. Bachs »Toccata«. Er schaute auf das Display. Seine Tochter. Sollte sie nicht in der Schule sein?

»Ja?«

»Papa, ich muss mit dir reden.«

»Das stimmt. Ich muss auch mit dir reden.«

»Jetzt.«

»Jetzt geht nicht.«

»Es ist aber wichtig.« Ihre Stimme klang fremd.

»Wo bist du, Gesa?«

»In Linn, bei Sebastian.«

»Ich kann jetzt wirklich nicht. Fahr nach Hause. Sobald es mir möglich ist, komme ich.« Er beendete das Gespräch, hatte ein ungutes Gefühl dabei.

Im Besprechungsraum herrschte angespanntes Schweigen. Sabine Thelen saß mit geradem Rücken auf ihrem Stuhl, ihre Hände waren im Schoß zusammengeballt.

Fischer saß neben ihr. Er rieb sich über das Kinn.

»Also gut.« Ermter verschränkte die Arme vor der Brust, blieb am Kopfende des Tisches stehen, räusperte sich mehrfach. »Was haben wir?«

»Keine Spur von Frau Schikowski. Zuletzt wurde sie beim Einkaufen gesehen, das war gestern Vormittag. Seitdem ist sie wie vom Erdboden verschluckt.« Uta Klemenz strich über die Akten, die vor ihr auf dem Tisch lagen. »Auch was Heinz Klewer angeht, gibt es keine neuen Erkenntnisse durch Aussagen der Bevölkerung. Was nicht bedeutet, dass sich keiner gemeldet hätte. Im Gegenteil. Klewer war kein unbeschriebenes Blatt. Doch keine neuen Spuren.«

»Die Schutzpolizei hat weitere Befragungen in Linn durchgeführt. Da könnte es sein, dass wir weiterkommen. Zwei Personen haben unabhängig voneinander ein Pärchen beobachtet, das einen lautstarken Streit hatte. Die Beschreibung des Mannes könnte auf Klewer passen.« Roland Kaiser nahm die Kaffeetasse, führte sie zum Mund, setzte sie jedoch wieder ab, ohne getrunken zu haben. »Ich habe beide Personen für heute Vormittag einbestellt.«

Ermter runzelte die Stirn. »Ein Pärchen? Ein Mann und eine Frau? Der Mann könnte Klewer gewesen sein? Und die Frau? Gibt es von ihr eine Beschreibung?« Er sah zu Sabine Thelen. »Doch eine Beziehungstat?«

»Die Beschreibung der Frau ist nichtssagend. Passt auf jede zweite Krefelderin. Da müssen wir noch ins Detail gehen.«

»Wir haben einen Hinweis von Europol.« Günther Volkers meldete sich zu Wort. »Der Chef der Leiharbeiterfirma ist nach Litauen eingereist. Die Fahndung ist ausgeschrieben?« Er stellte den letzten Satz als Frage, sah zum Staatsanwalt. Dieser nickte stumm.

»Es sieht fast so aus, als wäre der Mann auf der Flucht. Er könnte der Täter sein.«

»Wann ist er zuletzt gesehen worden?«

»Mittwochnachmittag hat er auf dem Düsseldorfer Flughafen eingecheckt. Ein Flug nach Stockholm.«

»Zeitlich würde das passen.« Ermter nickte. »Reist er alleine oder in Begleitung?«

»Das weiß ich nicht. Er ist auf jeden Fall nicht verheiratet.«

»Ich brauche die Befugnis Klewers Konten einzusehen.« Fischer sprach leise, schaute nicht auf.

Altmann nickte wieder. »Bekommen Sie.«

KAPITEL 57

»Ich kann für Sie nur hoffen, dass Sie Recht haben. Sollte Sabine Thelen tatsächlich in den Fall involviert sein, dann kommt sie in Teufels Küche. Und, Fischer, Sie auch.« Staatsanwalt Werner Altmann drückte Fischer die Verfügung in die Hand. »Statt irgendwelchen Phantomen nachzujagen, sollten Sie endlich Ergebnisse erzielen.«

»Ich tu mein Bestes, Herr Staatsanwalt.«

»Noch etwas: entscheiden Sie sich. Und wenn Sie das nicht können, halten Sie wenigstens Martina Becker da raus.«

Arschloch, dachte Fischer. Was hast du mit Martina zu tun? Und was geht dich mein Privatleben an? Er drehte sich um und ging, ohne ein weiteres Wort mit Altmann zu wechseln.

»Kommst du?«, rief Fischer Oliver Brackhausen zu.

»Sofort, ich hole nur eben die Autoschlüssel.«

Schweigend fuhren sie zu Heinz Klewers Firma. Bisher hatte Fischer nur die Unterlagen aus dem Arbeitszimmer des Seniors gesichtet. Er hoffte, an Klewers Arbeitsplatz weitere Informationen zu finden.

In der Firma herrschte lähmende Stille.

»Ich habe alle erst einmal nach Hause geschickt«, sagte die Sekretärin. »Ich weiß nicht, wie es weitergehen soll.«

Sie führte Fischer und Brackhausen in Heinz Klewers Büro.

»Den Computer habe ich Ihnen schon eingeschaltet. Dort finden Sie die aktuellen Bauvorhaben.«

Fischer dankte ihr und setzte sich an den Schreibtisch.

»Was willst du suchen?« Brackhausen zog sich einen Stuhl heran.

»Ich weiß es nicht. Vielleicht einen Hinweis auf Stephan Mertens. In Klewers Arbeitszimmer in Verberg habe ich eine Aktennotiz mit dem Namen gefunden.«

»*Dem* Stephan Mertens? Unserem Mertens?«

»Das weiß ich eben nicht. Vielleicht finden wir hier ja etwas heraus.«

»Mertens hatte mit Schutzgelderpressung zu tun. Aber Klewer hat doch keine Restaurants, oder etwa doch?«

»Die Kollegen von der Wirtschaftskriminalität haben mir erklärt, dass es auch auf dem Bau zu Erpressung kommen kann. Vor allem bei Subunternehmern. Es ist ja bekannt, dass es viele illegal beschäftigte Bauarbeiter gibt. Und entweder die Firma zahlt einen kleinen Obolus oder sie haben eine Anzeige und den Zoll am Hals. Auch Vandalismus kommt vor. ›Wenn du mich unterbietest, kann es sein, dass du morgen keinen Bagger mehr hast.‹«

»Hat Klewer bezahlt oder Geld eingetrieben?«

»Ich nehme an, er hat eher bezahlt.«

»Mertens passt da natürlich, das war genau seine Art von

Geschäften.« Brackhausen strich sich eine Haarsträhne hinter das Ohr.

»Was wäre, wenn Klewer die Sig Sauer von Mertens bekommen hätte?«

»Wie kommst du denn darauf?«

Jürgen Fischer nahm ein Blatt Papier aus den Unterlagen, die er mitgebracht hatte. Wortlos schob er es Brackhausen zu. Es war eine Rechnung für Munition.

»Er hat Munition für eine Sig Sauer gekauft. Hatte Klewer einen Waffenschein?«

Fischer nickte. »Ja, aber er hatte keine Waffe angemeldet.«

»Und wie kommst du auf Mertens?«

Fischer wies auf die linke Ecke der Rechnung. »Mertens« stand dort handschriftlich geschrieben und eine Telefonnummer.

»Die Nummer ist im Moment nicht vergeben. Es war aber Mertens Telefonnummer.« Fischer nahm die Zigaretten heraus. »Die Rechnung ist von November letzten Jahres. Da lebte Mertens noch.«

»Aber, Jürgen, Klewer wird doch nicht Mertens die Waffe abgekauft und dann seinen Sohn erschossen haben. Das macht doch keinen Sinn.«

»Ich habe nicht gesagt, dass ich alle Antworten weiß. Mertens war in illegale Geschäfte verwickelt. Er hat Sabines Freund umbringen lassen, weil dieser ihm auf die Spur gekommen war. Möglicherweise hat er ja auch einfach nur Kontakte vermittelt. Lebensgefährliche Kontakte.«

»Für mich hört sich das verdammt konstruiert an.«

»Mag sein.«

»Tja, gut. Und inzwischen sitzt unser Täter in Litauen und genießt das Leben.« Oliver schüttelte den Kopf.

Jürgen Fischer starrte auf den Monitor des Computers. Nur der Bildschirmschoner war zu sehen. Der Hauptkommissar berührte die Maus. Ein Fenster zu einer Bank ging auf.

»Oliver, kannst du dir das mal ansehen? Ich hab keine Ahnung von diesen Computerdingen.«

Brackhausen nahm seinen Stuhl, setzte sich neben Fischer. Er drückte ein paar Tasten.

»Er macht offensichtlich Homebanking.«

»Aha. Und wie geht das?«

Brackhausen lachte. »Er konnte seine Konten von hier aus verwalten. Ich komme aber nicht rein, dazu brauche ich die PIN-Nummer.«

Fischer war aufgestanden und hatte den großen Aktenschrank geöffnet.

»Was ist eine PIN-Nummer?«, fragte er.

»Die Geheimzahl. So wie die für deine Kontokarte«, murmelte Brackhausen. »Vielleicht findest du einen Ordner mit den TANs.«

»Und was sind TANs?«

»Vergiss es, such nach Bankunterlagen.«

Fischer zog eine Akte aus dem Schrank, schlug sie auf, stellte sie wieder zurück, nahm die nächste.

»Hach, das gibt es doch gar nicht. Er hat eine Datei angelegt mit den Passwörtern und Geheimzahlen. Die war zwar geschützt, aber ich konnte sie knacken. Ganz schön leichtsinnig und gar nicht clever von Herrn Klewer.«

»Sind das hier die TANs?« Fischer legte einen Ordner auf den Schreibtisch, Brackhausen warf einen Blick darauf, nickte.

»Was hast du gefunden, Oliver? Eine Datei?«

»Ja, schau mal. Hier sind die Passwörter und PIN-Nummern zu seinen Konten gespeichert. Er hatte einige Konten. Wahrschenlich um sein Schwarzgeld zu verwalten. Wollen doch mal sehen, was wir hier finden.« Brackhausen sah konzentriert auf den Monitor.

Fischer ging zum Schrank zurück. Er hatte bemerkt, dass eine Mappe hinter die Akten gerutscht war und zog sie nun heraus.

Vielleicht hat Klewer die dort auch versteckt, dachte er, nachdem er die Blätter überflogen hatte. Fischer zog sich den Stuhl an den Schreibtisch und begann zu lesen.

»Sag mal, Oliver, gibt es Zahlungen von oder an einen Andreas Brünken?«

»Hm?« Brackhausen schaute irritiert auf. »Was willst du? Wie heißt der?«

»Brünken. Andreas Brünken. Hier ist so ein seltsamer Vertrag über das Nutzungsrecht eines Bauernhofes in Linn.«

»Ich hab vorhin eine Auflistung seiner Grundstücke und Häuser gefunden. Bauernhof in Linn? Warte mal.« Brackhausen tippte auf der Tastatur herum. »Grundstück in Linn? Laut seiner Datei gehört das Erna Schikowski. Er führt auch ein Konto, das auf ihren Namen lautet.«

»Was? Wieso das denn?«

»Weiß ich doch nicht. Lass mich mal nachschauen.«

Fischer blätterte weiter in der Mappe. »Ich wusste es doch. Er hatte Kontakt zu Stephan Mertens und er hat ihm tatsächlich die Waffe abgekauft. Hier ist ein persönlicher Briefwechsel und eine Quittung für eine Sig Sauer.«

»Klewer besaß die Tatwaffe? Aber er hat doch seinen Sohn nicht erschossen.«

»Vielleicht wurde ihm die Waffe gestohlen?« Fischer seufzte. »Wir müssen das Altmann zeigen. Auf jeden Fall hat er Mertens Geld gezahlt, und zwar bar. Hier sind mehrere Quittungen. Die ersten sind auf Februar und die letzten auf November datiert. Immer am Anfang eines Monats knappe 2.000 Euro.«

»Dann hat Mertens ihn vermutlich erpresst.«

»Könnte sein. Vielleicht hatten sie aber auch anderen,

nicht ganz legalen Kontakt. Das werden wir wohl nie erfahren.«

»Ich habe hier etwas ganz Seltsames. Auf das Konto von Erna Schikowski werden jeden Monat 10.000 Euro bar eingezahlt. Andere Kontobewegungen gibt es nicht. Auf dem Konto sind 230.000 Euro.«

»Frau Schikowski ist eine gute Partie.« Fischer lachte.

»Falls sie von dem Konto überhaupt weiß«, warf Brackhausen ein.

Die beiden sahen sich an.

»Wer zahlt das Geld ein, Oliver?«

»Das kommt von einem Verein, ›Schicksalshunde‹.«

»›Schicksalshunde‹, das stand hier auch im Zusammenhang mit dem Brünken und dem Hof in Linn. Ein Hundezüchter? Wieso zahlt der jeden Monat 10.000 Euro?« Fischer rieb sich über das Kinn. »Und warum an die Haushälterin?«

»Geldwäsche? Hast du da noch mehr Quittungen in deiner Mappe? Vielleicht hat Heinz Klewer diesem Brünken das Geld gegeben und der hat es dann eingezahlt. Und was hat das mit den Morden zu tun?«

»Ich weiß es nicht.« Fischer schüttelte resigniert den Kopf. »Immerhin wissen wir, dass Klewer Kontakt zu Mertens hatte. Kannst du die Festplatte mitnehmen, vielleicht gibt es ja noch mehr darauf zu finden.«

»Ich nehme den ganzen Computer mit, das ist einfacher. Allerdings bräuchten wir dafür einen Beschluss.«

»Den wird Altmann bestimmt nachreichen. Und wenn nicht, nehme ich es auf meine Kappe. Ich hab sowieso das Gefühl, tiefer und tiefer im Sumpf zu versinken.«

»Du vor allen Dingen. Die ganze Abteilung hat mitbekommen, dass du mit der Becker im Bett warst. Und das deine Frau offensichtlich von der Tatsache nicht angetan ist. Und stimmt es, dass du auch noch was mit Sabine laufen hast?«

»Ich habe nichts mit Sabine. Ich bin ein … wie soll ich sagen? Väterlicher Freund. Ja, genau. Ich bin für sie ein väterlicher Freund.«

»Väterlich.« Brackhausen pfiff durch die Zähne, grinste.

»Daran ist nichts komisch. Und ja, ich habe etwas mit Martina Becker. Sie ist etwas ganz Besonderes.«

»Das weiß deine Frau nun auch.«

»Meine Ehe besteht schon seit geraumer Zeit nur noch auf dem Papier.«

»Und Susanne sieht das auch so wie du?«

»Die Trennung ging von Susanne aus, nicht von mir.«

»Und jetzt hat sie ihre Meinung geändert?«

»Ich habe keinen blassen Schimmer. Zeit, um mich damit auseinanderzusetzen, habe ich jetzt auch nicht. Jetzt gilt es, zwei Morde aufzuklären.« Fischer räusperte sich.

»Das stimmt. Aber ich kann nicht glauben, dass Heinz Klewer seinen Sohn ermordet hat. Ein Mann seines Kalibers bringt seinen Sohn nicht um. Schon gar nicht mit einer gebrauchten und registrierten Sig Sauer.«

»Woher sollte er wissen, dass die Waffe registriert ist? Mertens wird sicher nicht so blöd gewesen sein, ihm das zu sagen. Sicher … sicher bin ich mir da nicht. Natürlich nicht. Es ist nur so ein Gefühl. Ich kann es nicht erklären.«

»Du und deine Gefühle, Jürgen. Unlogisch wäre es. Total unlogisch. Was mir wahrscheinlicher erscheint, ist eine Verbindung von Klewer über Mertens zu den Leiharbeiterfirmen. Und das führt uns dann wieder nach Litauen.«

Fischer nickte nachdenklich. »Ja«, sagte er knapp.

»Was ja? Natürlich! Dieser Bauheini wird der Täter sein. Er hat ein Motiv.«

»Das macht ihn nicht automatisch auch zum Mörder, Oliver. Vor allem nicht zum zweifach Mörder.«

»Nicht? Ich sehe da aber ganz viel Potenzial.«

»Ich sehe das anders. Außerdem ...« Fischer stockte. »Außerdem glaube ich nicht, dass wir es mit einem einzigen Täter zu tun haben. Ich glaube nicht, dass die beiden Fälle zusammenhängen.«

»Das ist nicht dein Ernst.«

»Doch, Oliver.«

KAPITEL 58

»Das glaub ich einfach nicht. Beide Klewers sind innerhalb von drei Tagen erschossen worden, mit derselben Waffe, und du glaubst an zwei verschiedene Fälle?«

»Oliver, ich habe noch nichts, womit ich meinen Verdacht begründen könnte. Deshalb möchte ich ja auch noch mal tiefer in die Materie eintauchen. Mir ist es zu einfach zu sagen, die beiden waren in illegale Geschäfte verstrickt, da liegt das Motiv. Sie haben zwar irgendwie zusammengearbeitet, aber ihre Lebenseinstellung war doch sehr unterschiedlich.«

Fischer setzte sich auf den Schreibtischrand, zog die Zigarettenschachtel hervor.

»Ich bin dran. Gestern hab ich ja genug bei dir geschnorrt.« Brackhausen legte eine Packung auf den Tisch. »Oder möchtest du lieber Gummibärchen?« Er grinste.

»Keine Gummibärchen.« Hauptkommissar Jürgen Fischer

nahm Brackhausens Zigaretten, zündete sich eine an. »Darf man hier überhaupt rauchen?« Er sah sich um.

»Im Zweifelsfall: nein!«

»Ich versuche, mir ein Bild von den beiden Männern zu machen. Sie waren zwar Vater und Sohn, aber grundverschieden. Jeder hatte seinen Bereich. Markus Klewers Hauptinteresse lag in der Politik. In der Kanzlei als Anwalt hatte er sein Auskommen mit der Vertretung der Firma seines Vaters. Drei, vier andere Fälle und das war es schon. Interessiert hat ihn aber hauptsächlich seine Position in der Öffentlichkeit und als Kreisparteivorsitzender.«

»Wie kommst du darauf?« Oliver nahm auch eine Zigarette.

»Durch die Aussagen seiner Sekretärin, seines Partners, der Familie und schließlich auch aus Äußerungen der Parteifreunde. Er war erfolgreich, seine Ehe kriselte jedoch. Seit Jahren etwas nebenher laufen. Immer lockere Affären. Nichts Festes, nichts, woraus ihm ein Strick gedreht werden konnte. Frauen, die sich in seiner Aufmerksamkeit badeten.«

»Also doch das Eifersuchtsmotiv?«

»Das weiß ich nicht, Oliver. Deshalb will ich noch einmal mit Birgit Klewer sprechen.«

»Die Frau aus Eis?«

Fischer nickte. »Könnte aber auch nur gespielt sein. Immerhin brach sie zusammen, als Schwiegerpapa tot war. Die ist gar nicht so kalt, die tut nur so.«

»Jürgen, du und dein Herz für Frauen. Ne, ne. Wenn man die Klewer aufschneidet, findet man kein Herz, da ist ein Computerbauteil, ein Chip.«

»Davon hab ich keine Ahnung. Von Computern, meine ich.« Fischer lachte. Dann wurde er wieder ernst. »Nein, Oliver, ich glaube, du vertust dich. Allerdings hat mich eines stutzig gemacht, als wir Frau Klewer aufgesucht haben.« Fischer spielte mit einem Papierstück, faltete es immer kleiner zusammen. »Als wir sie über den Tod ihres Mannes unterrichtet haben, da hat sie sofort von ihm in der Vergangenheit gesprochen. *Er war, er hatte, er machte.* Später, bei der Besprechung, da hat Sabine über Markus Klewer geredet. Aber sie sprach in der Gegenwart. Bei ihr war sein Tod noch nicht angekommen.«

»Und?« Oliver sah ihn verständnislos an.

»Ich meine doch nur. Sabine wusste schon Stunden vorher, dass Markus Klewer tot war. Sie wusste es und hat von ihm trotzdem in der Gegenwart gesprochen. Klewers Frau sprach sofort von ihm grammatikalisch richtig in der Vergangenheit.«

»Grammatikalisch richtig. Und was sollen mir deine Worte nun sagen?«

Hauptkommissar Jürgen Fischer stieß die Luft aus. »Die Klewer erfährt, dass ihr Mann tot ist, bleibt kühl und zurückhaltend. Sie redet sofort von ihm in der Vergangenheit. Ist doch seltsam, oder?«

»Was dir so alles auffällt.« Oliver schüttelte den Kopf. »Und was machen wir jetzt?«

»Ich muss dringend nach Kaiserswerth und mit Birgit Klewer reden.«

»Dann setz mich am Präsidium ab.«

»Es tut mir leid, Herr ... Herr ...?«

»Fischer. Hauptkommissar Jürgen Fischer.« Jürgen wiederholte nun zum zweiten Mal seinen Namen. Er wurde ungeduldig, versuchte es zu verbergen.

»Ihr geht es immer noch viel zu schlecht. Sie ist nicht ansprechbar. Wir mussten Psychopharmaka einsetzen und nun schläft sie. Das soll auch so sein. Sie braucht Ruhe und Erholung.« Der Oberarzt tippte mit einem Kugelschreiber immer wieder auf ein Schreibbrett. Fischer verspürte den Drang, ihm den Kugelschreiber wegzunehmen.

»Sie schläft die ganze Zeit? Irgendwann wird sie ja wohl mal wach werden. Sie muss doch auch etwas essen.«

»Ja, aber wie gesagt, Frau Klewer ist benommen. Sie hat einen Schock erlitten. Sie reagiert immer sehr stark auf Beruhigungsmittel.«

»Immer? War sie schon öfter hier?«

Das Stakkato des Kulis wurde schneller. »Das unterliegt dem Ärztegeheimnis, dazu kann ich ohne Frau Klewers Einwilligung nichts sagen.«

»Wir ermitteln in zwei Mordfällen.«

»Richtig. Aber Frau Klewer ist ja nicht tatverdächtig. Sie ist betroffen.«

Fischer rieb sich über das Kinn. Hier würde er nicht weiterkommen. Er bedankte sich und ging. Am Ende des Flures war die Besuchertoilette. Der Hauptkommissar betrat sie, schloss die Tür hinter sich. Er wusch sich ausgiebig die Hände, öffnete dann die Tür und spähte in den Krankenhausflur. Es war Mittag und das Essen wurde ausgeliefert. Der Geruch von gebratenem Schweinefleisch und verkochtem Gemüse lag in der Luft, überdeckte für einen kurzen Moment den typischen Krankenhausgeruch nach Desinfektionsmittel und Angst.

Er ging den Gang hinunter, sah sich kurz um, öffnete eine Zimmertür.

Es war ein Einzelzimmer. Das Bett stand am Fenster, die Vorhänge waren halb zugezogen, ein Streifen Sonnenlicht fiel auf den Linoleumboden.

Birgit Klewer war wach. Sie sah Fischer an, nickte dann.

Erschrocken betrachtete der Hauptkommissar die Frau. Tiefe Ränder lagen unter ihren Augen, das Haar hing strähnig und ungewaschen herab. Sie war bleich. Ihre Finger öffneten und schlossen sich um den Rand der dünnen Decke. Eine Geste, die ihn hilflos werden ließ.

»Frau Klewer, wissen Sie noch, wer ich bin?«

»Der Kommissar.« Ihre Stimme war leise, unsicher. Ihre Augenlider hingen herab, so als hätte sie Mühe wach zu bleiben.

»Genau. Ich würde gerne mit Ihnen reden.«

»Ist das ein Höflichkeitsbesuch?«

»Nein, eigentlich nicht. Ich habe auch keine Blumen mitgebracht, tut mir leid.«

Er wartete darauf, dass sie etwas antwortete. Den Gefallen tat sie ihm nicht.

»Ich möchte mit Ihnen über Ihren Mann sprechen.«

Sie schloss die Augen, öffnete sie dann wieder, sah an ihm vorbei. »Es waren sehr aufwühlende Tage. Ich bin mir sicher, dass Sie das nachempfinden und die entsprechende Rücksicht nehmen können.«

Lass mich in Ruhe, nur höflicher formuliert. Fischer zog die Augenbrauen hoch.

»Wir tragen alle unser Päckchen, Frau Klewer. Was für ein Verhältnis hatte Ihr Mann zu seinem Vater?«

»Was spielt das noch für eine Rolle? Sie sind beide tot.«

»Für mich spielt es eine Rolle. Ihr Schwiegervater war in illegale Geschäfte verstrickt. Ihr Mann war Anwalt. Wusste er von den Geschäften?«

»Das ist anzunehmen.«

Fischer schluckte. Ihre Stimme klang monoton. Er überlegte, wie er an sie herankommen könnte, wie er die Mauer durchbrechen sollte.

Auf dem Nachttisch neben dem Bett lag ihre Krankenakte. Sie war erstaunlich dick. Hatte Birgit Klewer auch psychische Probleme?

Er griff nach der Akte, schlug sie auf, las.

»Wer hat Ihnen das angetan, Frau Klewer?« Fischers Stimme klang gepresst, blechern. »War das Ihr Mann?«

»Das ist doch jetzt egal. Markus ist tot. Er hat es verdient.«
»Sie brauchen einen Anwalt.«
»Den hätte ich während meiner Ehe gebraucht. Einen Scheidungsanwalt.«

KAPITEL 59

»Gesa? Bist du zu Hause?« Altmann sah ihre Schultasche im Flur liegen. Es roch merkwürdig. Anders als sonst.

»Gesa?« Im Wohnzimmer war seine Tochter nicht. Langsam stieg er die Treppe hoch. Der Staatsanwalt klopfte an die Tür zu ihrem Zimmer. »Gesa?«

»Moment.«

Er trat zwei Schritte zurück. Wartete. Nie wäre er einfach so in ihr Zimmer gegangen.

»Ich komm gleich. Geh doch schon mal runter.«

Altmann zog die Augenbrauen hoch. Er hörte verschiedene Geräusche aus ihrem Zimmer, konnte sie aber nicht zuordnen. Räumte sie etwas um? Versteckte sie etwas? Auch hier oben roch es seltsam. »Gesa? Was machst du da?«

»Ich komm doch gleich, Mann!« Sie klang wütend.

»Verdammt, ich habe keine Zeit. Eigentlich müsste ich im Gericht sein.« Er riss die Tür auf. »Was ... wer ist das?«

»Was machst du in meinem Zimmer? Raus!«

»Was ist das denn für ein Tonfall?« Altmann erhob die Stimme. »Wie redest du mit mir? Und was macht der Hund hier?«

»Das ist meiner. Er heißt Amigo.«

»Seit wann ist das deiner? Und warum stinkt es hier so?«

»Er ist verletzt. Die Wunde eitert. Das riecht ein wenig.«

»Wo hast du ihn her?«

»Von Sebastian. Amigo ist aus Spanien. Er sollte eingeschläfert werden.«

»Okay. Du hättest mich fragen können.« Altmann setzte sich auf ihr Bett.

»Du hast ja nie Zeit.«

»Ich muss arbeiten. Ich dachte aber, wir schaffen das alles ganz gut. Immer wenn ich mit dir reden wollte, warst du unterwegs. NABU, Freunde, was weiß ich. Hast du deshalb angerufen? Wegen des Hundes?«

»Ja. Nein. Auch.« Gesa setzte sich auf den Boden, streichelte das dunkle, aber stumpfe Fell des Hundes. »Es ist alles so schwierig. Seit Mama tot ist, weiß ich gar nichts mehr. Alles ist so schwierig. Die Schule ist scheiße, meine Freunde sind doof. Nichts macht wirklich einen Sinn.«

»Du hast Probleme in der Schule?«

»Nein, Mann. Nicht wirklich. Aber Schule ist trotzdem scheiße. Die Lehrer schimpfen ständig, man muss unsinnige Dinge tun. Und wofür? Es gibt doch eh keine Ausbildungsplätze.«

»Das schaffen wir schon, Gesa. Gemeinsam.«

»Ach, Papa, du verstehst mich nicht. Darum geht es doch gar nicht. Die Welt geht unter, Klimakatastrophe. Hunger, Krieg. Überall ist es furchtbar und du sitzt hier und sagst: ›Wir schaffen das.‹ Wie denn?«

Altmann räusperte sich. Es war die ganz große Sinneskrise seiner Tochter. Verdammt, Inge, warum bist du jetzt nicht hier?

»Du tust doch schon was für die Umwelt.«

»Ach, Papa! Als ob das etwas hilft. Es wird immer so schmierige Scheiß Politiker geben wie den Klewer. Die machen alles kaputt. Die ganze Welt. Er hat den Tod wirklich verdient.«

»Gesa, niemand hat es verdient, ermordet zu werden. Wie kannst du so etwas sagen?«

Seine Tochter stand auf, ging zum Fenster, blieb mit dem Rücken zu ihm stehen. »Er war ein verlogener Scheißkerl. Er hat seine Frau geprügelt.«

»Was? Wer? Klewer?«

»Ja, genau der. Der hat seine Frau verprügelt und andere bedroht.«

»Das ist jetzt nicht dein Ernst?«

Sie schwieg. Ihre Schultern zuckten. Weinte sie?

»Woher weißt du das?«

Gesa schüttelte stumm den Kopf. Altmann stand auf, ging zu ihr, legte ihr vorsichtig die Hand auf die Schulter. »Schätzchen, du darfst solche Behauptungen nicht einfach in den Raum stellen, das ist strafbar.«

»Ist mir doch egal. Ich hab's gesehen.«

»Du hast was gesehen?«

»Dass er sie geschlagen hat. Sonntagabend noch.«

»Wo?«

»Ins Gesicht. Er hat sie ins Gesicht geschlagen.«

»Nein, wo hast du das gesehen?«

»An der Burg. Ich war da, um die Nistkästen zu überprüfen. Da war Markus Klewer, der wollte sich bestimmt mit einer Frau treffen, er stank nach Aftershave.«

»Wie hast du ihn erkannt?«

»Ich war mal bei ihm. Hab ihm unsere Petition vorgelegt. Wir wollten verhindern, dass in Linn gebaut wird. Dort hat sich die Wasserralle angesiedelt, Kleinabendsegler nisten dort und bald wird es auch den schwarzen Moorfrosch dort geben.«

»Okay, du hast ihm die Petition gegeben, daher kanntest du ihn.«

»Genau. Ich war dummerweise alleine bei ihm, weil die Jungs nicht konnten und die blöde Julia zu faul war. Das mach ich nie wieder. Er hat mich bedroht.«

Altmann zog hörbar die Luft ein. »Warum hast du mir das nicht erzählt? So etwas musst du mir doch sagen.«

Gesa senkte den Kopf. »Es war mir peinlich.«

»Peinlich?«

»Ja, ich hab es Sebastian gesagt. Er ist bald ausgeflippt, wollte zu Klewer fahren und ihn zur Rede stellen. Ich konnte ihn gerade noch davon abhalten.«

»Du hättest es mir sagen sollen, ich wäre hingefahren.« Altmann spürte, wie wütend er war. »Was genau hat er gemacht?«

»Nichts, nichts wirklich. Er hat halt mit einer Anzeige gedroht und auch gesagt, dass es einige Leute gäbe, die die Nistkästen zerstören könnten, wenn wir in die Öffentlichkeit treten. Irgendwie war das bedrohlich. Seine Stimme und so.«

Werner Altmann versuchte, seine Gedanken zu sortieren. Dass Markus Klewer skrupellos war, wusste er. »Du warst also am Sonntagabend an der Burg Linn?«

»Es war nachts, so gegen eins.«

»Du warst nachts an der Burg? Wer war dabei?«

»Niemand. Ich war alleine.«

»Alleine?« Der Staatsanwalt schrie das Wort heraus. Er packte sie an den Schultern, drehte seine Tochter zu sich um, sah ihr in die Augen. »Bist du wahnsinnig? Was da alles passieren kann!«

»Ist doch nichts passiert. Man kann die Fledermäuse nur nachts kontrollieren.«

»Fledermäuse. Fledermäuse. Kind, es geht doch um dein Leben und nicht um das von irgendwelchen Tieren.«

»Siehst du, genau diese Einstellung zerstört unsere Welt.«

Altmann zog sie zu sich heran, nahm sie in den Arm. »Menschenskind. Ich will dich nicht auch noch verlieren. Du bist doch alles, was ich habe.«

Gesa lachte leise. »Das stimmt doch gar nicht. Es gibt doch diese Frau, mit der du dich triffst.«

»Woher weißt du das?«

»Ich bin doch nicht blöd, Papa.«

Altmann schluckte. »Das ist nichts Ernstes.«

»Ja, aber vielleicht wird es das. Ist doch okay.«

»Wirklich?« Er schob sie von sich ab, sah sie an. Gesa nickte. »Na klar.«

»Wie war das jetzt am Sonntag?«

»Also, ich war bei den Nistkästen. Auf dem Rückweg bin ich an der Burg lang. Da stand Klewer und schien auf jemanden zu warten. Er stand unter einer Lampe, ich habe ihn deutlich erkannt. Ich wollte ihn aber nicht treffen und hab mich ins Gebüsch verdrückt.«

»Und dann?«

»Dann kam eine Frau. Seine Frau. Sie ging auf ihn zu, beschimpfte ihn. Was genau, konnte ich nicht hören. Wollte ich auch nicht. Jedenfalls hat er sie gestoßen und ihr den Arm verdreht. Ich hab mich dann verdrückt.«

»Frau Klewer war also in der Nacht von Sonntag auf Montag an der Linner Burg? Ich muss zurück ins Präsidium. Und du kommst mit. Du musst eine Aussage machen.«

»Ich kann nicht.«

»Du musst. Es ist nichts Schlimmes, du musst nur einem Polizeibeamten sagen, was du gesehen hast.«

»Ne, ich kann nicht wegen Amigo.«

Altmann hatte den Hund vergessen. »Wieso?«

»Ihm geht es nicht gut. Ich kann ihn nicht alleine lassen.«

»Das wirst du müssen. Wir beeilen uns und bringen ihn anschließend zum Tierarzt.«

»Darf ich ihn denn behalten?« Sie sah ihren Vater mit großen, bittenden Augen an.

Altmann nickte.

KAPITEL 60

»Gut, dass Sie da sind, Herr Staatsanwalt.« Polizeichef Guido Ermter kam mit eiligen Schritten auf Altmann zu. »Fischer möchte einen Haftbefehl haben.«

»Ach? Der Fischer? Wen will er denn verhaften?«

»Birgit Klewer.«

Altmann blieb stehen. »Das ist ja ein Ding. Wo ist Fischer?«

»In seinem Büro. Er nimmt gerade eine Aussage auf.«

»Genau, eine Aussage. Meine Tochter will auch eine Aussage machen.«

Gesa sah verlegen zu Boden. »Von Wollen kann keine Rede sein«, murmelte sie.

»Ihre Tochter? Zum Fall Klewer?«

Altmann nickte. »Ja.«

»Na, dann komm mal mit, junge Dame. Am besten macht das eine Kollegin. Vielleicht Uta …« Er schaute in ein Büro.

Es war leer. Ermter klopfte an der nächsten Tür. »Sabine, weißt du, wo Uta ist?«

»Die ist mit Günther Volkers unterwegs.«

»Ist sonst noch jemand von den Kolleginnen hier?«

»Ich führe keine Anwesenheitsliste, Guido.« Sie klang deutlich unterkühlt.

»Jemand muss eine Aussage aufnehmen. Von dieser jungen Dame. Gesa Altmann. Das wirst du dann wohl machen müssen.«

»Ich sortiere die Spuren. Damit habe ich genug zu tun. Allein 80 Anrufe heute Vormittag.«

»Irgendetwas dabei?«

»Ich bin noch nicht fertig, Guido.« Sabine Thelen sah auf. Gesa stand neben dem Polizeichef, sie hatte die Hände in die Taschen gesteckt, sah verstockt aus.

»Du möchtest eine Aussage machen?« Sabine lächelte sie an. »Dann komm mal rein. Ich schiebe es dazwischen.«

Der Staatsanwalt stand vor Fischers Büro. Die Tür war geschlossen. Zögernd blieb Altmann stehen, dann hob er die Hand, klopfte. Er wartete, hörte nichts, klopfte noch mal und öffnete dann die Tür.

»Fischer?«

Hauptkommissar Jürgen Fischer sah auf. Auf seiner Stirn zeigte sich eine tiefe Zornesfalte. »Ja?«

»Sie wollen einen Haftbefehl?«

»Jetzt ist es gerade schlecht, Herr Staatsanwalt. Geben Sie mir eine Viertelstunde.«

»Was ist dringender als ein Haftbefehl?«

Fischer stöhnte, stand auf. »Einen Moment bitte.«

Er ging zu Altmann in den Flur, schloss die Tür hinter sich. »Ich möchte einen Haftbefehl, ja. Birgit Klewer steht unter dringendem Tatverdacht, ihren Mann, Markus Klewer, erschossen zu haben. Birgit Klewer liegt, eingedeckt mit Psychopharmaka, in Kaiserswerth. Fluchtgefahr ist gleich null. In meinem Büro sitzt ihr Sohn. Ich bin der Meinung, dass er sich unbefangener äußert, solange er noch nichts von dem Tatverdacht gegen seine Mutter erfahren hat.« Fischer schnaubte kurz, ging dann zurück, um die Befragung fortzuführen.

Seufzend setzte sich Fischer wieder an seinen Schreibtisch.

»Entschuldigen Sie die Störung, Herr Klewer.«

»Das ist schon in Ordnung.« Julian Klewer rutschte unruhig auf dem Stuhl hin und her.

Fischer sah sich den Befragungsbogen an, der vor ihm lag. Er hatte die Daten eingetragen, Name, Adresse, Alter. Ansonsten stand noch nichts darauf.

»Es geht um Ihre Eltern, Herr Klewer.«

»Ja?«

Fischer schwieg einen Moment, wartete auf eine Reaktion.

»Meine Eltern. Nun, was soll ich Ihnen sagen? Meine Eltern hatten eine schwierige Beziehung. Das wissen Sie doch sicher. Meine Mutter ... ich bin mir nicht sicher, ob sie meinen Vater jemals geliebt hat. Vielleicht früher. Aber das muss schon lange her sein. Ich kann mich jedenfalls nicht an irgendwelche liebevollen Gesten oder ein herzliches Verhalten erinnern.« Der junge Mann griff nach dem Glas, das vor ihm stand. Seine Hand zitterte.

»Viele Ehen sind schwierig. Nach einiger Zeit steht der Alltag im Vordergrund. Ihr Vater hat viel gearbeitet, nehme ich an.«

»Ja, gearbeitet. Die Partei hier, die Partei da. Immer unterwegs im Dienste der Partei. Sie können sich nicht vorstellen, wie grässlich das für uns war. Für uns war er nie da.« Klewer trank einen kleinen Schluck, verschluckte sich, hustete.

»Ich war froh, als ich endlich aufs Internat konnte. Da gab es eine Gemeinschaft, Halt, Freundschaften.«

Fischer ließ ihn reden.

»Als ich auf dem Internat war, habe ich zugesehen, dass ich nicht zu oft nach Hause musste. Habe mich sportlich engagiert, nahm an vielen Wettkämpfen teil. Felix macht es nicht anders. Aber ...« Er zögerte, trank noch einen Schluck Wasser. »Aber hin und wieder musste ich doch nach Hause. An Feiertagen und so. Meine Eltern haben wohl gedacht, wir wären naiv.«

»Wieso?«

»Sie haben gedacht, wir sehen nicht, was da abläuft. Dass mein Vater eine Frau nach der nächsten poppt. Ohne Rücksicht auf meine Mutter.«

»Wissen Sie, warum Ihr Vater Affären hatte?«

»Warum? Na, warum macht man das? Sex. Ich nehme an, dass meine Mutter ihn schon lange nicht mehr rangelassen hat. Sie hatten getrennte Schlafzimmer. Seit ewigen Zeiten.«

»Es gibt ja die Möglichkeit, sich zu trennen.«

»Mag sein. Ich bin mir sicher, dass es für meinen Vater keine Lösung war.«

»Weshalb nicht?«

»Er wollte die Familie im Hintergrund haben, hat aber nichts dafür getan.« Julian Klewer schüttelte den Kopf. »Für ihn war eine Scheidung undenkbar.«

»Und wie hat Ihre Mutter das gesehen?«

»Das weiß ich nicht. Sie hat sich ja gefügt.« Ein Nerv begann unter seinem Auge zu zucken.

»Ihre Mutter ... sie hatte niemanden?«

Klewer schwieg.

»Herr Klewer, gibt es da einen Mann im Leben Ihrer Mutter?«

Julian Klewer lachte tonlos. »Nein. Jetzt nicht mehr.«

»Wie meinen Sie das?«

»So, wie ich es gesagt habe.«

Fischer zog die Zigaretten hervor, zündete sich eine an. Er sah den begehrlichen Blick des jungen Mannes, hielt ihm die Schachtel hin. Julian Klewer wollte es nicht gelingen, das Feuerzeug zu bedienen. Immer und immer wieder drehte er an dem kleinen Rädchen. Hauptkommissar Jürgen Fischer stand auf, nahm ihm das Feuerzeug ab, gab ihm Feuer. Klewer inhalierte, hustete.

»Danke.« Er holte Luft, sah den Kommissar an, sein Blick war traurig, verzweifelt. »Ist schon scheiße, wenn man in einer völlig verkorksten Familie aufwächst. Wahrscheinlich werden Felix und ich irgendwann mal so durchdrehen wie meine Tante Mareike. Kommt ja nicht von ungefähr.«

Da war noch mehr. Fischer wartete, ließ ihm Zeit.

»Sie hat gedacht, wir wüssten es nicht.«

»Wer? Ihre Mutter?«

Klewer nickte. »Sie hat gedacht, wir würden es nicht merken. Dabei war es nicht zu übersehen.«

»Was?«

»Sie hatte ein Verhältnis mit meinem Großvater.«

Fischer seufzte. Er hatte sich so etwas schon gedacht. Langsam klärte sich der Nebel.

»Und meinen Sie nicht, dass Ihre Mutter die Scheidung wollte? Um mit Ihrem Großvater neu anzufangen?«

Kinder bekommen doch mehr mit, als Eltern sich vorstellen. Er fragte sich, ob die Klewer Söhne von den Misshandlungen wussten. »Das kann gut sein. Sie hat meinen Vater auf die Scheidung angesprochen. Das ist schon eine Weile her. Er sagte nur, dass es nicht in Frage käme.«

Fischer nickte. Nach einer Weile verabschiedete er den jungen Mann. Vermutlich würde er noch ein weiteres Mal mit ihm reden müssen.

KAPITEL 61

Fischer schüttete den letzten Kaffee aus der Kanne in seinen Becher. Er setzte neuen auf. Die Maschine war noch warm.

»Alles klar?« Sabine kam in die kleine Küche. Sie sah auffallend blass aus.

»Hast du ein Gespenst gesehen oder so etwas?«

Stumm schüttelte sie den Kopf, öffnete den Kühlschrank, warf einen längeren Blick hinein.

»Egal, was du suchst, es ist nicht da.«

»Stimmt.« Sie schloss den Kühlschrank. »Ein Glas kalter Weißwein wäre jetzt gut.«

»Zu früh. Bier wäre nicht schlecht. Davon haben wir noch, allerdings lauwarm.«

»Lauwarmes Bier schmeckt nach eingeschlafenen Füßen.« Sie seufzte. »Manchmal …«

»Was ist manchmal?«

»Manchmal überlege ich, ob ich noch ganz sauber ticke.«

»Bitte, Sabine. Ich brauch für heute keine weiteren Frauenrätsel.«

Sie lachte leise. »Du Armer. Was ist passiert? Die Gerüchteküche macht schon Überstunden. Du hast eine Affäre mit der Staatsanwältin und mit einer Kollegin, habe ich heute gehört. Deine Frau will die Scheidung und erpresst die Becker.« Sie lachte wieder. »Deine Frau will doch sowieso die Scheidung, mit der Becker hast du … eine Beziehung, hoffe ich. Aber wer ist die Kollegin? Etwa Uta Klemenz?«

Fischer rieb sich müde über das Gesicht. »Sabine, die Kollegin bist du.«

»Was? Das ist nicht dein Ernst.«

»Doch. Ich hab dir das heute Morgen nicht gesagt, hab dir

nur erzählt, dass Ermter eine Nummer aus der Waffe macht. Aber aus der Nummer bist du raus.«

»Das hab ich auch gehört. Stimmt es? Sie hat ihn umgebracht?«

»Ja. Ich habe ihre Krankenakte eingesehen. Das ist natürlich nicht rechtsgültig. Ich war alleine bei ihr, habe sie nicht rechtsgültig befragt. Birgit Klewer ist von ihrem Mann regelrecht misshandelt worden. Die Krankenakte spricht Bände. Knochenbrüche, Gehirnerschütterungen, Prellungen und dergleichen mehr.«

Sabine schloss die Augen. Stöhnte.

Fischer sah sie an. »Sabine?« Er ging auf sie zu, nahm sie in den Arm. Spürte ihren pochenden Herzschlag. Wiegte sie sanft hin und her. »Sabine?«

Er versuchte, seinen Atem zu kontrollieren. Sachte ein- und auszuatmen. »Hat er das auch mit dir …? Hat er dich verletzt?«

Gedanken rasten durch seinen Kopf. Klewer hatte auch mit Martina eine Affäre gehabt. Hatte er sie auch verletzt? Wut stieg in ihm hoch. Er drückte Sabine enger an sich.

»Du tust mir weh.«

Fischer ließ sie los, trat erschrocken einen Schritt zurück. »Das wollte ich nicht.«

»Ist schon gut.« Sie senkte den Kopf. »Nein, Markus hat mir nie wehgetan. Ich hätte auch nie gedacht, dass er dazu in der Lage wäre. Es erschreckt mich. Ich habe heute die Aussage einer Zeugin aufgenommen. Sie hat gesehen, dass Markus seine Frau am Sonntagabend an der Burg getroffen hat. Sie haben sich gestritten. Er schlug sie.«

»Wirklich? Gut.«

»Was ist daran gut?«

»Es gibt demnach einen Beweis, dass sie an dem Abend im Affekt gehandelt hat. Die Frau tut mir leid, verstehst du? Sie heiratet einen Mann, der kümmert sich um alles, nur nicht um sie. Er will aber aus ethischen und sozialen Gründen keine Scheidung.«

»Ja, stimmt. Eine Affäre nach der anderen und im Vordergrund die heile Familie und eitel Sonnenschein. Ein Blender. Und es könnte auf Totschlag hinauslaufen, nicht auf Mord. Allerdings nur, wenn wir die Sache mit der Waffe aufklären können. Hat sie dazu etwas gesagt?«

Fischer schüttelte den Kopf. »Aber damit ist auch noch nicht alles geklärt. Eine MK können wir schließen. Markus Klewer. Es bleibt noch die Frage: wer hat Heinz Klewer ermordet und warum? Seine Schwiegertochter war es nicht. Die ist zusammengebrochen, als sie von seinem Tod erfahren hat.«

»Das passt nicht, da hast du Recht.« Sabine schaute auf ihre Armbanduhr. »Besprechungszeit. Vielleicht haben die anderen neue Erkenntnisse.«

»Besprechung. Gut, dass der Kaffee durchgelaufen ist.« Fischer nahm die Kanne, folgte Sabine.

»Herr Fischer?« Jonas Ingenpass stand vor der Tür des Besprechungsraumes. »Haben Sie mal zwei Minuten?«

Fischer schaute in das Zimmer. Qualm stand in der Luft wie dicker Nebel. Er stellte die Kaffeekanne auf den Tisch. »Könnt ihr mal durchlüften? Herrgott, wir ersticken doch alle. Fünf Minuten durchlüften! Das ist ein Befehl! Vorher fangen wir nicht an.«

Jemand lachte. Fenster wurden geöffnet.

»Die können aber auch nicht einmal selbst nachdenken. So, mein Junge. Wir arbeiten in einer Abteilung. Manchmal Tag und Nacht. Wobei das nicht heißt, dass du jede Nacht bei einer hübschen Kollegin verbringen kannst.« Fischer zwinkerte dem Durchläufer zu. Jonas wurde tiefrot.

Eine Tomate kurz vor dem Platzen, dachte Fischer belustigt. »Wir arbeiten zusammen, ich heiße Jürgen. Was hast du für mich?«

»Ich war bei Herrn Schink. Habe mir einen Dienstwagen genommen und bin zu ihm gefahren. Ob das in Ordnung war, weiß ich nicht, aber es war niemand da, den ich hätte fragen können. Ich hatte natürlich vorher bei ihm angerufen, hatte aber das Gefühl, dass er mich nicht so wirklich verstand.« Ingenpass redete schnell, zu schnell. Es zeugte von seiner Nervosität.

»Gut. Okay.« Fischer sah ihn aufmunternd an. Er warf einen Blick zurück in den Besprechungsraum. Dort herrschte noch Chaos. Ermter war bisher nicht erschienen. »Roland, ruf mich, wenn wir anfangen. Bin in meinem Büro.«

Fischer packte den Durchläufer am Arm. »Lass uns das in Ruhe besprechen.«

»Du warst also bei Schink. Mir liegt der alte Herr wirklich am Herzen. Was hast du herausgefunden?« Hauptkommissar Jürgen Fischer setzte sich auf die Schreibtischkante, zeigte auf den Stuhl. Jonas Ingenpass nahm Platz.

»Er hat einen Mischling. Labrador-Hovawart.«

»Klingt für mich nach Kaffeesorten. Ich bin kein Fachmann.«

Jonas lachte und entspannte sich zum ersten Mal. »Ich dachte, Sie … du kennst den Hund?«

»Ben? Klar. Aber nicht die Rasse, also Mischling, keine Rasse.«

»So etwas Ähnliches sagte seine Frau. Ich habe nachgeforscht. In den letzten Wochen wurden auffällig viele Hunde vermisst gemeldet und keiner wurde gefunden. Weder angefahren noch durch Unfall getötet. Es gab auch nicht vermehrt vergiftete Köder.«

»Heißt was? Entschuldige, ich bin seit Stunden unterwegs, ich nehme das nicht mehr klar auf.«

»Heißt nicht viel. Nur dass auffallend mehr Hunde im Großraum Krefeld vermisst werden als sonst.«

»Hmm.«

»Ich bin noch nicht fertig. Ich habe eine Excel-Tabelle angefertigt. Ich hab erst die Tierheime in der Umgebung angerufen, dann in ganz Deutschland. Hab das mit Google und Yahoo verglichen, Zahlen gesammelt und bin auf ein erstaunliches Ergebnis gekommen.«

»Google, Yahoo. Wovon redest du überhaupt? Sind das auch Hunderassen?«

Jonas lachte. »Nein. Das sind Suchmaschinen im Internet. Du kannst mir nicht im Ernst erzählen, dass du die nicht kennst?«

Fischer räusperte sich. »Ich bin kein Computerfreak. Was hast du herausgefunden?«

»Ich sag das mal im kleinen Rahmen. In der gesamten Pfalz wurden im letzten Jahr 243 Hunde vermisst. Hunde, die verschwunden sind. Einfach so. Abends da, morgens weg. Viele aus Zwingern, etliche bei Spaziergängen. Weg.«

»Aha.«

»Das sind viele Hunde. Ich hab dann mal nach Pharmafirmen gesucht. Habe ihnen Hunde angeboten. Keiner hatte Interesse. Die haben Ratten, Mäuse oder Hunde aus ausgesuchter Zucht. Die brauchen das nicht.«

»So?« Fischer rieb sich über das Kinn.

»Genau so. Nun stellt sich die Frage, wo sind all die Hunde geblieben? Wo?« Jonas zog die Augenbrauen hoch.

»Wo denn?«, fragte Fischer.

»Ganz sicher weiß ich das auch nicht. Man muss bei so einer Berechnung eine Fehlermarge von fünf Prozent geben. Dann kann noch der natürliche Tod eintreten und diverse andere Probleme.«

»Jonas? Willst du mich verarschen? Wovon sprichst du?«

»Das ist eigentlich ganz einfach. X Hunde verschwinden in

einem Bundesland. Sie sind weg. Y Hunde werden in einem anderen Bundesland neu registriert. Die Summe stimmt bis auf fünf Prozent Fehlermarge überein. Die Hunde werden nur von einem Bundesland in das nächste transportiert.«

»Was erzählst du da? Das macht doch keinen Sinn. Hunde gibt es genug. Überall.«

»Stimmt. Die Deutschen sind leidenschaftliche Touristen, was heißt: wir reisen gerne. Die Masse fährt oder fliegt nach Spanien, Italien, Griechenland. Da ist es warm und schön. Da gibt es auch jede Menge Hunde.«

»Straßenköter.« Fischer seufzte.

»Genau! Straßenköter. Mitleidserregend. Die Viecher werden in der Saison von Touristen durchgefüttert, danach kommen sie in die Gaskammer. Währenddessen wächst die nächste Hundegeneration heran. In Spanien, Italien, Griechenland.«

»Okay, verstehe. Was hat das mit Ben zu tun?«

»Ben?«

»Der Hund von Schink.« Fischer wurde wieder ungeduldig.

KAPITEL 62

»Jürgen? Kommt ihr?«, rief Roland Kaiser.

»Moment, Roland. Also, was ist mit Ben?« Fischer sah den Durchläufer fragend an.

»Also, dieser Verein, ›Schicksalshunde‹, er vermittelt Tiere aus den Urlaubsländern. Seltsamerweise nicht bundesweit, sondern immer nur in einem Bundesland. Und wenn in der Pfalz 200 Hunde verschwinden, dann vermittelt der Verein ein paar Wochen später 200 Hunde in Niedersachsen.«

Fischer zog die Augenbrauen zusammen. »Wie heißt der Verein?«

»Schicksalshunde.«

»Das glaub ich jetzt nicht. Komm mit, das musst du allen erzählen.«

»Was? Wieso?«

»Weil das im Zusammenhang mit Klewer steht.«

»Das versteh ich nicht. Hatte er auch Hunde?«

»Nein.« Sie gingen gemeinsam zum Besprechungsraum. Fischer überlegte, da war noch was. An der Tür blieb er stehen. »Sag mal, hast du vorhin gesagt: Schinks Frau? Er hat doch gar keine Frau.«

»Es war aber eine da.«

Fischer schüttelte den Kopf. »Merkwürdig.«

Ermter stand vor dem großen Fenster und rieb sich die Hände. Es war gelüftet worden, doch den Gestank nach Zigarettenqualm konnte man so schnell nicht loswerden.

»Im Fall Markus Klewer haben wir eine Tatverdächtige. Es ist die Ehefrau. Sie wurde am Sonntagabend an der Burg gesehen. Es soll zwischen den Eheleuten zum Streit gekommen sein.«

»Hat sie gestanden?«

Alle sahen zu Fischer. Er stand an der Tür, war zu nervös, um sich zu setzen. MKs kurz vor dem Abschluss waren eine gefährliche Mischung aus Adrenalin, Müdigkeit, Nervosität und Beharrlichkeit.

»Nein, gestanden hat sie nicht. Sie hat sich geweigert, mit

mir zu sprechen. Ich habe ihr nahegelegt, einen Anwalt hinzuzuziehen.«

»Der Haftbefehl läuft. Eine Streife ist unterwegs. Fluchtgefahr besteht ja wohl nicht.« Altmann sah auf.

Fischer biss sich auf die Unterlippe. »Damit haben wir aber immer noch nicht klären können, wer Heinz Klewer erschossen hat. Sie war es nicht.«

»Wieso sind Sie sich da so sicher?«

»Sie hatte ein Verhältnis mit ihrem Schwiegervater. Sie hat ihn geliebt.«

»Das ist nicht wirklich ein Hinderungsgrund. Wie viele Verbrechen geschehen aus Leidenschaft? Was, wenn Vater Klewer herausfand, dass sie seinen Sohn ermordet hat und sie zur Rede stellte? Immerhin war er sein Sohn.«

»Möglich ist das, natürlich. Aber ich glaube, dass er es von Anfang an wusste. Dass er ihr die Waffe besorgt hat.«

»Ja, die Waffe. Wie ist sie daran gekommen?« Ermter klopfte seine Jackentaschen ab, zog die Zigarettenschachtel hervor.

»Ich habe da eine Theorie. Letztendlich werde ich sie nicht beweisen können. Was ich sicher weiß, ist, dass Heinz Klewer Kontakt zu Stephan Mertens hatte. Er hat ihm regelmäßig Geld gezahlt. Das kann für alles Mögliche gewesen sein. Wir wissen aber auch, dass Mertens an illegalen Geschäften beteiligt war und einen Kollegen von uns hat ermorden lassen. Unter anderem hatte er mit Schutzgelderpressungen am Bau zu tun. Das passt zu Heinz Klewer, der hatte ja auch überall seine Finger drin.«

»Klewer hatte Kontakt zu Mertens und Mertens hatte die Waffe von Sabine. So könnte die Waffe zu Birgit Klewer gelangt sein.« Ermter nickte. »Okay. Birgit Klewer könnte auch Heinz erschossen haben. Im Streit, aus Notwehr.«

»Sie kam mit ihrer Schwägerin zum Tatort. Als sie vom Tod ihres Schwiegervaters erfuhr, brach sie zusammen. Wäre sie überhaupt dorthin gekommen, wenn sie ihn kurz zuvor ermordet hätte?« Fischer rieb sich über das Kinn.

»Menschliche Abgründe sind tief. Wer weiß schon, warum ein anderer so handelt, wie er es tut.« Altmann schob seine Unterlagen zusammen. »Der flüchtige Baufritze wollte übrigens aus Litauen nach Schweden einreisen. Er ist an der Grenze verhaftet worden. Ich habe einen Auslieferungsantrag gestellt. Mit ein bisschen Glück ist er morgen oder übermorgen hier. Und vielleicht haben wir dann unseren zweiten Täter, falls es Frau Klewer wirklich nicht war.«

»Langsam kommt Bewegung in die Sache. Gut. Was ist mit der Schikowski? Irgendwelche Spuren?«

»Bisher nichts. Ich habe das Bild von ihr vergrößern lassen. Wir könnten es mit Plakaten versuchen.« Sabine Thelen legte den Abzug in die Mitte des Tisches.

»Das ist sie«, flüsterte Jonas Ingenpass Fischer zu. »Das ist Schinks Frau.«

»Wie bitte?«

»Na, das ist die Frau, die ich bei dem alten Mann gesehen habe.«

Verblüfft sah Fischer ihn an. »Das gibt es nicht.«

»Was tuschelt ihr da hinten?«, fragte der Polizeichef.

»Jonas sagt, er habe die Schikowski gesehen.«

»Wann?«

»Vorhin.«

»Wo?«

»Siedlung Egelsberg, bei Jakob Schink. Du weißt schon, der alte Mann mit dem Hund. Der Hund ist weg und Schink hat mich um Hilfe gebeten. Ich hab Jonas damit beauftragt.«

»Hund? Egal! Bist du dir sicher, dass die Schikowski da ist?«

Jonas nickte. »Ich hatte mir vorher das Bild nicht so genau angesehen. Aber jetzt ... ja, sie ist es.«

»Jonas hat außerdem herausgefunden, dass es eine betrügerische Bande gibt, die Hunde vermittelt. Ist ein wenig kompliziert, aber Klewer senior steckte da auch irgendwie mit drin.«

»Meinst du ›Schicksalshunde‹?«, fragte Oliver Brackhausen. »Wir haben festgestellt, dass sie jeden Monat Geld auf ein Konto gezahlt haben, das auf den Namen der Haushälterin läuft. Sieht mir sehr nach Geldwäsche aus.«

»Ein Verein? Schicksalshunde? Ist das irgendwie wichtig?«

»Aber die sind doch gemeinnützig. Sie retten Hunde.« Gesa Altmann stand plötzlich im Besprechungsraum. War sie die ganze Zeit schon dort gewesen? Was hatte sie mitbekommen. »Papa, das ist der Verein, für den Sebastian arbeitet. Sie retten Tiere aus Spanien und Griechenland und vermitteln sie hier an neue Besitzer. Sie finanzieren sich über Spenden.«

»So ganz stimmt das nicht«, sagte Jonas Ingenpass. »Ich halte sie für Betrüger. Sie gehen auf Hundeklau. Hier in Deutschland. Und vermitteln dann die Tiere als angebliche Straßenhunde. Es ist ganz geschickt gemacht. Aber gemeinnützig sind sie nicht.«

»Nein, das glaube ich nicht. Sebastian kann bezeugen, dass sie keine illegalen Geschäfte machen. Es ist alles echt. Ich habe auch einen Hund von ihnen.«

»Wer ist Sebastian?« Fischer bemerkte die Verzweiflung in der Stimme des Mädchens.

»Das ist mein Freund.«

»Und er arbeitet bei dem Verein? Weißt du, wo das ist?«

»Ja, ein Hof in Linn.«

»Kannst du mich dahin begleiten?«

»Sebastian ist heute zu Hause geblieben. Er ... ist krank.« Gesa sah Fischer nicht an.

»Ich würde gerne mit ihm sprechen, Gesa. Ich denke, es könnte wichtig sein.«

Staatsanwalt Werner Altmann war aufgestanden. Er trat zu seiner Tochter. »Ich fahre mit.«

»Aber Sebastian hat ganz bestimmt nichts Böses getan.«

»Das glaub ich auch nicht. Trotzdem müssen wir mit ihm reden. Er ist ein Zeuge.«

Gesa nickte, ohne jemanden anzusehen.

»Gut, Fischer, Brackhausen, ihr fahrt nach Linn. Günther und Uta fahren zur Siedlung Egelsberg. Liegt sonst noch etwas an? Nicht? Gut, dann treffen wir uns in drei Stunden wieder hier. Ich werde mit dem Oberarzt in Kaiserwerth sprechen, um herauszufinden, wann Frau Klewer vernehmungsfähig ist.« Ermter klatschte in die Hände. »Auf, auf.«

KAPITEL 63

»Was willst du denn herausfinden?« Oliver parkte vor dem Haus in Linn. Altmann war mit seiner Tochter im eigenen Wagen gefahren.

»Ich weiß nicht. Da gibt es eine Verbindung von diesem Verein zu Klewer. Welche das genau ist, wissen wir nicht. Ich glaube nicht, dass Birgit Klewer ihren Geliebten ermordet hat. Wir haben es mit zwei unterschiedlichen Fällen zu tun. Also müssen wir den zweiten Täter finden und der wird im Umfeld von Heinz Klewer zu finden sein. Dies ist einfach nur eine weitere Spur. Vielleicht geht sie auch ins Leere.«

Fischer stieg aus. Er spürte die Müdigkeit in den Knochen. Zu viel Kaffee war nicht gut für seinen Magen.

»Hier wohnt Sebastian.« Gesa zog einen Schlüsselbund aus der Tasche, schloss auf. Im Hausflur roch es nach dicken Bohnen und Schmierseife. Vor einer der Wohnungstüren blieb sie stehen, drückte auf den Klingelknopf. Niemand öffnete. Sie schellte noch ein Mal, zuckte dann mit den Schultern, nahm den Schlüssel und öffnete die Tür.

»Sebastian?«

In der Wohnung stank es nach Alkohol und Erbrochenem.

Er lag ausgestreckt auf dem Bettsofa. Die zusammengeknüllte Decke hatte er auf den Boden getreten. Als sie das Zimmer betraten, hob er kurz den Kopf. Eine leere Flasche rollte ihm aus der Hand und fiel zu Boden.

»Ach du Scheiße, da hat aber jemand mächtig einen über den Durst getrunken.« Fischer öffnete das Fenster weit. Er atmete durch den Mund. »Gesa, hol mal eine Schüssel mit Wasser oder so was.«

Fischer ging zu dem jungen Mann, hockte sich neben ihn. »Hallo? Können Sie mich hören? Sebastian?«

Der junge Mann öffnete kurz die Augen, sein Blick war glasig.

»Das sieht mir fast nach einer Alkoholvergiftung aus. Da helfen weder Wasser noch Kaffee. Da hilft nur der Arzt. Oliver, ruf einen Krankenwagen.«

»Es hat ja keinen Sinn, dass wir alle hier auf den Krankenwagen warten. Bringen Sie Ihre Tochter doch schon mal nach Hause.« Fischer sah Altmann an.

»Okay. Falls sich irgendetwas tut, erreichen sie mich mobil. Ansonsten bin ich zur Besprechung wieder im Präsidium.«

Fischer sah den beiden nach, als sie die Wohnung verließen. Gesa hatte sich erst gesträubt, wollte ihren Freund nicht alleine lassen. Schließlich fügte sie sich aber.

Als sie losfuhren, bog der Krankenwagen in die Straße ein.

Eine halbe Stunde später waren Brackhausen und Fischer alleine in der Wohnung.

»Und nun?«

»Jetzt fahren wir zu dem Hof. Sagt dir die Adresse etwas?« Gesa hatte ihnen die Adresse und eine ungefähre Wegbeschreibung gegeben.

»In etwa, ja.« Brackhausen sah sich um. »Elende Behausung. Aber schau mal auf seinem Schreibtisch. Das scheinen Abiturvorbereitungen zu sein. Er hat offensichtlich gelernt.«

»Arm ist nicht gleich dumm. Vielleicht will er weiterkommen, etwas aus seinem Leben machen.«

Fischer schloss das Fenster. »Everybody needs somebody«, summte sein Handy. Er zog es hervor, sah auf das Display.

»Scheiße.«

»Wer ist es?«

»Meine Frau. Ja, Susanne? Du hattest heute Morgen bei mir angerufen, habe ich gehört.«

»Wer war die Frau, Jürgen?«

Er zögerte. »Ich glaube kaum, dass dich das etwas angeht.«

»Ich denke schon. Immerhin sind wir noch verheiratet.«

»Die Betonung liegt auf ›noch‹.« Fischer rieb sich den Nacken. Mit der Fußspitze stieß er gegen die leere Flasche auf dem Boden.

»Ich weiß gar nicht, warum du im Moment so gemein zu mir bist. Ich habe eine schwere Zeit. Meiner Mutter geht es sehr schlecht.«

»Das tut mir leid, Susanne.«

»Ja, ich weiß, es tut dir leid. Mir tut auch vieles leid.« Sie stockte. Fischer schob die Flasche mit dem Fuß hin und her. Susanne klang seltsam. Traurig. Oder verzweifelt? Was wollte sie von ihm?

»Weshalb rufst du an?«

»Ich wollte wissen, ob du am Wochenende kommst.«

»Wie bitte?«

»Na, ich dachte, du kommst und wir reden noch mal in Ruhe über alles.«

»Was ist denn ›alles‹, Susanne?«

Sie schwieg. Fischer lauschte, er hörte ihren Atem.

»Worüber genau willst du sprechen?«

»Über uns. Vielleicht machen wir ja einen Fehler. All die Jahre so wegzuschmeißen.«

Jürgen Fischer holte tief Luft. »Ist das dein Ernst?«

»Du kannst ja darüber nachdenken, Jürgen. Ich würde mich freuen, wenn du kämest.« Sie beendete das Gespräch.

Fischer nahm das Handy vom Ohr, drückte die rote Taste. Er starrte zu Boden. Immer noch lag die leere Flasche da. Irgendetwas erweckte seine Aufmerksamkeit.

»Oliver?«

»Ja? Gab's Ärger?«

»Hmm«, brummte Fischer. »Du warst doch mit bei Heinz Klewer?«

»Ja, war ich.«

»Er hatte uns doch Whiskey angeboten.«

»Japp. Ziemlich teuren.«

Fischer ging in die Hocke. »Lagavulin?«

»Ich meine schon.«

»Kannst du mal eine Spurentüte holen?«

»Was?«

»Aus dem Auto. Müsste im Kofferraum sein. Schau mal, hier die Flasche. Das ist der doch?«

Brackhausen hockte sich neben Fischer. »Ach du Scheiße. Wo hat er den denn her?«

»Im Zweifelsfall von Klewer.«

Vorsichtig packten sie die Flasche in die Spurentüte und verschlossen diese. Sie bemühten sich, die Fingerabdrücke nicht zu verwischen.

»Und jetzt?«

»Zum Hof. Dann zur Spurensicherung und dann ins Krankenhaus zu Sebastian. Könnte noch interessant werden.«

Das Hoftor stand weit auf, der eine Flügel schaukelte leicht im Wind. Brackhausen und Fischer stiegen aus, sahen sich um. Langsam ging Fischer hinein, Brackhausen folgte ihm.

»Mein Gott, stinkt das hier.«

»Ja, aber hier ist niemand.« Fischer zeigte auf die leeren Zwinger. »Keine Hunde zumindest. Hallo? Hallo, ist jemand da?«

Seine Stimme hallte über den Hof. Er ging weiter, sah die Tür zum Büro. Fischer klopfte. Als niemand kam, öffnete er die Tür, spähte hinein. »Hallo?«

»Sieht so aus, als wären alle ausgeflogen.« Brackhausen lachte.

»Möglich. Lass uns reingehen, es ist nicht abgeschlossen.«

Langsam gingen sie durch die leeren Räume.

»Das sieht nach einer übereilten Flucht aus.« Brackhausen zog eine Schublade auf, schob sie wieder zu, zog die nächste auf. Bei der dritten Schublade stockte er. »Na sieh mal da. Was haben wir denn hier?«

»Was denn?«

»Munition. Für eine Pistole, schätze ich.«

Fischer drehte sich um, ging hinaus.

»Wo willst du hin?«

»Spurenbeutel holen und die Kollegen anrufen.«

KAPITEL 64

»So, jetzt noch mal in Ruhe und im Klartext. WAS habt ihr gefunden?«

Fischer verdrehte die Augen. »Guido, es war eine leere Whiskeyflasche. Allerdings ein ganz besonderer Whiskey. Ein alter, fassgelagerter Lagavulin. Den hatte uns Heinz Klewer angeboten. Einen gratis Vortrag über die Qualitäten und den Preis bekamen wir inklusive. Deshalb hab ich mich daran erinnert. Bei Sebastian lag eine Flasche dieser Marke.«

»Macht ihn das für dich verdächtig, Jürgen?«

»Das weiß ich noch nicht, Guido. Doch, eigentlich schon. Ich kann es aber nicht begründen.«

»Sebastian Horster ist seit mehreren Monaten der Freund meiner Tochter. Ich kenne ihn.« Staatsanwalt Werner Altmanns Unterkiefer war angespannt. »Er ist nicht kriminell. Er hat sich betrunken, das ist schon mal so in dem Alter.«

Fischer sah den Staatsanwalt an. Er spürte deutlich die Kältewelle, die von Altmann ausging.

»Darum geht es doch nicht, Herr Altmann. ›Schicksalshunde‹ hatte etwas mit Klewer zu tun. Dienstag war ich bei Heinz Klewer und er hatte diese besondere Flasche Whiskey. Mittwoch war Klewer tot. Heute ist Donnerstag und wir finden diese Flasche Whiskey bei Sebastian Horster.«

»Es ist doch gar nicht bewiesen, dass es ein und dieselbe Flasche ist. Verdammt, Fischer, Sie sind manchmal sehr engstirnig!« Altmann war aufgestanden und stützte sich mit den Händen auf den Tisch. Er brüllte. »Wie viele Flaschen von diesem Whiskey gibt es wohl? Das ist doch an den Haaren herbeigezogen.«

Fischer hob abwehrend die Hände. »Ich greife den Jungen doch gar nicht an und Ihre Tochter auch nicht. Das sind

Indizien, das weiß ich.« Er zögerte. »Aber vielleicht sind Sie jetzt befangen?«

»Was?«

»Nun ja. Es ist der Freund Ihrer Tochter. Somit sind Sie gewissermaßen in den Fall involviert. Staatsanwältin Becker hat den Fall Klewer auch wegen Befangenheit abgelehnt.«

»Wieso ist sie denn befangen?« Ermter schaute Fischer überrascht an.

Scheiße, Scheiße, Scheiße, dachte Fischer und rieb sich mit der flachen Hand über das Gesicht. Wie komm ich aus der Nummer wieder raus? Ach verdammt. Er hätte sich ohrfeigen können. Er sah auf, Sabine Thelen schaute ihn an, zwinkerte ihm zu.

»Wir haben uns die Homepage dieses Vereines mal genauer angesehen. ›Schicksalshunde‹.« Sie kramte in ihren Unterlagen. »Das ist eigentlich eine einfache Sache. Die bieten Straßenhunde aus den gängigen Urlaubsländern an, man kann sich auch ein Tier wünschen, es sind etliche Fotos auf der Seite. Man muss nur die Transport- und Tierarztkosten bezahlen. Die sind allerdings üppig. Erscheinen mir zu hoch. Ich habe nur eine gewöhnliche Hauskatze, die nur gewöhnliche Tierarztkosten verspeist. Aber auch meine Katze hat einen Chip. Und was der Verein für den Chip nimmt, ist dagegen gigantisch.«

»Chip?«, fragte Ermter.

Fischer blickte dankbar zu Sabine, nickte ihr zu. Sie grinste.

»Ein Erkennungschip. Darauf ist eine Nummer gespeichert, die in einem bundesweiten Programm läuft. Wenn deine Katze oder dein Hund wegläuft und woanders gefunden wird, kann man sie oder ihn anhand des Chips erkennen.«

Ermter nickte. »Ich habe gar keinen Hund«, murmelte er. »Wie gehen wir weiter vor?«

»Ich brauche einen Beschluss, damit wir die Konten des Vereins ›Schicksalshunde‹ einsehen können. Und auch das private Konto von Sebastian … wie auch immer er mit Nachnamen heißt.« Fischer sah den Staatsanwalt an. »Dann muss der Hof erkennungsdienstlich untersucht werden. Was ist mit Frau Klewer? Kann sie verhört werden?«

Ermter schüttelte den Kopf. »Laut Aussage des Professors noch nicht. Sie ist Privatpatientin. Ich habe etliche Telefonate führen müssen, bis ich überhaupt jemanden hatte, der etwas sagen wollte oder konnte.«

Fischer zog die Zigaretten hervor, zündete eine an. Er blickte zu Altmann.

Der Staatsanwalt hält Fischers Blick einen Moment stand, dann sah er auf seine Unterlagen, rückte diese zurecht, räusperte sich.

»Ich sehe immer noch nicht, was der Hundeverein mit dem Fall zu tun hat. Werden wir dann jeden Spender auch überprüfen?«

»Nur wenn derjenige ermordet wurde.« Fischers Tonfall war trocken. Jemand lachte laut. Altmann blickte irritiert auf.

»Nun gut. Ich spreche mit dem Richter über einen Beschluss. Für Sebastian Horsters Konto sehe ich im Moment noch keine Dringlichkeit. Er hat nur dort gearbeitet. Wenn die Spurensicherung feststellt, dass die Flasche tatsächlich aus Klewers Besitz stammt, ist das natürlich anders.«

»Wir haben auf dem Hof Munition gefunden. Mauser, neun Millimeter.« Fischer sah Altmann direkt in die Augen.

»Neun Millimeter Mauser? Kriegswaffen? Von der Wehrmacht? Und?«

»Nichts und. Wir haben dort Munition gefunden, aber keine Waffe. Die Sig Sauer ist auch eine Neun-Millimeter-Kaliber-Waffe.«

»Aber nicht mit Mauser Munition kompatibel, oder? Gibt es die Marke überhaupt noch?« Altmann schüttelte den Kopf, so, als ob er Fischers Aussagen anzweifelte.

»Darum geht es mir nicht. Es war dort Munition. Keine Waffe. Wir haben zumindest keine entdeckt. Aber wer weiß. Der Hof sollte genau untersucht werden und meiner Meinung nach sollte das Gleiche mit Sebastian Horsters Wohnung passieren.« Fischer wurde lauter, er bemerkte es, versuchte sich zu zügeln.

»Okay, dann durchsuchen Sie doch den verdammten Hof. Was glauben Sie, werden Sie dort finden? Ich sag es Ihnen: nichts. Das war ein groß angelegter Betrug. Wir werden das strafrechtlich verfolgen. Mit den Morden hat das nichts, gar nichts zu tun. Wenn doch, fresse ich einen Besen.« Auch Altmanns Stimme schwoll an.

»Was ist mit der Schikowski?« Ermter bemühte sich, betont sachlich zu klingen, um wieder Ruhe in die Besprechung zu bekommen.

»Sie war tatsächlich bei Schink. Und er war in ihrer Wohnung. Noch bevor ich losgefahren bin, riefen die Kollegen aus Düsseldorf an. Die haben die Spuren aus der Wohnung der Haushälterin überprüft. Sie fanden dort Fingerabdrücke, die auch in der Kartei sind. Die von Schink.« Günther tippte auf seine Unterlagen. »Sie haben mir die Befunde gefaxt, ich gebe sie gleich Sabine. Schikowski ist seit ein paar Monaten mit Schink befreundet. Sie rief ihn nach dem Mord an, er kam, hat sich bei ihr in der Wohnung etwas zu essen gemacht, nahm sie dann mit. Er hört weder Radio noch hat er eine Zeitung. Deshalb haben die beiden sich auch nicht gemeldet. So kann es gehen.«

Fischer grinste. »Dann hat unser guter Hundefreund ja doch einen Fund gemacht, allerdings diesmal im positiven Sinne.«

»Er fragte nach seinem Hund. Da konnte ich ihm nicht weiterhelfen. Er war ganz aufgelöst. Bist du da weitergekommen, Jürgen?«

»Die Hunde sind weg. Wohin auch immer. Ich werde gleich ins Krankenhaus fahren. Hoffentlich ist Horster ansprechbar und kann uns weiter helfen. Zumindest was die Hunde angeht.« Fischer sah auf seine Uhr, es war kurz nach eins. Sein Magen knurrte.

»Okay, dann treffen wir uns gegen fünf wieder. Herr Staatsanwalt, die Presse wartet. Wir können ja zumindest sagen, dass wir eine dringend tatverdächtige Person haben und einer weiteren Spur folgen. Damit sammeln wir auf jeden Fall Pluspunkte.«

Altmann nickte zustimmend.

KAPITEL 65

»Martina? Hast du einen Moment Zeit?«

Die Staatsanwältin schaute auf. »Worum geht es?«

»Kannst du eine Pause machen? Ich hab noch nichts gegessen. Ich dachte, wir gehen rüber in den Nordbahnhof.«

Martina Becker zögerte. »Eigentlich habe ich zu tun.«

»Auch du brauchst mal eine Pause.« Fischer streckte den Rücken. Er wollte nicht betteln.

»Na gut. Höchstens eine halbe Stunde.«

Sie setzten sich auf die Terrasse in die Sonne.

»Hallo, Martina.« Viktor Furth, der Chef des Lokals, begrüßte sie persönlich. Er kannte die Staatsanwältin und ihre Familie schon seit vielen Jahren.

»Viktor. Wie geht es dir?«

»Kann nicht besser klagen. Was kann ich euch bringen lassen?«

»Ich hätte gerne ein Pils.« Fischer mochte den groß gewachsenen, sympathischen Mann.

»Eine große Apfelschorle und einen Salatteller der Saison.«

»Willst du auch etwas essen, Jürgen?«

Sie kamen regelmäßig in der Mittagspause hierher. Meistens ein Mal in der Woche.

»Den Lokführer Spieß.«

»Ich gebe es weiter. Habt ihr schon jemanden im Mordfall Klewer? Das ist ja ein Ding. Er hatte den Lokschuppen für seinen 45. Geburtstag gemietet. Nächsten Monat.«

»Der Fall steht kurz vor der Auflösung. Hoffe ich zumindest.«

»Gut, dann noch viel Erfolg. Wir sehen uns.«

Furth ging weiter zum nächsten Tisch, begrüßte auch dort die Gäste persönlich.

»Der Fall steht vor der Auflösung? War das dein Ernst oder wolltest du nur Punkte sammeln, Jürgen?«

Fischer lachte. »Nein, das stimmt schon so. Zumindest was Markus Klewer angeht. Wir haben endlich Zeugen, die ihn an der Burg gesehen haben. Und nicht nur ihn.«

»Sondern? Erzählst du mir alles oder kommt jetzt erst der Werbeblock?«

»Seine Frau war auch dort. Die beiden hatten einen Streit.«

»Habt ihr sie schon verhört? Ich weiß, alles deutet dann darauf hin, dass sie es war. Aber nicht jeder Streit führt zum Mord.«

»Stimmt. Sie hat noch nicht gestanden. Sie liegt in Kaiserswerth, sie hat einen Nervenzusammenbruch.«

Der Kellner brachte die Getränke. Martina trank einen großen Schluck.

»Eigentlich wollte ich mit dir nicht über den Fall reden, sondern über uns.« Fischer malte mit dem Zeigefinger Schlangenlinien in das Kondenswasser des Glases.

»Ja?«

»Wir haben nie so wirklich darüber geredet, was das mit uns ist.«

»Aus dem Alter der Frage: willst du mit mir gehen, sind wir raus.« Martina lächelte.

»Das ist richtig. Trotzdem. Ich war über 20 Jahre verheiratet.«

»Du bist immer noch verheiratet. Gedenkst du das zu ändern?«

Fischer zögerte. Er zündete sich eine Zigarette an, drehte sie zwischen seinen Fingern. »Das weiß ich nicht.«

»Wie bitte?«

»Ich will ehrlich zu dir sein. Ich weiß es nicht. Ich empfinde ganz viel für dich. Ich kann mir eine Zukunft gemeinsam mit dir vorstellen. Der Gedanke hat etwas Berückendes.«

»Aber?«

»Aber ich bin seit über 20 Jahren mit Susanne zusammen. Du bist die zweite Frau in meinem Leben.«

»Und?«

»Und ich weiß nicht, was ich noch für meine Frau empfinde.« Er sah auf, sah sie an.

Die Staatsanwältin stellte das Glas mit der Apfelschorle auf den Tisch. Sie biss sich auf die Unterlippe.

»Ich habe mit Susanne gesprochen. Sie möchte mit mir reden. Sie hat auf einmal auch Zweifel. Man kann 20 Jahre nicht einfach so wegschmeißen.«

»Ist das so?« Martina schob ihren Stuhl zurück. »Jürgen Fischer, ich mag dich. Nein, es ist mehr. Ich habe mich ziemlich in dich verliebt. Ja, ich kann mir eine gemeinsame Zukunft vorstellen. Allerdings werde ich nicht zweigleisig fahren. Ich war der Meinung, dass du von deiner Frau getrennt seiest. Anscheinend ist das nicht der Fall. Dann bin ich raus aus dem Spiel.«

»Martina, so habe ich das nicht gemeint.«

»Es klang aber so. Haargenau so klang das.«

»Ich bin einfach unsicher, muss darüber nachdenken. Muss mit Susanne reden.«

»Dann ruf sie an.«

»Nein, ich muss sie sehen, mich mit ihr treffen.«

»Jürgen, wenn du zu ihr hinfährst, wirst du mit ihr im Bett landen, und sei es nur um alter Zeiten willen.«

Fischer zog heftig an seiner Zigarette, drückte sie dann im Aschenbecher aus.

»Wann willst du fahren?«

»Sobald die Fälle gelöst sind.«

»Du willst wirklich fahren?« Martina Becker schüttelte den Kopf. Ihre kleinen diamantenen Ohrstecker funkelten im Sonnenlicht. »Wenn du zu ihr fährst, brauchst du nicht mehr zurückzukommen. Dann ist es vorbei. Du wirst dich entscheiden müssen, und zwar vorher. Ich spiele solche Spielchen nicht. Ich will eine klare Entscheidung. Denk darüber nach und sag mir Bescheid. Wir sind übrigens am Samstag bei Werner Altmann zum Essen eingeladen. Ich gehe auf jeden Fall hin.«

»Das klingt wie eine Drohung.«

»Du kannst das interpretieren, wie du willst.« Sie stand auf. »Mir ist der Appetit vergangen. Schönen Tag noch.«

Na fabelhaft, dachte Fischer und biss sich auf die Lippe.

»Everybody needs somebody to love«, sangen die Blues Brothers. Fischer starrte auf sein Handy, er würde heute noch den Klingelton ändern.

»Ich bin's, Guido. Kaiserswerth hat angerufen. Frau Klewer will reden, aber nur mit dir.«

»Und hoffentlich mit einem Anwalt. Ja, ich mache mich auf den Weg.«

Fischer legte zwei Geldscheine auf den Tisch.

»Habt ihr schon gegessen?«, fragte Viktor Furth, als Fischer an ihm vorbeiging.

»Lecker wie immer«, log Fischer.

KAPITEL 66

»Ich hab an dem Abend noch ferngesehen, als Heinz kam. Er sagte, wir müssen uns mit Markus treffen, es müsste endlich eine Aussprache geben.« Birgit Klewers Blick war klarer. Sie hatte geduscht und die Haare gewaschen. Eine leichte Strickjacke lag über ihren Schultern, immer wieder zupfte sie daran. Fischer saß ihr gegenüber an einem kleinen Tisch. Er hatte sie gefragt, ob er das Gespräch aufnehmen dürfe. Frau Klewer stimmte zu. Das Aufnahmegerät surrte leise.

»Ich habe meine Jacke geholt und bin mit ihm gefahren. Aber statt in die Kanzlei, wo ich meinen Mann vermutete, fuhren wir zur Burg Linn. Eigentlich war es ein malerischer Abend.« Sie stockte, leckte sich über die spröden Lippen.

»Möchten Sie ein Glas Wasser?«

»Das wäre gut.«

Fischer stand auf, holte eine Flasche Wasser und zwei Gläser von dem Wagen im Flur. Er füllte ein Glas, schob es ihr zu. Sie trank hastig. Er füllte das Glas ein weiteres Mal.

»Sie trafen sich also an der Burg?«

»Heinz sagte, ich solle schon mal vorgehen. Markus wäre da. War er auch. Allerdings wartete er auf jemand anderen als mich. Nun ja, das überraschte mich nicht.«

»Und dann?«

»Ich sagte, dass wir reden müssen. Er beschimpfte mich.« Sie zögerte.

»Eine Zeugin hat ausgesagt, dass er Sie geschlagen hat.« Birgit Klewer senkte den Blick, knetete ihre Hände.

»Es war nicht das erste Mal, nicht wahr? Ihr Mann hat Sie öfter misshandelt.«

»Ja. Seit er wusste, dass Heinz und ich uns lieben.«

»Warum haben Sie ihn nicht verlassen?«

»Ich wollte warten, bis die Kinder groß genug waren. Jetzt sind sie es. Aber Markus wollte keine Scheidung. Er drohte damit, alle ... nun ja ... etwas fragwürdigen Geschäfte von Heinz auffliegen zu lassen. Heinz hätte wahrscheinlich ins Gefängnis gemusst.«

»Weswegen?«

»Ich weiß es nicht genau. Ich wollte es nie wissen. Betrug, Erpressung, Drohungen, illegale Arbeiten und so. Die Baubranche ist hart. Da darf man nicht zimperlich sein.«

Fischer nickte. »Und was ist dann passiert?«

»Heinz hatte mir gesagt, dass wir ihn bedrohen müssten. Ihn zu Tode erschrecken, das wäre unsere einzige Chance. Markus war immer so selbstsicher, so überzeugt von sich. Er kam dann, sah, dass Markus mich schlug. Er packte ihn und zwang ihn sich hinzuknien.«

Sie hielt inne, zog die Stirn kraus.

»Heinz war Markus körperlich überlegen. Er war größer und kräftiger. Sportlich.«

»Er zwang ihn, sich hinzuknien? Und dann?«
»Dann?«
»Ja, was passierte dann? Wer hatte die Waffe?«
»Heinz hatte eine Waffe. Er gab sie mir. Sagte, ich solle sie Markus in den Nacken halten. Das tat ich.«
»Und?« Fischer versuchte mit sanfter Stimme zu sprechen, sie nicht zu sehr zu drängen.
»Die beiden haben geredet. Nein, sie haben sich beschimpft. Wegen mir. Es war schrecklich. Ich hatte Angst.«
»Ja?«
»Und dann hob Markus den Kopf, das heißt, er wollte es. Er stieß gegen die Pistole, und ich ... ich wusste gar nicht, dass sie geladen war. Ich hab die Waffe fester gepackt, hatte sie in beiden Händen und dann ...« Ihre Stimme erstarb.
»Dann haben Sie abgedrückt?«
Sie nickte.
»Sie müssen es sagen, bitte.«
»Ja, dann habe ich abgedrückt. Der Knall war so laut, er hallte an der Burg wider. Ich war mir sicher, dass jeder es gehört haben musste.«
Fischer rieb sich über das Kinn.
»Wissen Sie, Herr Kommissar, ich war erschrocken, entsetzt. Heinz auch. Das hatten wir nicht gewollt.«
Fischer glaubte ihr. Allerdings war er sich nicht sicher, ob Heinz Klewer das auch nicht gewollt hatte. Diese Frage würde er jedoch nicht mehr klären können. Er schaltete das Aufnahmegerät ab.
»Claus Dieckhoff wartet draußen. Er wird ihre Verteidigung übernehmen. Erzählen Sie ihm alles, ganz ausführlich. Ich denke, Sie haben die Chance, eine Anklage wegen Mordes zu umgehen.«
Er reichte ihr die Hand, verabschiedete sich.

»Haben Sie von den Schwierigkeiten Ihres Partners gewusst, Herr Dieckhoff?«

»Schwierigkeiten?«

»In der Ehe. Die Ehe war zerrüttet.«

»Ja, sicher wusste ich das. Markus war zwar diskret, aber er traf sich mit anderen Frauen.«

»Haben Sie mit ihm darüber gesprochen?«

»Nein. Wir sind uns in den letzten Monaten aus dem Weg gegangen. Und außerdem ... was hätte ich sagen sollen? Er wusste schließlich auch, dass ich ein Verhältnis mit meiner Sekretärin habe.«

»Vielleicht sollten Sie eine Scheidung in Betracht ziehen, bevor Ihre Frau zufällig eine Waffe in der Hand hält.«

Dieckhoff sog hörbar den Atem ein. »Nun ja. Die menschlichen Abgründe sind manchmal tief.«

»Wussten Sie, dass er seine Frau schlug?«

»Ich habe es vermutet. Sie sagte öfters, sie sei gestürzt und hätte deshalb blaue Flecke. Aber, dass sie so häufig stürzte, sich Knochen brach, kam mir schon seltsam vor.«

»Trotzdem sind Sie nicht eingeschritten. Schade, ein wenig mehr Zivilcourage würde Ihnen als Anwalt gut stehen. Und wer weiß, vielleicht hätten Sie einen Tod verhindern können.«

Fischer nickte Dieckhoff zu und ging.

Als er im Wagen saß, summte sein mobiles Telefon.

»Ja?«

»Jürgen, die Spurensicherung hat angerufen. Auf der Whiskeyflasche sind tatsächlich Fingerabdrücke von Heinz Klewer, genauso wie die der Schikowski.«

»Was sagt Altmann dazu?«

»Noch nichts, er ist wahrscheinlich vor Gericht und im Moment nicht zu erreichen.«

KAPITEL 67

Fischer trommelte mit den Fingern auf dem Lenkrad. Nur schleppend bewegte sich die Autoschlange durch die Baustelle. Immer wieder sperrten Bauarbeiter die Straße, damit der Bagger von einer Seite zur anderen fahren konnte.

Fischer fluchte. Das Handy lag neben ihm auf dem Beifahrersitz. Er hoffte auf den Rückruf von Sabine. Schließlich hatte er die Baustelle passiert und konnte nun zügig Richtung Krefeld fahren. Alles drängte ihn danach, direkt zu Sebastian Horsters Wohnung zu fahren und sie auf den Kopf zu stellen. Ohne Durchsuchungsbescheid war das nicht möglich, eine Gefahrensituation lag nicht vor.

Fischer beschloss, zu den Städtischen Kliniken zu fahren. Vielleicht brachte er ja etwas aus Horster heraus. Wie war dieser zu der Flasche gekommen? Was genau hatte Klewer mit den Hunden zu tun? Wo waren die Tiere und welche Rolle spielte Horster?

Er parkte den Wagen im Parkhaus am Lutherplatz. Am Hintereingang des Krankenhauses saß ein junges Mädchen. Sie hatte das Gesicht in den Händen vergraben und weinte bitterlich. Zögernd blieb Hauptkommissar Jürgen Fischer stehen. Das Mädchen kam ihm bekannt vor. Er versuchte, sich zu erinnern. Konnte es Gesa Altmann sein?

»Gesa?«

Sie hob den Kopf. Ihre Augen waren dick verquollen, Tränen liefen ihr die Wangen hinunter, verschmierten das Make-up. Sie zog die Nase hoch.

Fischer nahm ein Taschentuch hervor, reichte es ihr. »Du bist doch Gesa?«

Sie nickte kaum wahrnehmbar.

»Weißt du, wer ich bin?«

Wieder nickte sie. »Der alte Polizist.«

Der alte Polizist, Fischer zuckte zusammen. Nun ja, sie hatte ihn zusammen mit Oliver Brackhausen gesehen.

»Kann ich dir irgendwie helfen? Ist etwas passiert?«

Sie ließ das Gesicht wieder in die Hände sinken, schluchzte.

»Soll ich deinen Vater anrufen?«

»Nein! Bloß nicht. Der bringt mich um.«

Fischer grinste. »Das kann ich mir kaum vorstellen. Hier, putz dir noch mal die Nase.« Er setzte sich neben sie auf die Stufe, streckte die Beine aus, reichte ihr ein weiteres Papiertaschentuch.

»Was ist los?«

»Es war ... es war doch nur ein Unfall.«

»Was war ein Unfall, Gesa?«

»Na, ein Versehen eben. Er wollte das doch gar nicht.«

»Wer wollte was nicht?«

»Na, Sebastian.«

Nach und nach, immer unterbrochen von Schluchzern, erzählte sie es ihm. Fischer hörte anfangs ruhig zu, dann wurde er immer nervöser. Seine Hand fuhr in die Jackentasche, umklammerte das Handy. Als sie geendet hatte, legte er den Arm um sie.

»Es hilft alles nichts, Mädchen. Wir werden es deinem Vater erzählen müssen.«

»Dann kommt Sebastian ins Gefängnis.«

»Vermutlich. Weißt du, wo die Pistole ist?«

»Ich weiß es nicht genau. Er war ja noch so verwirrt vorhin, als ich bei ihm war. Hat sich dauernd wiederholt und so. Er sprach von einer Waffe, die er in den Rhein geschmissen habe. Aber dann auch von etwas, was unter seinem Bett liegt und was ich beseitigen müsse.«

Fischer seufzte. »Ich muss ein paar Leute anrufen und dann fahren wir ins Präsidium.«

Sie schüttelte den Kopf. »Jetzt bin ich schuld, dass Sebastian verhaftet wird. Ich hätte es Ihnen gar nicht erzählen dürfen. Oh mein Gott, was hab ich nur gemacht?«

»Beruhige dich. Wir hätten es auch herausgefunden. Wir waren ihm schon auf der Spur. Es werden Fingerabdrücke von ihm in Klewers Haus sein.«

»Wirklich?«

Fischer nickte. Er nahm das Handy heraus. »Leitstelle? Ich brauche eine Streife an den Städtischen Kliniken und die Spurensuche muss in die Wohnung von Horster. Und ich muss mit Altmann sprechen.«

Der Staatsanwalt war immer noch nicht zu erreichen. Fischer wartete, bis die Schutzpolizisten vor Sebastians Zimmer waren. Er hatte überlegt mit dem Jungen zu reden, verschob es aber auf später.

Sebastian würde ihnen nicht davonlaufen können. Sobald die Ärzte das Einverständnis gaben, würden sie ihn mitnehmen zur Krankenstation des Untersuchungsgefängnisses.

Die ganze Fahrt über weinte Gesa leise. Erst als sie auf den Parkplatz des Präsidiums bogen, wurde sie ruhiger.

»Da bist du ja!« Altmann kam geradewegs auf sie zu. »Ich hab dich überall gesucht. Ans Handy bist du nicht gegangen. Verdammt, Gesa, ich habe mir Sorgen gemacht. Und was machen Sie eigentlich mit meiner Tochter? Wo waren Sie? Wo kommen Sie her, Fischer?«

»Immer mit der Ruhe, Herr Staatsanwalt. Ihrer Tochter geht es nicht gut. Nehmen Sie Rücksicht.«

»Sie sind der Richtige, um mir Anweisungen zu geben, wie

ich mit meinem Kind umgehe!«, schrie Altmann, kleine Spucketröpfchen flogen aus seinem Mund.

»Herr Kommissar?« Ein Mann trat aus dem Schatten, fasste Fischer am Arm. »Herr Kommissar?«

»Herr Schink. Hallo.«

»Gesa, ich habe dich gesucht. Was ist denn passiert?« Altmann nahm seine Tochter in den Arm. »Schau mal, wen ich im Wagen habe. Amigo. Ich war mit ihm beim Tierarzt. Der hat die Wunde gesäubert und ihm Medikamente gegeben. Er meint, dem Hund würde es bald besser gehen.«

»Hund? Was für ein Hund?« Schink drehte sich zu Altmann um.

»Unser Hund. Wer sind Sie denn und was geht es Sie an?«

»Ich suche meinen Ben.« Schink trat an Altmanns Passat. »Ben! Ben, da bist du ja. Ben!«

Der alte Mann öffnete die Heckklappe, Ben stieg vorsichtig heraus, leckte ihm die Hände. Sein Schwanz wedelte so wild, dass Fischer meinte, der Hund würde gleich abheben.

»Hey, was machen Sie da. Das ist Amigo, unser Hund.«

»Nein, Herr Altmann, auch hier täuschen Sie sich. Das ist Ben, der Hund von Jakob Schink.« Fischer rieb sich über das Kinn. »Wir müssen reden. Ich brauche einen Haftbefehl.«

»Einen Haftbefehl? Wir haben den Täter? Fabelhaft.«

KAPITEL 68

»Hast du was von deinem Vater gehört, Guido?« Hauptkommissar Jürgen Fischer blickte auf die pappigen Brötchen, die von der Besprechung übrig geblieben waren. Er hatte noch nichts gegessen, verspürte aber auch keinen Hunger. Fischer lockerte den Krawattenknoten, knöpfte den obersten Knopf auf.

»Ja, der ist wieder aufgetaucht. Er war in der Nacht bei einem Freund. Die Frau ist nicht gekommen und da hat er sich beim Willi mit einer Flasche Schnaps getröstet. Er hat mich wüst beschimpft, sagte, dass mich sein Leben nichts angeht. Eigentlich hat er Recht, Sorgen mach ich mir trotzdem.«

»Erst machen die Eltern sich Sorgen um ihre Kinder und irgendwann verschiebt sich das in die andere Richtung.«

»Da ist etwas Wahres dran. Hat sich Altmann bei dir entschuldigt?«

Fischer grinste. »Nein. Muss er auch nicht. Was würdest du tun, wenn der Verdacht plötzlich auf den Freund deiner Tochter fällt?«

»Es ist ja mehr als ein Verdacht. Sebastian Horster hat gestanden, Heinz Klewer erschossen zu haben.«

»Tja, eine Verwechselung. Markus Klewer bedroht Gesa Altmann, diese erzählt es ihrem Freund, sagt aber nur den Nachnamen. Sebastian will sie schützen, will den Mann zur Rede stellen, fährt zu ihm nach Hause.«

»Dummer Zufall, dass Klewer noch nicht im Büro war.« Ermter schenkte sich Kaffee ein. »Willst du auch einen?«

Fischer schüttelte den Kopf. »Ja, aber Klewer kam Horster ganz recht.«

»Wieso?«

»Na überleg doch mal, Horster kam zu Klewer, beschimpfte ihn, versuchte zu drohen. Der alte Mann wird ihn ausgelacht haben. Aber dann kam ihm ein Gedanke. Er konnte Horster gebrauchen. Er nahm die Sig Sauer, machte sich über Horster lustig. Dieser entwand ihm die Waffe. Und schon waren Horsters Fingerabdrücke auf der Sig Sauer.«

»Ja, so wäre Birgit aus dem Schneider gewesen. Dummerweise war die Waffe geladen und entsichert.«

»Ja, es zeugt schon von eiskalter Berechnung jemandem, der einen beschimpft, eine Waffe zu geben, damit er seine Fingerabdrücke darauf hinterlässt.«

»Erst hat er ihm einen Whiskey angeboten, dann gab er ihm seelenruhig die Pistole. ›Da, halt mal. Nein, mit beiden Händen.‹« Ermter trank den Kaffee in kleinen Schlucken, schüttelte sich. »Schmeckt grauenvoll.«

»Das Magazin hatte Klewer zwar vorher rausgenommen. Es war in seiner Jackentasche. Er wusste wahrscheinlich nicht, dass noch eine Kugel im Lauf war. Das war sein Verhängnis. Der Junge nahm die Waffe mit, versteckte sie unter seinem Bett. Die uralte Pistole von dem Hof warf er in den Rhein, aber die Tatwaffe behielt er.«

»Ja, Pech für Sebastian. Weißt du, Jürgen, ich war von Anfang an überzeugt, dass der Mord einen politischen Hintergrund hat. Du aber nicht. Wieso?«

»Kann ich dir nicht sagen, Guido. Intuition vielleicht. Es war zu klar und zu eindeutig. Zu viele Verdächtige. Hier Schmu, da Schmu. Und dann natürlich das Verhalten von Birgit Klewer.«

»Gut. Bis auf wenige Einzelheiten sind die Fälle gelöst. Traurig, das Ganze. Zwei überflüssige Morde.«

»Mord ist immer überflüssig. Die Geschichte mit den Hunden ist natürlich auch ne tolle Nummer. Sie haben irre viel

Geld damit verdient. Klauen Hunde in A und bringen sie nach B. Sehr einfallsreich.«

»Das stimmt. Den Hunden, die gechipt sind, entfernen sie die Chips und setzen neue ein. Und da denkt man, durch die Erkennungschips kann so etwas nicht passieren. Pustekuchen. Ein Grund mehr, sich keinen Hund anzuschaffen. Schön ist allerdings, dass wir den alten Schink wieder mit seinem Ben zusammenbringen konnten. Es würde mich nicht wundern, wenn Schink uns irgendwann noch mal Beweismaterial bringt, zu welchem Fall auch immer.« Ermter streckte sich. »Was machst du jetzt?«

»Ich wollte dich bitten, mir zwei Tage freizugeben Ich muss ganz dringend etwas Privates klären.«

Fischer stand am Bahnhof. Er zog die Packung Zigaretten hervor. Es war nur noch eine darin. Langsam ging er zu dem kleinen Kiosk, kaufte zwei Schachteln und nach kurzem Zögern eine große Tüte Gummibärchen. Die würde er seinem Chef schenken.

Hauptkommissar Jürgen Fischer rieb sich über das Kinn, spürte die Bartstoppeln. Er steckte die Zigarette an, zerknüllte die Packung, warf sie in den Papierkorb. Dann holte er tief Luft. Er musste eine Entscheidung treffen.

Fischer nahm das Handy aus der Jackentasche, wählte. »Kannst du mich abholen?«

ENDE

Hauptkommissar Jürgen Fischer ermittelt:

1. Fall: Seidenstadt-Leichen
ISBN 978-3-8392-2152-5

2. Fall: Seidenstadt-Morde
ISBN 978-3-8392-2260-7

3. Fall: Seidenstadt-Sumpf
ISBN 978-3-8392-2753-4

4. Fall: Seidenstadt-Schweigen
ISBN 978-3-8392-2752-7

WWW.GMEINER-VERLAG.DE
Wir machen's spannend